Um ponto de interrogação
é metade de um coração

Sofia Lundberg

Um ponto de interrogação é metade de um coração

Tradução: Cláudia Mesquita

GLOBOLIVROS

Copyright © 2022 by Editora Globo S.A. para a presente edição
Copyright © Sofia Lundberg 2019

Todos os direitos reservados. Nenhuma parte desta edição pode ser utilizada ou reproduzida
— em qualquer meio ou forma, seja mecânico ou eletrônico, fotocópia, gravação etc. — nem
apropriada ou estocada em sistema de banco de dados sem a expressa autorização da editora.

Texto fixado conforme as regras do Acordo Ortográfico da
Língua Portuguesa (Decreto Legislativo nº 54, de 1995).

Título original: *Ett frågetecken är ett halvt hjärta*

Editora responsável: Amanda Orlando
Assistente editorial: Isis Batista
Preparação: Theo Cavalcanti
Revisão: Wendy Campos, Bruna Brezolini e Mariana Donner
Diagramação: Alfredo Rodrigues
Capa: Renata Zucchini

1ª edição, 2022

CIP-BRASIL. CATALOGAÇÃO NA PUBLICAÇÃO
SINDICATO NACIONAL DOS EDITORES DE LIVROS, RJ

L983p
    Lundberg, Sofia
        Um ponto de interrogação é metade de um coração / Sofia
Lundberg; tradução Cláudia Mesquita. – 1. ed. – Rio de Janeiro:
Globo Livros, 2022.
        328 p.; 23 cm.

        Tradução de: Ett frågetecken är ett halvt hjärta
        ISBN 978-65-5987-054-7

        1. Romance sueco. I. Mesquita, Cláudia. II. Título.

22-77161
                                  CDD: 839.73
                                  CDU: 82-31(485)

Meri Gleice Rodrigues de Souza - Bibliotecária - CRB-7/6439
11/04/2022   13/04/2022

Direitos exclusivos de edição em língua portuguesa para o Brasil
adquiridos por Editora Globo S. A.
Rua Marquês de Pombal, 25 — 20230-240 — Rio de Janeiro — RJ
www.globolivros.com.br

*Estamos todos na sarjeta, mas
alguns de nós olham as estrelas.*
Oscar Wilde

Presente

Nova York, 2017

Anoitece. Do lado de fora das janelas industriais, o sol está se pondo por trás dos prédios altos. Feixes teimosos de luz atravessam as fachadas; como pontas de lanças douradas, eles penetram na escuridão invasora. É noite de novo. Faz semanas que Elin não janta em casa. Esta noite, também não. Ela se vira para observar um prédio apenas a alguns quarteirões de distância, onde pode ver a vegetação exuberante de seu próprio terraço, o guarda-sol vermelho e a churrasqueira, que já está acesa. Uma faixa estreita de fumaça se eleva no céu.

Ela percebe o vulto de alguém, provavelmente de Sam ou Alice. Ou talvez seja um amigo fazendo uma visita. Tudo o que ela consegue ver é uma silhueta movendo-se de forma resoluta entre as plantas.

Com certeza, estão esperando por ela de novo em casa. Em vão.

Atrás dela, pessoas andam de um lado para o outro pelo estúdio. O pano de fundo cinza-azulado está pendurado em uma estrutura de aço, da parede até o chão. A espreguiçadeira coberta com brocado dourado está bem no centro. Sobre ela, uma linda mulher reclina-se com cordões de pérolas em volta do pescoço. Ela usa uma ampla saia de tule branco, comprida e esvoaçante, que se esparrama pelo chão. Da cintura para cima, seu corpo está besuntado com óleo, e os volumosos colares de pérolas cobrem seus seios nus. Seus lábios estão pintados de vermelho, a pele foi uniformizada à perfeição com camadas de maquiagem.

Dois assistentes estão corrigindo a iluminação: levantam e abaixam os enormes painéis de luz, acionam o obturador da câmera, fazem leituras com o fotômetro, começam de novo. Atrás dos assistentes, está a equipe de estilistas e maquiadores. Eles prestam cuidadosa atenção a cada detalhe da imagem que está em processo de criação. Estão vestidos de preto. Todos estão vestidos de preto, todos, menos Elin. Ela está com um vestido vermelho. Vermelho como sangue, vermelho como a vida. Vermelho como o sol da tarde do lado de fora da janela.

Elin é arrancada de seus pensamentos quando a irritação da bela mulher começa a assumir a forma de ruídos de insatisfação.

— Por que está demorando tanto? Não vou conseguir ficar nesta pose por muito mais tempo. Ei! Podemos começar agora?

Ela suspira e gira o corpo para uma posição mais confortável, e os colares caem para o lado revelando o mamilo rijo e azulado. Imediatamente, dois estilistas a acodem rearranjando as pérolas com paciência e cuidado para cobri-lo. Alguns dos colares estão presos com fita dupla face transparente, e a pele da mulher se arrepia ao contato. Ela suspira audivelmente e revira os olhos, a única parte do corpo que está livre para mexer.

Um homem de terno, agente da mulher, aproxima-se de Elin. Ele sorri com educação, inclina-se na direção dela e sussurra:

— É melhor começarmos logo, ela está ficando impaciente, e isso não vai acabar bem.

Elin movimenta a cabeça levemente e volta a olhar pela janela. Suspira.

— Podemos parar agora se ela quiser. Tenho certeza de que já temos muitas fotos, é só uma divulgação desta vez, não uma capa.

O homem levanta as mãos e olha sério para ela.

— Não, claro que não. Vamos fazer essa também.

Elin se afasta da vista de sua casa e anda em direção à câmera. O celular vibra no bolso; ela sabe quem está ligando, mas não atende. Sabe que a mensagem só vai fazê-la se sentir culpada. Sabe que as pessoas em casa estão decepcionadas.

Assim que Elin se posiciona atrás da câmera, milhares de estrelinhas se acendem nos olhos da modelo, suas costas se endireitam e seus lábios fazem beicinho. Quando mexe a cabeça levemente, o cabelo desliza pelas costas e ondula com o vento suave do ventilador. Ela é uma celebridade, e Elin também. Muito rapidamente, apenas as duas existem, absortas uma na outra. Elin fotografa e orienta; a mulher sorri e flerta com ela. A equipe atrás aplaude. Uma descarga de criatividade toma conta de Elin.

Várias horas se passaram quando Elin finalmente se obriga a deixar o estúdio e todas as novas fotos que exigem sua atenção no computador. O celular está cheio de chamadas não atendidas e mensagens irritadas. Do Sam. Da Alice.

Quando você vem?

Onde você tá, mãe?

Ela vê as mensagens, mas não lê todas as palavras. Não tem forças. Os táxis passam por ela na noite vibrante de Manhattan. O asfalto ainda está quente do calor do sol quando ela cruza a rua. Caminha devagar, passando por jovens bonitos que riem alto, embriagados. Vê outras pessoas sentadas na rua, imundas, vulneráveis. Faz tempo que não vai a pé para casa, mesmo sendo tão perto. Faz tempo que deixou as paredes da academia, do estúdio, de casa. Sob o salto dos sapatos, o chão de pedra da calçada é irregular, e ela anda devagar, observando cada detalhe do caminho. Sua rua, a Orchard, está deserta à noite, livre de pessoas e de carros. É suja e acidentada, como todas as ruas do Lower East Side. Ela adora aquilo, o contraste entre externo e interno, entre decadência e luxo. Adentra o saguão de entrada, passa desper-cebida pelo porteiro adormecido e chama o elevador. Mas quando a porta se abre, ela hesita e vira para trás. Quer ficar na rua, sentir a noite pulsante. Os outros provavelmente já foram dormir mesmo.

Ela abre a caixa de correspondência e leva a pilha de cartas para o restaurante ali perto, o local para o qual sempre vai depois de sessões de foto que avançam até tarde. Assim que chega, pede uma taça de Bordeaux 1982. O garçom balança a cabeça.

— Não servimos o 1982 em taça. Só temos algumas garrafas. Esse é exclusivo. Foi um bom ano.

Elin se mexe em desconforto.

— Depende do ponto de vista. Mas me contento com a garrafa. Pode trazer o vinho, por favor. Eu mereço. Tem que ser o 1982.

— Tudo bem. Você merece — o garçom revira os olhos. — Vamos fechar logo, aliás.

Elin assente com a cabeça.

— Não se preocupe, eu bebo rápido.

Ela manuseia as cartas, passando pelos envelopes sem abrir, até que um chama sua atenção. O carimbo postal é de Visby, o selo sueco. Seu nome foi escrito à mão em letras maiúsculas, cuidadosamente desenhadas em tinta azul. Ela abre e desdobra a folha de papel que está dentro. É uma espécie de mapa estelar e nele está impresso seu nome com uma letra grande e ornamentada. Ela fica sem respiração ao ler as palavras em sueco na parte superior.

Hoje, uma estrela recebeu o nome de Elin.

Ela lê a frase de novo várias vezes na língua estrangeira. Uma longa série de coordenadas indica a localização precisa no céu.

Uma estrela que alguém comprou para ela. Sua estrela, que agora tem seu nome. Deve ser de… será que foi realmente… ele que enviou? Ela reprime o próprio pensamento, não quer nem pronunciar o nome para si mesma. Mas imagina seu rosto nitidamente, o sorriso também.

O coração bate forte no peito. Ela empurra o mapa para longe. Encara o papel. Então se levanta e corre para a rua para olhar para o céu, mas só consegue ver uma massa disforme azul-escura acima dos prédios. Nunca é escuro de verdade em Nova York, nunca o suficiente para enxergar a desordem sinuosa das estrelas. Os prédios altos de Manhattan quase tocam o céu, mas as ruas, lá embaixo, parecem tão distantes. Ela entra de novo. O garçom está esperando ao lado da mesa, a garrafa de vinho nas mãos. Ele serve um pouco na taça e ela bebe sem notar o sabor. Com um movimento impaciente da mão, ela sinaliza que pode servir mais e toma dois goles grandes. Então pega o mapa estelar e vira o papel brilhante de vários jeitos. No canto inferior, contra o fundo escuro, alguém escreveu com canetinha dourada:

Vi seu retrato em uma revista. Você não mudou nada. Tanto tempo sem te ver. Entre em contato!
F.

E, embaixo, um endereço. Elin sente uma dor de barriga ao ver o local de origem. Não consegue parar de olhar, seus olhos se enchem de lágrimas. Ela acompanha o contorno da letra F com o dedo indicador e pronuncia seu nome: Fredrik.

A boca fica seca. Ela pega a taça de vinho e a esvazia. E chama o garçom, bem alto.

— Olá! Pode me trazer um copo grande de leite? De repente fiquei com muita sede.

PASSADO

HEIVIDE, GOTLAND, SUÉCIA, 1979

— UM COPO PARA CADA UM. E sem briga agora.

Mãozinhas seguram a caixa vermelha e branca de leite que Elin acaba de colocar sobre a mesa de pinho. Dois pares de mãos de crianças com as unhas sujas. Elin tenta tirar a caixa deles, mas os irmãos a empurram com fortes cotoveladas. Os dois falam ao mesmo tempo.

— Eu primeiro.

— Você está tomando muito.

— Me dá!

Uma voz severa se ergue acima da discussão.

— Sem briga. Não aguento mais. O mais velho primeiro, vocês sabem as regras. Um copo pra cada. Obedeçam a Elin!

Marianne ainda estava de costas para eles, debruçada sobre a pia.

— Viu? Obedeçam à mamãe agora — Elin empurra Erik e Edvin para o lado bruscamente. Os meninos caem do banco da cozinha sem largar a caixa de leite. Junto com eles, cai um prato de porcelana chinesa, e a cozinha fica em completo silêncio. Como se o ar tivesse, de repente, ficado espesso e o tempo, parado. O barulho da louça se quebrando e do líquido se esparramando no chão provocaram um berro.

Então silêncio e olhos arregalados.

Uma poça branca de leite se espalhou devagar pelo linóleo, caiu da mesa e escorreu em filetes brancos pelos pés do móvel rústico. E, então, outro berro. A fúria daquele grito ecoou pela sala.

— Seus malditos pirralhos. Fora da minha cozinha!

Elin e seus irmãos saíram da cozinha sem hesitar, atravessaram correndo a porta e pegaram um atalho pelo pátio, perseguidos pelos xingamentos, que continuaram a preencher cada canto da cozinha. Eles se amontoaram escondidos atrás de uma pilha de velharias encostada na parede do celeiro.

— Elin, não vamos comer agora? — o irmão mais novo sussurrou baixinho, em uma voz quase inaudível.

— Ela vai se acalmar daqui a pouco, Edvin, você sabe. Não se preocupe. Foi minha culpa que o prato quebrou. — Elin alisou o cabelo do menino com carinho, segurou-o bem apertado e o acalentou.

Depois de um tempo, ela deixou os irmãos, levantou e andou com cautela de volta para casa. Lá dentro, viu a mãe agachada recolhendo os cacos sujos de porcelana do chão, viu-a pegar cada pedaço com o polegar e o indicador, enquanto na outra mão uma pilha de fragmentos se formava.

A porta da cozinha estava entreaberta e rangia bem alto por causa do vento forte. Algumas gotas de chuva caíam da calha. Ping, ping. Elin ouvia com atenção. A casa estava em silêncio. Marianne permanecia agachada, a cabeça abaixada, mesmo depois que todos os pedaços tinham sido recolhidos. Sunny fuçava o chão na frente dela, lambendo o leite derramado. Ela não prestou atenção no cachorro.

Elin estava se preparando para entrar quando, de repente, viu a forma curvada se levantar. O coração de Elin deu um pulo dentro do peito e ela se virou e correu de volta para onde estavam seus irmãos. Correu sobre o cascalho acompanhada por mais gritos. Agachou-se atrás da pilha de velharias. Marianne correu para a porta e atirou as lascas afiadas.

— Fiquem aí fora, onde quer que estejam. Não quero mais ver vocês! Ouviram? Não quero mais ver vocês!

Quando os cacos de porcelana acabaram, Marianne deu várias voltas procurando pelos filhos. Elin se enrolou como uma bola, colocando os braços sobre os irmãos, deixando que enterrassem suas cabeças contra o corpo dela. Eles estavam com medo até de respirar, prestando muita atenção ao menor movimento.

— Não vai ter mais comida este mês. Tão ouvindo? Sem comida. Malditos pirralhos. Pirralhos malditos e imundos!

Seus braços se moviam em todas as direções, mesmo sem ter mais cacos para atirar. Elin a observava com desespero através de buracos na pilha de velharias. Móveis antigos, tábuas, paletes e outras coisas que deveriam ter sido jogadas fora há muito tempo, mas foram sendo empilhadas. Por fim, Marianne se virou e entrou na casa, a mão no peito como se o coração estivesse se contraindo lá dentro. Pela janela da cozinha, Elin a viu vistoriando sua bolsa e as gavetas da cozinha com impaciência até encontrar o que estava procurando. Um cigarro. Acendeu um, tragou profundamente e soltou anéis de fumaça para o teto. Anéis redondos, perfeitos, que ficavam ovais e, então, se dissipavam formando uma névoa até desaparecer. Quando sobrasse apenas a bituca, ela jogaria fora na pia e estaria tudo acabado.

Os irmãos ficaram por um tempo onde estavam, juntos, Edvin com a cabeça abaixada. Ele riscava o chão com um graveto, desenhando linhas e círculos, enquanto Elin mantinha os olhos fixos na casa. Quando Marianne finalmente abriu a janela suja da cozinha depois de uma longa e silenciosa pausa, Elin saiu e seus olhares se cruzaram. Ela sorriu com cautela e ergueu a mão em um aceno. Marianne respondeu com um leve sorriso, mas com a boca tensa e fechada.

Estava tudo normal de novo. Tinha acabado.

No parapeito, havia duas prímulas secas com florezinhas amarrotadas. Marianne arrancou as mais murchas e jogou-as no canteiro.

— Vocês podem voltar pra dentro. Desculpa. Só fiquei um pouco brava — ela chamou. Em seguida, virou as costas para eles de novo. Elin viu a mãe sentar-se à mesa da cozinha. A menina se agachou e brincou com alguns seixos no chão, jogando-os para o alto e equilibrando-os nas costas da mão. Uma pedrinha ficou ali um pouco, mas então rolou e caiu junto com as outras no chão.

— Você não vai ter filhos — Edvin provocou.

Elin olhou feio para ele.

— Cala a boca.

— Pode ser que você tenha um... Uma delas ficou um pouquinho... Erik a reconfortou.

— Ah, vai, você realmente acredita que um punhado de pedras pode prever o futuro?

Elin suspirou e caminhou para casa. No meio do caminho, parou e acenou para os irmãos.

— Venham, vocês dois, vamos comer agora. Tô com fome!

Quando eles voltaram e entraram na cozinha, Marianne estava sentada perto da janela, absorta em pensamentos. Tinha um cigarro nas mãos, as cinzas penduradas, esperando para serem batidas. O cinzeiro sobre a mesa estava cheio, bitucas e mais bitucas amassadas na areia do fundo. O rosto de Marianne estava pálido, seus olhos fitavam o vazio. Ela nem sequer teve alguma reação quando os filhos se sentaram no banco da cozinha.

Elin, Erik e Edvin comeram em silêncio. Mortadela, duas fatias grossas para cada um, e nacos de macarrão frio grudento. Um monte de ketchup ajudava a desgrudá-lo. Os copos estavam vazios, então Elin se levantou para pegar água. Marianne acompanhou-a com o olhar enquanto ela enchia três copos e os colocava sobre a mesa.

— Vocês vão se comportar agora? — Sua voz estava grossa, como se tivesse acabado de acordar.

Elin suspirou enquanto os irmãos se acotovelavam para abrir espaço no banco ao lado dela.

— Derramamos sem querer, mãe, não tínhamos a intenção.

— Você está retrucando?

Ela meneou a cabeça.

— Não, não estou, mas...

— Fica quieta, apenas fica quieta. Nem mais uma palavra. Come a sua comida.

— Desculpa, mãe, não foi de propósito. Só derramamos um pouquinho, foi minha culpa que o prato quebrou. Não fica brava com Erik e Edvin.

— Vocês estão sempre brigando, precisam brigar? O tempo todo. Não aguento mais — Marianne reclamou alto.

— Não precisamos de leite hoje. Água está bom.

— Estou tão cansada.

— Desculpa, mãe. Sentimos muito. Certo, Erik? Certo, Edvin?

Os irmãos concordaram. Marianne se inclinou sobre a panela, raspou o fundo um pouco e pôs uma colherada de macarrão na boca.

— Quer um prato, mãe? — Elin levantou e foi até o armário da cozinha, mas Marianne a deteve.

— Não precisa, podem comer. Só me prometam que vão parar de brigar. Vão ter que beber água o resto do mês, não temos mais dinheiro.

Erik e Edvin remexeram na comida do prato, os garfos raspavam na cerâmica marrom.

— Comam direito.

— Mas, mãe, eles precisam misturar a comida. O macarrão tá frio e grudento.

— Não estaria se não tivessem brigado. Comam direito, já disse.

Edvin parou de comer. Erik abaixou a cabeça e espetou com o garfo pedaços de macarrão com cuidado e em silêncio. Um a cada espetada.

— Por que você é tão brava? — Erik falou baixo, virando-se e olhando para Marianne.

— Quero que vocês sejam capazes de comer com o rei, estão me ouvindo? Meus filhos devem ser suficientemente educados para comerem com o rei a qualquer hora.

— Mãe, para. Isso foi o que o papai disse quando estava bêbado. A gente nunca vai comer com o rei. Como isso seria possível? — Elin suspirou e olhou para o outro lado.

Marianne pegou os talheres de Elin e jogou-os com tanta força sobre a mesa, que quicaram e caíram no chão.

— Não aguento. Não aguento mais. Ouviram?

Marianne pegou o prato de Elin e o levou para a pia. Enquanto lavava, batia as panelas e as tigelas. Ficava assim brava quando estava com fome, Elin sabia disso. E não deixou que os irmãos pegassem mais comida.

— Terminamos, mãe, sobrou pra você.

Elin olhou para os irmãos sentados à mesa em um silêncio desesperançado diante dos pratos raspados e limpos. Edvin, com cachos grossos e loiros que ainda não tinham sido cortados, apesar de já ter sete anos e começado a frequentar a escola. Eles cascateavam sobre as orelhas e atrás do pescoço, como uma cachoeira de ouro. E Erik, somente um ano mais velho, mas tão maior, tão mais maduro. Seu cabelo nunca tinha insinuado um cacho. Marianne o raspava regularmente com a máquina, e o couro cabeludo nu enfatizava as orelhas imensas.

— Estamos satisfeitos agora. — Elin olhou para eles com uma expressão de súplica. Eles concordaram relutantes e ficaram de pé.

— Podemos sair da mesa?

Elin concordou. Os irmãos escapuliram para o andar de cima. Ela ficou onde estava, ouvindo o barulho dos pratos batendo, olhando para as costas da mãe curvadas sobre a pia baixa. De repente, os movimentos pararam.

— Está tudo bem, né? Apesar de tudo?

Elin não respondeu. Marianne não se virou. Seus olhares não se cruzaram. O barulho continuou.

— O que eu faria sem você? Sem seus irmãos? Vocês são meus três ases.

— Você poderia ser um pouco menos brava, quem sabe?

Marianne se virou. Através da janela, o sol iluminava a cozinha, flagrando a sujeira nas lentes de seus óculos. Seu olhar cruzou com o de Elin, ela engoliu em seco e então foi até a panela e pôs uma colherada de macarrao frio na boca.

— Você tá satisfeita? Tem certeza?

Marianne se espremeu ao lado de Elin no banco da cozinha e acariciou delicadamente a cabeça dela.

— Você me ajuda tanto. Nunca conseguiria sem você.

— Não temos mesmo mais dinheiro? Nem pro leite? Você compra cigarro — Elin gaguejou as últimas palavras fitando a mesa.

— Não, não este mês. Meu cigarro vai terminar logo, não posso comprar mais. Consertei o carro, precisamos dele. Vocês vão ter que comer o que tiver na despensa, tem algumas latas ainda. E tem água na torneira, beba se estiver com fome.

— Telefona pra vovó, então. Pede ajuda — Elin olhou para ela, implorando.

— Nem em um milhão de anos — ela balançou a cabeça. — Que ajuda ela pode dar? São tão pobres quanto nós. Não vou reclamar.

Elin ficou em pé e enfiou as mãos nos bolsos dos seus jeans apertados. Tirou duas tampas de garrafa, um toco de lápis amarelo, duas moedas sujas de uma coroa e duas moedas de cinquenta öre.

— Tenho isto — ela empilhou uma por uma na frente de Marianne.

— Dá pra comprar um litro. Vai até o mercado amanhã se quiser. Obrigada. Você vai receber de volta quatro coroas quando eu tiver dinheiro. Prometo.

Elin saiu de casa no entardecer frio sem ser vista. Marianne ficou sentada à mesa da cozinha, um cigarro recém-aceso nas mãos.

Elin contava as gotas que caíam da calha. Deslizavam lentamente pelas agulhas de pinheiro que entupiam a passagem. Mergulhavam em silêncio no barril de plástico azul que Marianne tinha levado para casa de alguma fazenda vizinha. Era de um pesticida chamado Resistência. Resistência. Elin gostava daquela palavra e do seu significado. Queria que tivesse sobrado um pouco de Resistência para que ela pudesse pegar emprestado quando fosse necessário. Ela lançou um feitiço invisível no barril, sibilando.

— Resista agora. Vamos, resista a tudo. A todas as coisas ruins.

Ali, atrás da casa, era seu lugar secreto. Na parte de trás, onde ninguém tinha interesse em ir, onde os zimbreiros cresciam junto à casa e as agulhas de pinheiro espetavam seus pés quando estava descalça. Já fazia metade da sua vida que ela se escondia ali, desde que tinha cinco anos. Quando precisava ficar sozinha. Ou quando alguém ficava bravo com ela. Quando o pai falava enrolado. Quando a mãe estava chorando.

Com os galhos da floresta, ela fez uma cadeira, que estava sempre à sua espera, encostada na parede. Ali, ela podia sentar e pensar; podia ouvir seus pensamentos tão melhor quando estava sozinha. O telhado de plástico e a calha abrigavam sua cabeça da chuva, mas somente se se sentasse perto da parede. Ela inclinava a cabeça para trás, fechava os olhos e deixava as gotas encharcarem seus jeans surrados. Ficavam com manchas escuras e o frio se espalhava por suas pernas como uma coberta de gelo. Ela ficava assim, as pernas debaixo da chuva, deixando que ficassem cada vez mais molhadas, mais frias. As gotas caindo no barril tamborilavam cada vez mais rápido. Ela se concentrava no som, contando e seguindo a ordem. Era mais difícil na escola. Lá, os sons nunca eram puros. Não como aqui. Na escola, havia sempre outros barulhos que a perturbavam: gritos, conversas, brigas, ruídos corporais. A mente de Elin registrava tudo, ouvia tudo. Na sua cabeça, os números se fundiam em um, ela perdia o fio da meada e não conseguia se concentrar. "Ela é um caso perdido", ouviu Miss dizer para Marianne na noite de reunião dos pais. Um caso perdido para a matemática. Um caso perdido para escrever direito para que Miss conseguisse ler o que ela tinha escrito. Um caso perdido para a maioria das coisas. E mais, filha de um criminoso. Elas falavam sobre isso, todas as crianças da escola, e os professores também, quando achavam que ela não estava ouvindo. Eles cochichavam quando ela passava. Ela nem sabia o que a palavra significava.

O único que a defendia era Fredrik. Ele era o mais forte, o mais inteligente da escola. Ele a pegava pelos braços e a puxava para perto dele, repreendendo os outros por serem malvados. Uma vez, ela perguntou o que a palavra significava, mas ele só riu e falou para ela pensar em outra coisa. Algo que a deixasse feliz.

Ela achava que isso tinha a ver com o fato de o levarem embora, a polícia, e ele não morar mais em casa. Sentia falta dele todo dia. Ele nunca pensou que ela fosse um caso perdido, ele não via sentido em ir bem na escola. Ela costumava ajudá-lo no trabalho e era sempre boa nisso. Pelo menos, era o que ele dizia.

Mas agora, provavelmente, não o ajudaria mais. Nunca mais.

Sentada atrás da casa, ela se sentia bem. Lá, onde a única coisa que escutava era o gotejar abafado da chuva na água do barril e o murmúrio do vento remexendo o topo dos pinheiros. Ali, onde ela podia ouvir seus próprios pensamentos.

Ela precisava daquele tempo. O tempo silencioso. Para pensar. Para entender. Na maioria das vezes, pensava em como seriam as coisas na prisão, onde o pai estava. Imaginava como seriam os sons lá. Se ele estava completamente sozinho com seus pensamentos atrás das grades que protegiam o mundo dele. Se havia grades ou apenas portas. Talvez fossem impenetráveis, feitas de ferro grosso. Do tipo que nenhuma bomba poderia explodir. Portas que permaneciam firmes mesmo quando o mundo ao redor estava desabando.

Ficou imaginando como seria quando o pai ficava bravo e esmurrava a porta com os punhos. Se doía, se ficava esburacada, como em casa.

Domingo era dia de visita, ela lera em uma carta que Marianne havia enviado. Então, todo domingo ela esperava que fossem pegar o barco. Para levá-los ao continente e até a prisão do outro lado do mar. Para os guardas desembainharem o grande molho barulhento de chaves, destrancarem as portas pesadas de metal e deixarem o pai sair. Então, ela poderia correr até seus braços e sentir o calor das suas mãos grandes, enquanto ele acariciaria suas costas e sussurraria "Oi, Número Um" com a voz grave de tanto cigarro.

Esperou em vão.

Nunca foram. Foi a gota d'água para Marianne, era o que ela dizia para quem perguntasse. Falava que não sentia falta dele, nem um pouco. Uma vez, quando um vizinho perguntou, chegou a dizer que seria bom se ele ficasse na prisão até apodrecer, assim ela não precisaria vê-lo de novo. Imagens terríveis povoaram a cabeça de Elin e se recusavam a ir embora. Ela visualizou o corpo dele ficar verde de bolor, se decompor devagar em uma poça no chão cinza e frio de concreto.

Que sorte ter o seu lugar mágico. Dia após dia, ela se sentava ali na companhia das gotas, do vento, do sol, das nuvens, das árvores e das formigas, que picavam seus pés. Com frequência, imaginava o que ele tinha feito de tão ruim para o prenderem. Se de fato ele era uma má pessoa.

Ping, ping, ping, ping. Quatrocentos e sete, quatrocentos e oito, quatrocentos e nove. Ela contava e pensava. O tempo desacelerava um pouco. Talvez fosse assim para o pai na prisão. Ela ficava imaginando o que ele fazia com todo aquele tempo. Se ele também ficava contando as gotas caindo do telhado.

Presente

Nova York, 2017

O LÍQUIDO FRIO E BRANCO parece áspero em comparação ao vinho que ela bebeu antes. Ela estala a língua contra o palato. A parte interna da boca está coberta por uma camada viscosa. O leite do restaurante é tão gorduroso, tão diferente. Nem um pouco parecido com o leite fresco de que se lembrava e que queria. Ela afasta o copo meio cheio e pega a taça de vinho pela haste, deslizando-a em sua direção sem suspendê-la. O mapa estelar está dobrado e guardado no envelope à sua frente. Ela passa a palma da mão sobre o envelope e sobre o endereço escrito à mão.

Inspira. Expira.

Ele está ali nas linhas da caneta, seus dedos desenharam as letras que formaram o nome dela. Ele não a esqueceu. Ela respira cada vez mais rápido. O coração bate dentro do vestido vermelho. De repente, sente frio, um arrepio percorre sua pele.

— Vamos fechar daqui a pouco. — De novo, o garçom quer sua atenção. Ele faz um sinal com a cabeça na direção da garrafa ainda cheia, com mais da metade de vinho.

— Por favor. É Nova York. E você me conhece. Me deixa ficar aqui um pouco, não quero ir pra casa ainda — ela resmunga. Esvazia a taça com dois goles grandes e a enche de novo. A mão que segura a garrafa treme, e gotas vermelhas respingam na toalha de papel branca da mesa. O líquido se espalha, sendo absorvido. Ela acompanha com o olhar o desenho que se forma.

— Dia difícil no trabalho, suponho — o garçom sorri entredentes calmamente e tira os pratos da outra mesa.

Ela assente, vira o envelope e encara o nome que não pronunciava há tantos anos, nem sequer em pensamento. Fredrik Grinde. Fredrik. Repete o nome várias vezes, sente seu lábio inferior se mexer encostando nos dentes.

— Tudo bem, se quiser, pode ficar enquanto eu fecho tudo. Não vou te mandar embora. Mas só porque é você.

O garçom desaparece atrás do bar. Muda a música. Um saxofone solitário é acompanhado pelos barulhos dos pratos na cozinha. As luzes do teto se acendem, e o restaurante é inundado por uma claridade ofuscante. Elin esconde o rosto nas mãos. Uma lágrima cai na mesa e aterrissa sobre a mancha vermelha, que se espalha ainda mais.

O celular vibra na sua perna e ela o tira do bolso do vestido. Mais uma mensagem. Do Sam, apenas duas palavras.

Boa noite.

Quando se casaram, eles prometeram um ao outro: que sempre diriam "boa noite", nunca dormiriam sem se reconciliar. Ela quebrou a promessa várias vezes. Ele, nunca. Ele nunca a desaponta, é sempre ela. É sempre o trabalho dela que consome todo o seu tempo.

Ela quebra a promessa mais uma vez. Seria tão fácil responder. *Boa noite.* E ainda assim ela não responde. Ela arrasta as palavras dele, mandando-as embora, e vai para a ferramenta de busca na internet, com o pensamento em outro. Digita o primeiro nome de Fredrik, quase com a esperança de ver seu rosto sardento e seu sorriso, exatamente como ela lembra. Mas na tela aparecem homens de terno com o mesmo nome.

Ela ri de sua própria estupidez, mas não ousa procurar pelo nome completo. Procura outras coisas, fotos do lugar que ela deixou. Onde tinha um amigo que seria dela para sempre. *Fredrik, onde você esteve todos esses anos?* Ela segura o mapa perto do peito.

O garçom está parado ao lado da mesa de novo. Ele pega a garrafa e a analisa. Então a devolve.

— Não é de fato permitido — ele diz. — Mas leve para casa se quiser. É muito caro pra jogar fora. Você precisa ir embora agora.

Elin balança a cabeça, se levanta e se afasta dele. Então, ela se vira e caminha em direção à porta.

— Ei, oi, precisa pagar antes de ir! — Ele a segura pelo braço e a puxa de volta. Ela assente avidamente.

— Desculpa, eu...

Ela enfia a mão na bolsa procurando o cartão.

— Tá tudo bem, aconteceu alguma coisa? Sam está bem?

— Sim, acho que sim. Só... é um pouco complicado. Provavelmente preciso apenas dormir um pouco.

O garçom concorda e ri alto.

— Precisamos todos. Aqui, inclusive. Vá pra casa, amanhã é um novo dia. O sol vai nascer, então você precisa resistir até amanhã. — Ele cantarola a última frase.[*]

Elin dá um leve sorriso e aquiesce. Ela sai para a rua, mas para na porta, paralisada por todos os pensamentos que fervilham em sua cabeça. Pega o celular de novo. Escreve algumas palavras na ferramenta de busca na internet, com os dedos trêmulos, e rapidamente aperta "Buscar".

Prescrição de homicídio Suécia.

---

[*] Refrão da música "Tomorrow", do filme *Annie*. (N. T.)

Passado

Heivide, Gotland, 1979

— Ela veio aqui ontem também.

Gerd, a caixa do mercado, levantou quando viu Marianne e Elin entrarem pela porta de vidro. Elin ficou tensa e parou na entrada, mas Marianne continuou.

— Sim, e? Eu a mandei vir, não é a primeira vez que ela vem aqui sozinha — Marianne resmungou, pegando uma cesta da prateleira.

Gerd foi até Elin e segurou nos ombros dela gentilmente.

— Você vai contar ou eu conto? — sussurrou no ouvido dela, com um hálito de café.

Elin sacudiu a cabeça e olhou para ela com expressão de súplica, mas Gerd a ignorou.

— A mocinha aqui tentou roubar um litro de leite.

— Elin? Ela nunca tentaria roubar qualquer coisa, ela tinha dinheiro para pagar pelo leite.

— Bem, sim, ela pagou por um litro de leite. Mas não pelo que ela estava levando escondido sob o casaco.

Elin percebeu as mandíbulas de Marianne travarem. Ela andou pelo mercado, escolhendo os produtos cuidadosamente. Dava para ver pelo movimento dos lábios que ela estava somando os valores na cabeça. A cada valor adicionado, eles se mexiam. Elin ainda estava presa pelos braços de Gerd. Gerd estava calma e afetuosa, sua respiração era profunda e lenta. Cheirava a spray de cabelo e seus cachos grisalhos caíam volumosos e ondulavam com perfeição em sua cabeça. As duas acompanhavam Marianne com os olhos. Por fim, ela voltou e colocou a cesta no chão. Havia um pacote de macarrão instantâneo, pão, cenoura e cebola.

— Sua pirralha — ela rosnou, olhando para Elin. — Somos pobres, mas não roubamos. E é assim.

— Como vão as coisas com vocês? Tá difícil agora que você está sozinha? Tem dinheiro para comer? — Gerd acariciou o cabelo comprido de Elin.

Marianne virou o rosto.

— Ela só estava fazendo uma travessura. Certo, Elin? Uma boa surra é o que você precisa. E é o que vai ter.

Elin assentiu e olhou sem graça para o chão. As duas mulheres conversavam acima de sua cabeça.

— Você está cuidando direito da menina? Pra que ela não fique como ele?

— Como ele? O que você quer dizer?

— Bem, um criminoso. Isso pode ser herdado.

— Elin não é uma criminosa. O que você tá falando? Ela cometeu um erro, mas não se preocupe, ela não é criminosa.

Gerd registrou as compras de Marianne no caixa em silêncio. Marianne acompanhou a soma do valor e passou os dedos pelas moedas em sua pequena bolsa. Tirou o pão, envergonhada.

— Lembrei que tem pão em casa que precisamos comer primeiro. Pode tirar.

— Se você diz... — respondeu Gerd com um sorriso, corrigindo o valor. Marianne entregou uma pilha de moedas.

— Se acontecer de novo, se Elin fizer alguma coisa estúpida, me ligue imediatamente. Para me colocar a par.

— Sim, deveria ter ligado. Me esqueci, só isso. Foi apenas um litro de leite. Mas claro que ela não deveria roubar.

Elin pegou as compras e colocou na sacola de pano. Ela abaixou a cabeça e Gerd estendeu um pirulito, ela hesitou até que Marianne consentisse.

— Como vai a vida amorosa, aliás? Imagino que você esteja tentando encontrar alguém agora que está livre de Lasse. Não é saudável viver sozinha.

— Encontrar alguém? Onde eu procuraria?

— Alguém vai aparecer, você vai ver. Do contrário, você vai ter que aceitar Lasse de volta quando ele sair de novo.

— Aceitar ele de volta? O quê? Mas ele não... — Marianne parou e acenou com a cabeça em direção à porta. — Elin, vai na frente, saio em um minuto.

Elin saiu. Assim que a porta se fechou, ela ouviu as mulheres conversando, sussurrando calorosamente.

— Ele não vale nada, é só um ladrão vil que aterroriza as pessoas. Ele quase a matou e por isso está preso. Se quer saber, ele deveria ficar por lá — Marianne estava furiosa.

— Você está certa. Ele devia estar bêbado, homens fazem essas besteiras quando bebem — Gerd estava tentando acalmá-la.

— Grava minhas palavras, estamos melhor agora do que com alguém cambaleando por aí e nos assustando.

A porta fez barulho ao se fechar atrás de Elin e as vozes silenciaram. Ela se sentou na soleira da porta do andar de cima da casa, cujo térreo abrigava o mercado. Um pouco da argamassa tinha caído, expondo parte dos tijolos vermelhos, exatamente iguais aos do chão da câmara frigorífica. Ela cutucou a parede, tirando pequenos pedaços e atirando-os em uma poça na estrada. Além da poça, havia os campos e a floresta, e, mais além, a maior fazenda da região. Os proprietários eram tão ricos, que tinham uma piscina interna em uma das partes da casa.

Tufos de uma névoa fina atravessavam o campo mais próximo. A colheitadeira tinha deixado restos de feno onde, apenas uma semana antes, o centeio estava grande e ondulava lindamente. Quase parecia que algumas nuvenzinhas haviam caído do céu cinza. A luz do sol ainda conseguia atravessar, tornando a vegetação brilhante diante de seus olhos. Ela se concentrou na beleza da cena.

Atrás dela, passos se aproximaram, fazendo seu coração acelerar, e ela ouviu o chão ranger apesar da porta fechada. Ela correu escada abaixo e desapareceu atrás do prédio. De lá, ela viu Marianne sair e se encaminhar para a estrada principal e para casa. Ela segurava sobre o ombro a sacola de pano quase cheia e mantinha o olhar fixo no chão à sua frente.

Gerd estava agachada na frente da prateleira de pão quando Elin entrou de novo no mercado. Ela estava empilhando pacotes de pão e deixou cair uma pilha inteira quando a porta tilintou. Ela sorriu quando se virou e viu quem era.

— Olá, pequenina. O que você está fazendo de volta aqui? Mamãe ficou muito brava com você? Desculpa. Ela não bateu em você como disse que faria, bateu? Eu tinha que contar, você entende, né?

Elin encolheu os ombros. O pirulito estava parcialmente para fora do bolso da calça, e ela o pegou e tirou o papel-celofane. Então, sentou-se no chão ao lado de Gerd com o pirulito na boca e passou os pacotes de pão para Gerd, que os colocou no lugar.

— Que adorável ter um pouco de ajuda hoje, exatamente quando eu precisava. Agora temos o pão de centeio para os Grinde e o pão Skogaholm para os Lindkvist e os Pettersson.

— Como você sabe quem compra o quê?

Gerd deu uma risadinha.

— Sei um monte de coisas. Pão de melado era o favorito do seu pai. E talvez seja o seu também. Acertei?

Elin concordou. Gerd deu um pacote para ela.

— Leva pra casa, o prazo de validade termina hoje. Sempre levo pra casa e congelo na data de validade. Assim eles permanecem frescos. Posso dar pão para vocês toda semana se estiverem passando por dificuldades.

— Minha mãe vai achar que roubei.

Gerd acariciou sua bochecha.

— Não se eu disser que iria jogar fora o pão de qualquer maneira. Você pode congelar em pacotes com quatro pedaços cada e tirá-los quando precisar.

Elin abraçou o pacote apertado sob o queixo. Sentiu o leve aroma do pão com uma inspiração profunda.

— Imagino que esteja difícil no momento, agora que seu pai se foi. Logo ele vai voltar pra casa, você vai ver — Gerd continuou.

— Mamãe diz que ele nunca mais vai cruzar a nossa porta de novo — Elin apertou os lábios com tristeza.

— É o que ela diz? Bem, talvez seja assim. Mas com certeza ele terá a sua própria porta de entrada. E você poderá cruzá-la.

Elin concordou.

— Quer conversar sobre isso um pouco?

Ela balançou a cabeça. Gerd a abraçou e ficou assim até Elin se contorcer para se soltar.

— Dizem que o papai é um assassino e que ele nunca mais vai voltar — ela disse calmamente.

— Quem diz?

— Na escola. Dizem que o prenderam e jogaram a chave fora. Que ele é um criminoso ou como queira chamar.

Gerd balançou a cabeça e colocou a mão no queixo de Elin. Seu toque era quente e áspero.

— E o que você acha? — ela perguntou.

Elin encolheu os ombros. O pirulito estava quase terminando. Ela o tirou da boca.

— O que ele fez de tão horrível? Por que ninguém me conta?

Gerd riu e olhou para a porta. Um Volvo azul brecou forte bem do lado de fora da porta e um homem alto de camisa vermelha e chapéu de caubói saiu do carro. Subiu os degraus em dois grandes saltos e abriu a porta.

Elin se inclinou para Gerd e sussurrou.

— É verdade que comem bife todo sábado na fazenda dos Grinde?

— Você vai ter que perguntar isso para o Micke. Ou para o Fredrik.

Elin balançou a cabeça.

— Não, não fala nada, é só o que alguém disse. Não deve ser verdade.

— Você não deveria prestar tanta atenção ao que as pessoas dizem. Que essa seja a sua lição de hoje.

O rosto de Gerd se iluminou quando Micke entrou pela porta. Ela o acompanhou pelos corredores falando sem parar. Elin ficou onde estava e brincou com os pacotes de pão. Quando ele se aproximou, ela passou para ele um pacote de pão de centeio.

— Oi, garota. Como você sabe o que eu quero?

Ele sentou-se sobre os calcanhares ao lado dela, com o braço apoiado na prateleira. Sob seus braços, havia uma mancha grande e escura de suor com um cheiro azedo. Elin olhou para Gerd.

— Ela é boa de adivinhação, essa pequena — Gerd riu.

— É verdade.

Ele colocou a mão no bolso e tirou uma moeda de cinco coroas. Brincou com ela e então jogou-a no ar. Elin a viu girar e brilhar contra a luz da lâmpada fluorescente. Caiu bem na frente dela, e ela esticou a mão para pegá-la.

— Pode ficar, compre alguma coisa legal só pra você.

Micke se virou, sorriu para Gerd e foi para o caixa com sua cesta cheia de compras. Gerd fez mil agradecimentos e ouviu com atenção o que ele dizia. Elin ficou onde estava até que o ouviu sair da loja e entrar no Volvo azul. Quando ele ligou o motor, ela foi para a seção de leite e pegou um engradado vermelho. Levou-o até Gerd e colocou no balcão.

— Quero comprar isso. Pode escrever um bilhete pra mamãe dizendo que não roubei? E nem o pão?

Presente

Nova York, 2017

O ELEVADOR RANGE ENQUANTO SOBE pelo edifício, como se os cabos que o seguram estivessem prestes a romper. Os espelhos mostram cada parte do seu corpo, sua imagem está em todo lugar. Ela toca a pequena calosidade nas costas, visível sob o vestido, bem acima da cintura. Apareceu quando ela fez quarenta anos e se nega a ir embora. Ela se inclina para a frente e examina o rosto, procurando pela beleza que costumava estar ali, mas só consegue ver olheiras e linhas escavando a pele de suas bochechas. As portas do elevador se abrem, e diante dela está o piso branco que significa casa. Elin entra e acende a luz. Sam está no sofá, deitado, com as mãos no colo. Seus olhos estão fechados, seu rosto está relaxado. Os cantos da boca apontam ligeiramente para cima, mesmo quando ele dorme. Ele parece sempre feliz, alegre de alguma maneira. Foi por isso que ela se apaixonou. A felicidade, a segurança.

Ela se esgueira, passando por ele com a pilha de correspondências nos braços. Anda até a escrivaninha sem fazer ruído e coloca a carta da Suécia na gaveta de cima, e as outras, empilhadas sobre a mesa. Então, volta e se aninha ao lado dele. Ele geme um pouco como se tivesse acabado de acordar.

— Desculpa, demorou muito — ela sussurra, beijando-o no rosto. Ele pula, como se o beijo tivesse eletricidade.

— Por onde você andou? Que horas são? — ele resmunga.

— Como assim?

— Você tá cheirando a vinho. Você perdeu o jantar com meus pais. Provavelmente eles vão começar a achar que você está aprontando algo.

Elin dá de ombros.

— Só tomei uma taça ao sair do estúdio, a caminho de casa. Estava sozinha. A sessão de fotos demorou uma eternidade, a modelo era terrível. Atores egocêntricos, você não tem ideia.

Ela suspira profundamente e encosta a cabeça no sofá, coloca os pés em cima da mesa de centro.

— Quase que você os encontra, eles acabaram de sair.

— Quem?

— Você não tá me ouvindo? Meus pais. Não lembra? Convidamos eles para jantar para celebrar Alice e o curso de dança, ela ter entrado na escola. Até falamos sobre isso na terapia, que era importante para nós.

Elin coloca a mão na boca como se lembrasse de repente.

— Desculpa — ela sussurra.

— Você sempre diz isso. Mas de fato se importa? — Sam balança a cabeça, chateado. Suspira.

— Me importo, sim. Desculpa. Esqueci. Tem tanta coisa acontecendo agora, você sabe como é. A equipe, não posso simplesmente sair... tudo depende de mim. Não tem foto sem mim. Não é como um trabalho normal.

Sam se esquiva de seu toque, levanta e caminha para o quarto, arrastando os pés.

— Estava te esperando dizer boa noite. Pelo menos. Que você falasse comigo, pensasse em mim. — Sam balança o celular para ela.

— Desculpa, estou aqui agora. Vim pra casa assim que você mandou mensagem, queria dizer boa noite aqui. Alice ainda está aqui? Ela ficou pra dormir? Por favor, diga que sim.

Sam para, mas não se vira.

— Ela foi embora por volta das nove, disse que tinha aula amanhã cedo. Mas acho que ficou decepcionada, você deveria ligar para ela.

Elin não responde. Já está a meio caminho do terraço. Ela se afunda em uma cadeira e tira os sapatos, pega o celular e escreve uma mensagem para Alice.

Desculpa, amorzinho, cheguei tarde do trabalho. Desculpa.

Ela olha para as palavras que acaba de enviar. Inclui alguns emojis de coraçõezinhos vermelhos, envia-os também e põe o celular virado para baixo na cadeira ao lado.

Sob seus pés, a madeira está quente. Ainda tem fumaça saindo do forno a lenha que Sam insistiu em construir quando se mudaram. Ela estremece quando vê a fumaça, levanta-se e fecha bem a portinhola, sufocando as brasas lá dentro.

— O que é isso?

Sam vai até ela lá fora. Nas mãos, ele segura o mapa estelar e o agita diante do rosto dela.

— Achei que você estivesse dormindo quando entrei.

— O que está escrito? Que língua é essa?

— Não sei — Elin faz um leve movimento de ombros.

— Você não sabe, mas escondeu?

O rosto de Sam está contraído, descrente. Elin engole com dificuldade.

— Não estava escondendo, apenas guardei.

— E você não tem ideia de quem enviou? — Sam suspira profundamente.

— Realmente não sei, juro. Deve ser algum admirador louco. Um fã. Nem sequer sei que língua é. Você sabe?

Sam dá um passo aproximando-se do parapeito do terraço e segura o mapa na beirada.

— E mesmo assim você escondeu? Não acredito em você. Me diga quem enviou!

Elin balança a cabeça.

— Não sei.

— Então não tem problema se eu deixar cair?

Sam olha nos olhos dela. Eles se encaram. Como ela não responde, ele solta o mapa, que é levado pelo vento. Elin estende a mão para pegá-lo, mas ele se movimenta muito rápido. Ela vê o mapa desaparecer em direção à rua, acompanha-o com o olhar, as mãos segurando o parapeito do terraço. A folha oscila, ondula, como um bote em mares tempestuosos. Eles assistem à queda até que o papel desapareça de vista. Sam se vira para ela.

— Então, não significa nada?

Ela tenta ficar calma. Sam não desiste.

— Dá pra ver que ficou chateada.

Elin balança a cabeça e estende os braços para ele.

— Não sei do que você está falando. Por favor, tive um dia longo e preciso dormir. Tenho que levantar cedo amanhã também.

Sam dá um passo para trás, empurra as mãos dela.

— É sábado.

— Por favor.

— Tirou as palavras da minha boca.

— Como assim?

Sam não responde. Ele vira de costas e desaparece em direção ao quarto. Seus passos martelam o chão.

Elin não vai atrás dele, mas, sorrateiramente, sai para o hall e pega o elevador. Está descalça e o asfalto arranha a sola dos seus pés enquanto ela anda de um lado para o outro procurando pelo mapa. Não o vê em lugar algum. Será que ficou preso em alguma varanda no caminho? Ela procura em todo lugar, em vão.

Ela estica o pescoço para o alto, examinando o prédio, procurando o lugar exato de onde ele o deixou cair, traçando com o olhar o caminho possível. Talvez tenha virado a esquina e parado em outra rua. Ela vai até a rua Broome. Ao dobrar a esquina, quase atropela uma senhora. Seu cabelo é grisalho e oleoso. Ela está vestindo um moletom verde largo, manchado na frente. Em uma das mãos, segura o mapa, na outra, um cobertor enrolado e preso com um cinto de couro. Elin tenta pegar o mapa, mas a mulher rosna, mostra os dentes, drogada de algo que não é álcool. Elin recua.

— É meu, por favor, deixei cair.

A mulher balança a cabeça. Elin procura dinheiro em seus bolsos, mas estão vazios. Ela mostra as mãos vazias.

— Por favor. É de uma pessoa que significa muito para mim. Não tenho nenhum dinheiro pra te dar, mas posso ir buscar se quiser. Mas, por favor, me dê — ela implora impotente.

A mulher balança a cabeça e aperta o mapa contra o peito. A ponta está amassada. Elin balança a cabeça.

— Por favor, cuidado. É de alguém... Alguém que significa muito pra mim. Por favor...

A mulher olha para ela com uma expressão de pena e assente.

— Sei, entendo, entendo. Amor, amor, amor — ela murmura, largando o papel, que escorrega e cai no chão perto dos pés descalços de Elin.

Passado

Heivide, Gotland, 1979

A estrada principal estava deserta. A beira do asfalto era desnivelada e irregular, rachada por causa da geada da primavera. Longas rachaduras serpenteavam pela rodovia, e as faixas brancas de sinalização da estrada estavam desbotadas e arranhadas. Elin pulava de uma faixa para outra. A sacola de pano vazia em seu braço flutuava atrás dela ao vento. Ela pulava com o máximo de concentração, aterrissando na ponta dos pés dentro dos sapatos finos.

De repente, num alvoroço sorridente, alguém estava diante dela. Ele pulou mais longe que ela, passando duas faixas de uma vez com os braços esticados para o alto. Usava macacão azul e botas pesadas e estava sujo dos pés à cabeça. Ele parou e sorriu para ela. Era difícil distinguir as sardas da lama no rosto. Elin reuniu forças e pulou mais à frente dele, mais do que duas faixas dessa vez. Quase.

— Fala sério, sua fracote! — Provocada pelo tom de gozação, ela pulou mais longe ainda, mas pousou um pouco antes da segunda faixa.

Ela ficou olhando enquanto ele gargalhava.

— Você nunca vai ser mais forte do que eu. Desiste. Sou menino, você sabe.

— Vou te mostrar. Um dia. — Elin sibilou e mostrou a língua. Então, ela atravessou a estrada e correu em direção ao mercado.

Do lado de fora, havia um trator com uma carreta cheia de caixotes de madeira: batatas, cenouras e couves-nabo recém-colhidas. Micke saiu pela porta e olhou furioso para as crianças.

— Olá, Elin. Fredrik, você está trabalhando, vamos lá, sem brincadeira — chamou, e sua voz ressoou como se viesse de suas entranhas.

Fredrik puxou o cabelo de Elin carinhosamente ao passar por ela. Pegou dois caixotes grandes da carreta, que o cobriram acima do seu nariz e o fizeram se curvar por causa do peso. Elin segurou o que estava por cima, tentando tomar dele.

— É muito pesado, deixa eu ajudar. Não estou com pressa.

Fredrik balançou a cabeça.

— Papai vai ficar furioso. Deixa. Eu consigo. Eu mesmo tenho que fazer.

Elin fez o que ele pediu, largando o caixote assim que Micke saiu pela porta de novo. Ele falou sem parar de fazer o trabalho, carregando três caixotes de uma vez, deixando a camisa esticada no peito por causa dos músculos contraídos. Pelas frestas entre os botões, ela viu a pele coberta de pelos pretos.

— Eu já fui e voltei três vezes e você ainda está parado aí flertando. O filho de um fazendeiro tem que trabalhar, você sabe. Nada acontece por conta própria — ele falou rispidamente.

Fredrik subiu os degraus cambaleando com os caixotes pesados, incapaz de ver onde estava pisando. Elin correu ao lado dele e abriu a porta. Quando ele passou por ela, sussurrou:

— Vai embora antes que ele fique bravo com você por estar no meio do caminho. Te vejo mais tarde. Fica atenta ao assobio.

Uma viagem mais e eles terminaram. Elin ouviu o trator dar partida e sair. Os caixotes que entregaram ficaram empilhados perto das prateleiras de vegetais. Havia uma trilha de pegadas de terra desde a porta, como um lembrete da origem dos alimentos.

Elin acordou com alguém assobiando uma melodia suave. Ela pulou da cama imediatamente e colocou os jeans boca de sino que tinha herdado de uma vizinha próxima e uma camiseta verde com um trevo-de-quatro-folhas na frente. Examinando-se rapidamente no espelho, alisou o cabelo que caía embaraçado sobre os ombros, dividindo-o no meio da cabeça. Abriu a porta com cuidado, olhando para os dois lados no corredor antes de sair. Não tinha ninguém. A porta do quarto de seus irmãos estava fechada, a luz apagada. Ela desceu as escadas sorrateiramente sem acender as luzes, espiou através do corrimão e viu Marianne debruçada na mesa da cozinha, enrolada em um cobertor cinza. Tinha um cheiro no ar, mas Elin não viu nenhum cigarro aceso, nenhuma fumaça. Marianne estava imóvel, tão quieta como a noite.

Elin desceu de fininho, colocando um pé na frente do outro com cuidado. Marianne não se mexeu, o único movimento em seu corpo encurvado era da respiração pesada. Elin ouvia o ar passando com dificuldade pelo nariz da mãe. Fora isso, a casa estava silenciosa. Elin foi na ponta dos pés até a porta da frente com passos largos para que as pernas da calça não raspassem uma na outra e fizessem barulho.

O vento marítimo forte e frio entrou pela porta assim que ela a abriu. Ela segurou firme e fechou a porta com cuidado, um milímetro de cada vez. Então, correu rápido pelo pátio em direção à estradinha da floresta. O assobio tinha parado, e a única coisa que ela conseguia ouvir era o barulho das ondas. Ela ficou parada ouvindo atenta na noite negra. Assobiou algumas notas. Não houve resposta, mas achou que tinha ouvido alguém se aproximar, passos pisando no cascalho. Sua pulsação acelerou.

— Fredrik? É você? — Elin chamou. Não houve resposta, e os passos pararam.

Ela começou a assobiar de novo, a mesma melodia repetidamente. Por fim, seu assobio foi respondido por uma única nota mais alta, que lentamente se dissipou.

— Não tenha medo, saia! — Elin olhou ao redor, os arbustos de zimbro e a árvore formavam sombras assustadoras pairando sobre ela. Ela se virou de um lado para o outro, esticando o pescoço ansiosamente. De repente, ele pulou bem na frente dela, com as mãos no ar, e ela gritou e bateu forte nos ombros dele.

— Para, você me assustou!

— Medrosa, tem medo do escuro? — Fredrik riu dela e começou a correr pela estrada. Ela correu atrás dele. Eles conheciam a região de cor. Não precisavam de olhos para guiá-los no escuro. De repente, ele parou e pegou na mão dela, puxando-a para dentro de um dos jardins por que passaram.

—O que você tá fazendo? Não vamos pra praia? — ela protestou, brigando.

— Shhhh — ele sussurrou. — Olha. Aina acabou de acender a luz. Anda, vamos pregar uma peça nela.

Eles correram em direção à casinha. Havia uma luz branda saindo da abertura em forma de coração da porta. Um cabo de força balançava nos troncos das árvores, transmitindo a eletricidade para fora da casa. Fredrik circundou devagar a portinhola que ocultava o vaso. Elin ficou a distância, franzindo o nariz e abanando a mão para afastar o cheiro da privada. Fredrik entregou um graveto comprido para ela.

— Shhh, ela tá vindo, silêncio — sussurrou ele, com uma risadinha.

Aina era a mais velha do vilarejo e usava um andador de rodinhas. O andador rangia na calçada do pátio e ela gemia ao caminhar a passos curtos. A casinha inteira balançou quando ela se sentou com um baque, e então fez um estrondo. Elin e Fredrik se entreolharam e seguraram a risada, que borbulhou em suas barrigas.

—Agora — Fredrik sussurrou, esticando o graveto em direção ao buraco.

Elin segurou seu braço e abanou a cabeça.

— Não, é maldade. E se ela ficar brava? — sussurrou ela.

Mas Fredrik não deu bola. Cutucou Aina gentilmente na bunda e, quando seu grito de terror encheu a noite, ele não conseguiu mais segurar a risada. Gargalhou até quase chorar ao mesmo tempo em que escapuliram, rápidos como sombras, para dentro da floresta escura.

— Seus pestinhas terríveis —Aina gritou para eles. Elin olhou para trás e viu a flacidez do braço dela enquanto agitava o punho.

— Foi maldade, Fredrik. E se eu não puder mais ir lá agora, e se ela não quiser mais ler para mim? — Elin admoestou.

— Mas foi engraçado. Ela nunca vai pensar que foi você, ela te adora — Fredrik gargalhou, enxugando lágrimas de alegria.

Elin não conseguiu se conter com a risada contagiante dele. Riram durante todo o caminho até a praia e o esconderijo deles entre as pedras, onde tinham uma fogueira. Fredrik juntou gravetos e grama seca e colocou-os sobre os restos carbonizados do último fogo. Elin deitou de costas e ficou olhando a explosão branca e amarela de estrelas no céu.

— Está tão nítido. Esta noite vamos conseguir ver tudo — disse ela.

— Hmm, quase tudo. Vênus, não. A não ser que você queira ficar até as cinco, quando deve aparecer, lá atrás da montanha.

Fredrik friccionou sua faca contra o aço. As faíscas iluminaram a noite.

— Cinco. Não temos escola amanhã. Por que não? — Elin colocou as mãos atrás da cabeça. As pedras cutucaram suas costas.

— Meu pai levanta às cinco, melhor eu estar em casa até esse horário, senão ele vai ficar louco.

Fredrik continuou insistindo, mas o fogo não pegava. Elin esticou as mãos e apanhou algumas agulhas de pinheiro.

— Aqui, acende com as agulhas de pinheiro, deve funcionar — argumentou ela, espalhando-as sobre os gravetos.

— Ah, o que você sabe sobre fogueiras? Provavelmente só acende uma com fósforos e jornal. Vou conseguir, só espera um pouco.

— Meu pai costumava acender com agulhas de pinheiro. Ele era bom nisso, ele era bom em tudo. Bem, até ele se transformar em um… você sabe…

— Não pensa nisso agora. A gente tá se divertindo, certo? Vou acender o fogo, prometo.

Fredrik continuou esfregando freneticamente a faca contra o aço e, finalmente, a grama seca começou a brilhar. Ele assoprou com cuidado. As chamas ficaram amarelas e se firmaram. Ele colocou mais alguns gravetos e, então, deitou de costas um pouco distante.

Elin esticou a mão e a colocou sobre seu braço. Deixou-a lá, como uma ligação entre eles, e sentiu o calor do corpo dele na sua mão.

— Tá vendo Cetus? — ele apontou para o céu com o braço livre.

— Não, onde?

— Lá, a sudoeste, tá vendo? Tá bem brilhante hoje. — Fredrik chegou mais perto e pegou a mão dela, apontando em direção à constelação.

— Não consigo ver, é muito difícil — Elin suspirou e puxou o braço de volta. Ela ficou quieta olhando o céu sobre eles. — Tô vendo alguma coisa. É Castor e Pólux. Aquela é Gêmeos, certo?

— Isso, tá aprendendo.

— O que é um "cetus", afinal?

— É uma baleia, boboca.

— Mas baleias são chamadas baleias, e não cetuses.

— Você pensa muito. Para de pensar. — Fredrik jogou uma pedrinha nela, que pipocou sobre sua barriga e caiu ao lado de outras na praia. Elin suspirou.

— Você viu? Três ao mesmo tempo — ela sussurrou.

— Vi.

— Podemos fazer três pedidos cada um?

— Claro. Um pra cada estrela cadente.

— Mas você só precisa de um.

— Como assim?

— Quero que todos os meus desejos se tornem realidade.

Fredrik gemeu alto.

— Mas não vão — ele suspirou.

— Por que não?

— Porque você disse em voz alta, claro.

Presente

Nova York, 2017

ELIN ACORDA CEDO. Sam está deitado no seu lado da cama, longe dela, virado de costas. Está dormindo profundamente. Ela estica a mão em direção à mesinha de cabeceira e tateia procurando o celular. Quando a luz da tela se acende, tem uma mensagem de Alice. *Tudo bem*, diz. Apenas duas palavras. Ela suspira e se senta na beirada da cama para mandar uma resposta rápida.

Desculpa. De verdade. Podemos jantar em breve? Você escolhe o lugar. Te amo.

Dois contra um de novo, ela pensa e esfrega os olhos. Olha para a tela, analisa as palavras que acaba de escrever. Então, ela desiste da mensagem de Alice e de sua consciência pesada para ler outra mensagem. É do Joe, seu assistente.

Vou te pegar mais cedo, às 7h15. A viagem é um pouco mais longa do que pensei. Espero que esteja tudo bem.

Elin olha para o relógio e de repente acorda totalmente. Falta pouco mais de meia hora. Tira a camisola com dificuldade a caminho do chuveiro.

Sam ainda está dormindo quando ela passa de fininho pela cama e entra no closet, tateando em meio aos cabides sem acender a luz. Escolhe preto sobre preto, blusa e calça, e se veste no corredor a caminho do elevador. Sam não acorda. Ou não a deixa perceber que ele sabe que ela está saindo. As últimas sessões com o terapeuta foram praticamente sobre seu trabalho, sobre como ele quer que ela desacelere para estar mais presente. Antigamente, era ele quem estava trilhando uma carreira, mas agora parece que se cansou. Para Elin, o trabalho nunca significou uma carreira. É outra coisa totalmente diferente. Quando está fotografando, o tempo e o pensamento deixam de existir.

Tinha passado um pouco mais de meia hora quando ela apareceu na rua. O Jeep de Joe está estacionado em fila dupla e ele está debruçado na janela aberta. Os braços são cobertos de tatuagens, e a camiseta é justa nos ombros. Ele segura um copo grande de cappuccino e ela toma um grande gole, agradecida.

— Deixa eu adivinhar. Você só viu a mensagem depois que acordou — Joe ri.

Elin está escondida atrás de enormes óculos escuros. Ela pisa na rua, entre dois táxis que buzinam, e rapidamente entra no carro.

— Talvez, talvez, mas estou aqui agora — diz ela, rindo enquanto afunda no assento do carro.

— Mas você sabe para onde estamos indo, né?

O velho Jeep dá um solavanco quando Joe solta a embreagem e sai.

— Pro mato — Elin suspira.

Joe muda a marcha e a vibração do motor se propaga pelo interior do carro. Há um cheiro forte de gasolina. Elin tampa o nariz.

— O que foi? — Joe dá um tapinha no painel. — Um tesouro sem preço. Não começa a reclamar do meu carro.

— Podemos conversar a respeito disso quando chegarmos lá. *Se* chegarmos lá — Elin suspira. — Por que não pegou o meu carro?

Ela abre a janela um pouco e coloca o rosto para fora para sentir a brisa, fechando os olhos contra a luz forte da manhã.

— Quem vamos fotografar hoje? — pergunta Elin, com a fala arrastada.

Joe vira a cabeça para ela, por um tempo longo demais, e o carro desvia ligeiramente.

— Tá brincando? Você ainda tá dormindo?

— Como assim?

— Você nunca se esquece de quem vamos fotografar, nem onde. Parece que você tá meio rabugenta. Você tá doente?

Elin mantém os olhos na estrada e balança a cabeça ligeiramente.

— Tá, tô brincando. Lembro, sim — diz ela, tão baixo que quase não dá para ouvir por causa do barulho do motor.

Quando eles chegam, o jardim já está cheio de equipamentos e pessoas cruzando o gramado com ar decidido. O resto da equipe está lá. Bobinas e bobinas de cabos estão desenroladas para fornecimento de energia para as luzes posicionadas em frente a um luxuoso canteiro de flores. Na garagem, há um trailer, e fora dela, debaixo de uma tenda de proteção, a mulher que será fotografada está sendo arrumada. Seu cabelo comprido está enrolado com modeladores de cachos e ela está com o queixo inclinado, olhando para cima para o maquiador passar o delineador de olhos.

É uma romancista desta vez, mas Elin não leu seus livros. Dificilmente tem tempo para ler, apesar de isso já ter sido sua ideia de paraíso. Um pedaço de papel com o resumo do livro está no bolso do seu casaco, mas ainda não o leu também. O mapa estelar está no mesmo bolso, dobrado quatro vezes. Ela sente as dobras em seu peito.

Os editores querem flores ao fundo. O retrato precisa ter um clima campestre e aconchegante, por isso eles saíram da cidade e foram para esse jardim nos subúrbios.

Elin segura a câmera e anda ao redor da casa, acompanhada por Joe e outros dois assistentes. De vez em quando, ela olha pela câmera procurando por cenários. Ela escolhe um canteiro nos fundos da casa, onde há uma profusão de ásteres e calêndulas. Atrás do canteiro, há duas pequenas macieiras, com os galhos cheios de frutas vermelhas redondas.

— Vamos fazer aqui, vai ser melhor. Mudem tudo.

Joe olha para ela. Quatros flashes já estão armados, está tudo ligado. Mas ele não reclama, e eles caminham de volta para começar a desmontar e a transportar o equipamento.

Elin passeia sozinha. No fundo do jardim há uma casinha, escondida atrás de uma parede de arbustos. A porta é azul. Azul-cobalto intenso. Ela põe a mão na porta, passa os dedos pela superfície. É irregular, pintada à mão com pincel. Entre as pinceladas, transparecem listras pretas. Há uma chave antiga e enferrujada na fechadura. Ela vira a chave, para um lado e para o outro. Sente o frio do aço na mão. De repente, não consegue se mexer. Lembra-se de outra porta. Detalhes de uma outra época a inundam. A parede da frente da casa, com grandes pedaços do reboco descascando. O canteiro, onde os arbustos de rosas cresciam selvagens e sem poda, os galhos enganchados uns nos outros. O cheiro de folhas mofadas e terra úmida.

Ela caminha de costas e tira uma foto. Mas a luz é ruim e a cor não sai direito. Ela usa a câmera do celular. E fica parada, imóvel como uma estátua, olhando para a porta.

Alguém aparece e pega no seu braço. Ela se desvencilha do toque. Estão falando perto dela, mas ela não ouve nada. Há um zumbido contido em um de seus ouvidos. Ela é pequena e está descalça. De repente, a porta à sua frente é a sua porta.

Passado

Heivide, Gotland, 1979

Elin ouviu a porta azul da frente bater, então tudo ficou quieto. As articulações de Marianne frequentemente entregavam os pontos, de exaustão. Quando isso acontecia, ela ficava em posição fetal sobre o capacho, ou onde estivesse naquele momento. O casaco estava jogado atrás do seu corpo, como uma poça marrom de lama. A testa encostava nos joelhos e seu rosto estava pálido. Quando Elin foi até ela e acariciou seu cabelo, ela resmungou que só precisava descansar um pouco, que levantaria em um minuto. Que Elin poderia sair.

Relutante, Elin a deixou depois de colocar um suéter macio sob a cabeça dela e voltou para a mesa da cozinha. Estava cheia de desenhos. Só flores, flores silvestres em cores pastéis. Foi Gerd quem a ensinou a desenhar flores muito tempo atrás. Ela começava com quatro pequenos círculos, grudados, um talo verde e duas folhas verdes. Ela treinou no mercado, dia após dia, e, quando o resultado ficou bom o suficiente, Gerd a deixou desenhar uma flor na sua agenda, na primeira página. Fez uma flor amarela. Amarela como o sol. Amarela como o sorriso de Gerd.

Agora, sabia dar vida a todo tipo de flor: trevo, erva-coalheira, flor de chicória. Ela desenhava as folhas cuidadosamente a lápis, até a menor veiazinha. Sempre havia um buquê na mesa, em um vaso velho de vidro. Nessa época, não tinha muitas flores para colher, apenas algumas cresciam no outono, ligeiramente murchas.

A tarde caía quando Marianne finalmente se levantou e se juntou à Elin na cozinha. Abriu a porta da geladeira e encarou as prateleiras. A pele de seu rosto era áspera, e a escuridão sombreou de modo mais acentuado a cicatriz. Ela era assim por causa da Raiva. Não a sua, a dele. Acontecia quando ele bebia. Marianne ficava brava de vez em quando, mas não como ele. Eles conseguiam irritá-la, mas sempre passava. Ele ficava tão furioso, que sua ira tinha um nome: a Raiva. A Raiva está chegando. Elin tremia com a lembrança.

Foi por causa da Raiva que eles vieram, que a polícia veio e o levou embora. Eles não sabiam que ele tinha um outro lado, não conheciam suas mãos quentes e seus aconchegos. Como poderiam?

Ela sentia falta dele, mas não da Raiva. As coisas estavam mais calmas agora.

Elin o viu arrastando Marianne pelo cabelo pelo pátio naquela tarde, na noite em que seu rosto ficou machucado. Ela viu seu vestido ser rasgado e uma das suas pernas ficar tingida de vermelho-escuro enquanto seu corpo esquálido era arrastado pelo chão. Ela era pequena, estava na ponta dos pés olhando pela janela da cozinha. As vozes, os gritos, o desespero no rosto de Marianne. Quando finalmente ele a deixou e cambaleou bêbado para longe da fazenda, ela engatinhou para a porta, até as crianças que estavam dentro da casa. Para Elin e Erik. Era o que sempre acontecia quando brigavam. Marianne ficava, e Lasse ia embora. Quando ele voltava para casa, ele estava normal, gentil e cheio de abraços, com mãos grandes e quentes que faziam carinho nas suas costas.

— Tem leite? — A voz de Marianne despertou-a dos pensamentos. Era fraca e aguda, como se fizesse tempo que não falava. Ela se virou para Elin e levantou a caixa.

— Sim, não roubei. Micke me deu cinco coroas outro dia e eu tinha algum dinheiro ainda, então comprei hoje.

— Micke te deu dinheiro? Micke Grinde? Como assim?

— Sei lá.

— Não precisamos de esmola.

— Esmola, o que é isso?

— Vou devolver para ele. Diga não da próxima vez.

— Mas precisamos de leite, não precisamos? É bom, não é?

— Pare de discutir. Água é igual, nenhum de nós vai morrer por beber água.

— Só achei…

— Bem, não ache. Estou cansada. Não aguento mais, porra. Água é de graça e é suficiente para nós. — Marianne estava olhando para ela.

— Você falou palavrão.

— Sim.

Elin pegou uma caneta da mesa e acrescentou uma linha à contagem em um pedaço de papel grudado no armário da cozinha. Havia uma lista para cada um deles, mas a de Lasse estava riscada com uma linha preta grossa.

— Você tem o máximo agora, sem contar o do papai — ela disse.

— Ótimo. Droga, droga, droga, droga, droga, droga. Agora tenho ainda mais — Marianne disse com indiferença.

— O que você tá fazendo? Quer perder? Foi você quem inventou essa ideia de contar.

— Pra você parar de falar palavrão na escola. Pra eu não ouvir nenhuma merda da sua professora.

Elin se virou para o papel e colocou mais uma marca debaixo do nome de Marianne.

— É culpa de vocês. Foi você e o papai que me ensinaram.

— Ah, fica quieta. É mais o seu pai que fala palavrão e ele não é mais nosso problema. — Marianne pegou uma blusa e jogou no rosto de Elin. Elin a pegou e jogou-a de volta com cuidado. Alguma coisa brilhou nos olhos de Marianne, uma luz. Ela pegou a almofada do banco e girou os braços. Elin deu um passo para trás. A cozinha, sempre tão calma e parada, se encheu de risadas estabanadas e altas.

— O que vocês estão fazendo? — Edvin gritou, descendo as escadas. Marianne e Elin esperaram quietas e, quando ele apareceu na porta, choveram almofadas nele. Os três se estatelaram, formando uma pilha no chão. As almofadas estavam espalhadas ao redor deles. Elin estava deitada perto de Marianne, a cabeça nos ombros dela. Ela cheirava a cigarro e ao perfume doce do sabonete. Edvin serpenteou até ficar em cima delas. Estavam com os rostos vermelhos pelo esforço e pelas risadas, tão bem-vindas. As pernas entrelaçadas. Os cabelos cheios de migalhas velhas e pelos de cachorro.

— Ainda nos divertimos, mesmo sem homens, leite e dinheiro dos outros — Marianne puxou os dois filhos e abraçou-os forte.

— Como assim, não podemos mais tomar leite? Droga — Edvin gritou. Marianne e Elin riram.

— Isso mesmo, droga, droga, droga, droga — Marianne falou.

Elin levantou-se e foi até as listas no armário de novo, colocando uma marca sob o nome de Edvin e quatro sob o de Marianne.

— Mamãe, você vai perder.

— Eu sei — Marianne empurrou Edvin e se levantou. Sentou-se na cadeira e acendeu um cigarro, soltando a fumaça na cozinha. — Sou uma perdedora.

A cozinha estava em silêncio. Elin estava deitada de costas no chão, a cabeça em uma das almofadas, e olhou para o teto enquanto ouvia o som do relógio de parede de segunda mão e as respirações pesadas que enchiam o ambiente com uma névoa enfumaçada.

Elin correu rápido de um pinheiro a outro seguindo um casal que andava devagar pela praia de seixos. Quando pararam para se abraçar, ela se agachou atrás de um arbusto e ficou espiando através das folhas amareladas. Ela apertou os olhos para ver quem era o homem, mas só conseguia ver suas costas. Seu corpo estava escondido por uma jaqueta larga e ele usava um chapéu azul-marinho, enterrado na cabeça. Eles estavam de pé juntos, a mão dela acariciando as costas dele. As cabeças se moviam ritmadas em um beijo apaixonado.

Olhando para outro lado, Elin escavou a terra com a mão e achou uma pedra, que ela atirou neles o mais forte que pôde. Bateu nas outras pedras onde caiu, e o casal se soltou.

— O que foi isso?

Elin segurou a respiração por alguns segundos quando ouviu e reconheceu a voz do homem. Levantou-se e correu encurvada, o mais rápido que pôde, em silêncio para a floresta. Seus pés mal pisavam no chão coberto de agulhas de pinheiro, esquivando-se das raízes e desviando dos pinheiros retorcidos e atrofiados como se fossem obstáculos de uma corrida de esqui. Ela parou e tentou ouvir alguma coisa. Da praia vinham apenas os barulhos das ondas e de pés perambulando nas pedras ao longe. Nenhuma voz. Ninguém atrás dela. Aliviada, agachou-se e tirou do bolso do jeans um papel manuseado e um toco de lápis. Desdobrando o papel, acrescentou algumas linhas sob o parágrafo rabiscado:

Mamãe encontrou alguém. Achei que você deveria saber. Você aí parado, apodrecendo na prisão enquanto ela beija outra pessoa. Nojento. Você deveria estar aqui. Mas acho que você já sabe disso. Espero que esteja arrependido. Arrependido de beber. Mamãe é a melhor. Você entende isso? Logo, vai ser tarde demais.

Ela ficou olhando para as palavras, lendo-as repetidamente, então voltou para o começo da carta, para as perguntas que listou:

Querido papai. Por que você não escreve pra mim? Não tem saudades de mim? Não tem saudades de Erik ou Edvin? Não fica pensando no que eles estão fazendo? Nunca pensa na gente? Posso dizer para a polícia como você é carinhoso às vezes.

Ela amassou o papel formando uma bola. Pensou em jogar fora, mas os braços congelaram no meio da ação e os dedos se fecharam novamente, apegada demais às palavras que precisava desabafar. Enfiou a carta de volta no bolso junto com o toco mordido de lápis, deitou e ficou ouvindo o vento brincar com as nuvens. Gaivotas voavam bem alto, deslizando no céu com as asas abertas. Ela gostaria tanto de ser um pássaro. Voar, flutuar, mergulhar. Escapar de todos os pensamentos. Esticou os braços para os lados, batendo-os para cima e para baixo, e fechou os olhos.

***

— Elin! Elin! O que aconteceu?

A voz acordou-a dos seus sonhos. Ela se sentou e viu Marianne chegar correndo, vindo da praia, sozinha agora.

— Você se machucou? — Ela se abaixou e ficou de joelhos a seu lado. Elin deu um tapa na mão que acariciava sua bochecha.

— Para.

— Achei que você tivesse morrido. Parecia. — Os olhos de Marianne estavam arregalados. — Fiquei com medo, o que você tá fazendo aqui?

— Nada. O que *você* tá fazendo aqui?

— Estava só caminhando. É tão gostoso à beira-mar. Mas agora quero ir para casa. Está frio.

Elin ficou de pé e começou a andar rápido, e Marianne correu atrás dela.

— Espera, Elin, vamos juntas.

Elin não respondeu. Apressou-se até começar a correr. Mais rápido e mais rápido. Seu casaco voava com o vento como a capa de um super-herói.

Lágrimas corriam pelo rosto de Elin. As pedras machucavam seus pés através da sola fina do sapato, mas não a impediram. Não sabia por que estava chorando. Talvez fosse porque o fim de repente ficou tão aparente. O fim da sua família. O fim da única normalidade que tinha. Ela parou, sem fôlego por causa do choro, abraçou o tronco de uma árvore e o chutou o mais forte que pôde, várias vezes. Machucou os dedos, pouco protegidos pelos sapatos de lona, mas não era por isso que as lágrimas rolavam cada vez mais rápido. Chorava porque as lágrimas precisavam sair. Chorava porque não tinha mais espaço dentro dela. Porque sua alma estava cheia de toda essa merda, até a borda.

Finalmente, Marianne a alcançou e em pouco tempo Elin estava abraçada a ela, sendo acolhida com suas palavras de carinho.

— Meu amor, por que você está tão triste? O que aconteceu?

Elin não respondeu, mas seu choro ficou mais forte, borbulhando pelos olhos e pelo nariz, as lágrimas correndo pelo rosto e pelos cantos da boca. Ela limpou o rosto na manga do casaco. Marianne a abraçou mais forte, acalmando-a.

— Venha, vamos pra casa. Vou preparar um chocolate quente.

— Não tem leite. — Elin fungou alto. Seu rosto estava cheio de riscos de terra, de quando ela enxugou as lágrimas, que continuavam caindo.

— Aha. Peguei uns sachês no café.

Elin olhou para o sorriso de Marianne assombrada.

— Você roubou coisas?

— Sim, roubei coisas. Deveríamos ir pra cadeia. Todos nós. Canalhas, é o que somos.

Elin sorriu insegura.

— Mas, mãe…

— Merecemos chocolate quente. Nós duas. E a melhor coisa sobre sachês roubados é que não precisam de leite. Só água. Água comum. Água de graça.

Elin secou os olhos de novo com a manga suja. Uma xícara de chocolate quente. Não se lembrava da última vez que tinha tomado uma. Cautelosamente, segurou na mão fria de Marianne e as duas foram para casa, de mãos dadas, como se ela fosse uma garotinha.

PRESENTE

NOVA YORK, 2017

TEM TEMPO PRA COMER ANTES? Naquele restaurante italiano que você gosta?
Elin dá uma olhada na mensagem que ilumina sua tela. Antes? Antes
do quê? Não se lembra do que Sam quer dizer, o que eles deveriam fazer. Joe
a cutuca discretamente, e ela dá um pulo e levanta a câmera de novo. À sua
frente, há um arranjo de natureza-morta com peças de porcelana branca e,
ao lado, a designer está vestida de preto com os braços cruzados. Seu cabelo
é estilo chanel e cai levemente para frente, a testa tem uma franja curta e
reta, como se tivesse sido cortada com uma faca.

Ela tira algumas fotos dando instruções. A mulher muda de posição,
a estilista ajeita a porcelana milimetricamente. A única coisa em que Elin
consegue pensar é sobre o que ela está esquecendo. O celular está ao lado
do computador, mas a tela está escura.

— Acabamos — diz ela, apesar de não saber se a foto saiu boa. A mulher
sai da mesa com cuidado enquanto a equipe começa a se dispersar. Elin se
desculpa, pega o celular e vai para o banheiro. Lá, ela lê a mensagem de Sam
de novo e olha para o relógio: quase uma. Liga para ele. Toca, mas ninguém
atende. Ela tenta de novo, mas uma mensagem interrompe a chamada.

Já estou na sala de espera, corre.

De repente, ela se dá conta do que se esqueceu. Abre a porta e quase tromba com Joe, esperando do lado de fora.

— O que está acontecendo com você? O cliente está fazendo perguntas — sussurra.

Elin respira profundamente.

— Pode levá-los pra almoçar? Por uma hora seria bom para entretê-los um pouco?

Joe balança a cabeça sem compreender.

—Almoço? Mas tem comida aqui, não temos tempo de parar pra almoçar, há uma montanha de coisas pra fazer. Você não viu os caixotes que chegaram? Tudo precisa ser fotografado.

— Eu me esqueci de uma consulta marcada. Preciso sumir por um tempo agora. Preciso.

Joe inclina a cabeça preocupado.

— Nada sério, espero.

Elin balança a cabeça enfaticamente, fitando-o nos olhos.

— Faz assim. Vou sair de fininho e sumir por um tempo. Você se vira. Tudo bem?

Ele não tem nem tempo de responder e ela desaparece pela porta. Andando de dois em dois passos, segue em frente pela rua. Quando chega ao consultório do terapeuta, perto dali, a sala de espera está vazia. Passou da uma. Ela vai até a porta do consultório e a abre com cuidado. Sam está sentado no sofá, o terapeuta está em uma cadeira do lado oposto.

— Elin, que bom que você conseguiu chegar — o terapeuta diz com uma voz exageradamente calma.

Elin está sem fôlego, o coração acelerado e a testa suada de tanto correr. Ela assente para ele.

— Vamos lá — diz ela, determinada, com um sorriso largo. Senta-se perto de Sam, a mão sobre a perna dele.

— Viu? Por isso ela é tão difícil de conviver. Está casada com o trabalho também. Pode apostar que tem uma equipe inteira esperando por ela no estúdio agora.

— É esse o caso? — O terapeuta se vira para Elin, tirando a caneta detrás da orelha e escrevendo algumas palavras em um caderno de anotações.

— Achei que estivéssemos aqui pra falar de mim e de Sam, e não sobre meu trabalho.

Sam dá uma risada tensa. Ele se vira para ela e acaricia sua bochecha gentilmente.

— Quantas pessoas estão te esperando? Cinco? Dez? — ele pergunta.

Elin respira fundo.

— Mais para dez — ela sussurra.

— Viu? Ela não vai ouvir nada do que você ou eu dissermos — Sam suspira.

— Ela não está lá agora, ela está aqui — argumenta o terapeuta, de maneira ponderada.

O olhar de Elin oscila. O celular está vibrando com mensagens, provavelmente de Joe.

— Podemos falar sério agora? Começar a falar. Sim, nós dois trabalhamos duro, mas não estamos aqui pra discutir isso, estamos? Sobre o que vamos falar? — Com a testa franzida, Elin se vira para Sam.

Ele tensiona a mandíbula e seus olhos ficam sombrios.

— Ela não está *aqui* de jeito nenhum, percebe? Podemos cancelar. Volte para o estúdio, Elin. Vou fazer uma sessão sozinho desta vez.

Elin fica de pé como se de repente o sofá estivesse em chamas.

— Tem certeza? — diz ela, o rosto iluminado com um sorriso.

Sam fica de pé também.

— Tenho certeza, pode ir — responde ele.

Elin se esforça para abraçá-lo. Ele está rígido, mas ela permanece no abraço, olhando para o terapeuta por sobre os ombros.

— Por isso eu o amo tanto. Ele sempre entende — declara.

Então, solta-o e corre para a porta sem olhar para trás.

Passado

Heivide, Gotland, 1979

Os degraus para subir no palheiro eram vertiginosamente íngremes e sem corrimão. Fredrik foi primeiro, depois Elin, os dois concentrados para não perder o equilíbrio. Tinha um cheiro forte de grama lá no alto, tão forte que coçou o nariz deles. O palheiro estava cheio de feno recém-cortado, unido em fardos retangulares, empilhados em montes irregulares. Era o suficiente para as ovelhas durante todo o inverno. Elas estavam no pasto agora, mas, assim que o tempo começasse a esfriar, elas viriam para o celeiro de novo e encheriam o quintal da fazenda com sons e cheiros. Fredrik seguiu em frente, para o alto das pilhas de fardos de feno. Elin deitou de costas com as mãos debaixo da cabeça, observando-o escalar.

— Se você cair, vai me esmagar. Desce daí! — mandou ela, mas ele continuou pulando de pilha em pilha, fazendo-as oscilar assustadoramente. Elin brincava com pedaços de feno, pegando uma haste e colocando na boca.

Guinchos baixinhos chamaram sua atenção.

— Ughh, tá ouvindo isso? Tem ratos aqui. Vamos pra praia. — Seu corpo se arrepiou.

Fredrik parou e se sentou com as pernas balançando na beirada de uma pilha de fardos, ouvindo.

— Não são ratos, é alguma outra coisa. Procura, você vai ver.

Elin ficou de pé e olhou ao redor, verificando cada fresta. Por fim, percebeu de onde estava vindo o som. Era Crumble, a adorada gata de Elin, e ela não estava sozinha. Elin se ajoelhou.

— Cinco gatinhos, corre, vem olhar!

— Eu falei que era outra coisa — Fredrik disse presunçoso.

— Mas eles se parecem com ratos.

Fredrik veio atrás dela e espreitou por trás do fardo de feno em que Crumble havia feito seu ninho para ela e para os filhotes. Dois marrons, um ruivo e dois malhados. Ele riu.

— É, não são exatamente fofinhos. Vamos chamá-los como?

— Vega, Sirius, Vênus…

— Nesse caso, este aqui tem que ser Sol. — Fredrik pegou o ruivinho com cuidado. Era tão pequenininho, que cabia na palma da mão. Ele miou desesperadamente.

— Põe ela de volta, ela precisa da mãe dela. — Elin tentou pegar o gatinho, mas Fredrik afastou sua mão.

— Como você sabe que é ela?

— Ele, então. Não sei. Precisa da mãe. Devolve ele agora.

Fredrik obedeceu, colocando o gatinho de volta cuidadosamente no mesmo lugar.

— Mais um pra dar nome, o mais escuro. Podemos chamá-lo de Plutão — anunciou.

— Vega, Sirius, Vênus, Sol, Plutão — Elin recitou apontando para o bando.

Éles se deitaram de bruços, observando por um bom tempo os gatinhos rastejarem de um lado para o outro. Crumble estava deitada de lado e deixava que eles mamassem nela. Fredrik virou de costas. Ouviram a chuva martelando o metal do telhado do celeiro.

— Acho que eles vão se divorciar — disse ele, calmamente.

— Quem?

— Minha mãe e meu pai, claro. Quem você achou que fosse?

— Por que você acha isso? — Elin pegou um dos gatinhos e o segurou perto da bochecha de Fredrik. — Olha como é macio.

— Eles brigam o tempo todo. Sobre dinheiro. — Fredrik limpou as mãos, segurou o gatinho e se sentou.

— Ah, eles também? Pensei que vocês tinham um monte de dinheiro, então eles não devem ter muito sobre o que discutir, têm?

Fredrik bufou de leve.

— Ah, não sei. Só acho isso. Ouço eles de noite.

— Eles brigam?

— Como assim?

— Eles batem um no outro?

— Brigar? Não, claro que não. Eles discutem alto, gritando. Estão irritados o tempo todo. Meu pai é bravo — Fredrik suspirou, passou os braços em volta das pernas e encostou a testa nos joelhos.

— Eu o vi outro dia com...

Elin parou no meio da frase. Com a mão, acariciou as costas do gatinho com ternura. Era tão macio, como veludo sob seu dedo indicador.

— Quem? Meu pai?

— Ah, não foi nada.

— Vai, o que ele fez? — Fredrik esticou os braços e colocou as mãos atrás da cabeça.

— Nada, eu disse que não foi nada — Elin deitou-se ao lado dele. Ficaram deitados em silêncio por um tempo, olhando para o telhado.

— É aconchegante aqui. Deveríamos nos mudar pra cá no verão. Fugir de tudo. — Fredrik levantou a cabeça e olhou para o celeiro.

— Humm, Crumble escolheu um bom lugar.

— Você vai ficar com eles? — perguntou Fredrik.

— Claro. São tão lindinhos. Crumble precisa de companhia, ela tá sempre tão sozinha. Mas não conta pra ninguém que eles estão aqui, não conta pra mamãe.

— Por que não?

— Ela pode resolver vendê-los.

— Ninguém compra filhote de gato, tem um monte deles por aí — zombou Fredrik.

— Ela pode querer dar, então. É o que você quer?

— Não, tudo bem, não vou falar nada. Eu sei, eles são nossos — disse Fredrik, e seu rosto se iluminou em um sorriso.

— Nossos bebezinhos gatos. Então, seremos uma família de verdade, você e eu e os gatinhos. — Elin deu uma risadinha, assustando Crumble e fazendo-a pular.

Ela colocou a mão na boca e reprimiu o resto da risada enquanto Fredrik pegou um punhado de feno e jogou nela.

— Você é tão esquisita, sua abilolada.

— Por que você me chamou disso? Aliás, o que é abilolada?

— Alguém como você. Fofa, mas esquisita.

Marianne estava sentada na cadeira do corredor quando Elin voltou para casa. A noite caía e a sala estava escura, mas ela não tinha acendido nenhuma luz. Uma das mãos estava no telefone, uma coisa velha e pesada que ficava na mesinha, como se esperasse alguém ligar. O telefone era verde vivo com o fio preto encaracolado e o discador prateado. Quando Elin entrou, Marianne se levantou e foi para a cozinha. Pegou algumas batatas no balde na despensa, pretas, sujas de terra, direto da plantação. Segurando algumas sob a água da torneira, limpava-as com cuidado com uma escova até Elin entrar e tirar a escova de sua mão.

— Deixa eu te ajudar.

Marianne concordou e jogou as batatas limpas dentro da panela. Colocou os pratos na mesa e, com eles, taças de vinho.

— Limpa várias, hoje é só batata e molho.

Elin sorriu.

— Por que você está colocando taças de vinho, então?

— É mais divertido beber água assim. Podemos brindar e fingir que é champanhe e refrigerante.

— Tudo bem, mãe. Não tem problema.

Marianne sentou-se na sua cadeira favorita e acendeu um cigarro.

— Eu deveria parar de fumar — resmungou ela. — É muito caro.

Elin não respondeu, só concordou e continuou esfregando as batatas. Ela sabia quanto custava um maço de cigarro.

Quando o telefone tocou, Marianne correu para atender. Falava baixo, mas Elin ouviu cada palavra.

— Sinto tanto sua falta.

— Quando vamos nos encontrar?

Silêncio. Alegria em forma de risadinhas abafadas.

— Vem assim que puder. As crianças logo estarão na cama.

Houve muitos brindes à mesa. Edvin ficou de pé no banco e fez um discurso, fingindo que era o rei de Gotland e os demais eram seus convidados. Ele riu e esqueceu o que estava dizendo, começando tudo de novo. Suas bochechas ficaram vermelhas de vergonha e ele tossiu para limpar a garganta e continuou.

— Declaro aqui e agora que o jantar pode ser servido. Todos podem comer, contanto que comam educadamente. Fechem a boca e usem garfo e faca.

Marianne concordou com a cabeça e aplaudiu entusiasticamente. Erik a acompanhou. Elin suspirou.

— Desiste. Você nunca vai comer com o rei — resmungou a garota, contrariada.

— Desiste você, não estraga quando a gente, enfim, tá se divertindo — Marianne sussurrou e a beliscou com força. Mesmo depois de ela soltar, a dor permaneceu por muito tempo.

Elin estava acordada quando ele chegou. Ela ouviu a porta da frente se abrir e fechar, ouviu sussurros e o barulho de um beijo. Saindo de fininho da cama, ela espiou pela fresta da porta e viu quando eles foram para o quarto de Marianne como se fossem uma pessoa só, enroscados, Marianne andando de costas, seus lábios colados nos dele. Sorrateiramente, Elin correu para a escada e ficou lá um tempão, olhando fascinada para os pés deles se mexendo, saindo das cobertas. Por fim, o gemido ficou alto demais e ela voltou na ponta dos pés para a cama e tapou as orelhas. Segurou seu ursinho de pelúcia, um amarelo-claro que tinha desde que nasceu, abraçando-o forte, mas não conseguiu dormir e esquecer os sons. Ficou olhando para a porta sem expressão. No beliche no quarto ao lado, Erik e Edvin dormiam profundamente. Erik roncava, ela conseguia ouvir através da parede fina, então tentou se concentrar nesse barulho, tentou focar somente nisso. Mas não conseguiu. Os barulhos vindos do quarto de Marianne eram muito intensos. Ela ouviu os gritos da mãe: curtos e agudos, que ecoavam pela casa. Ele estava machucando sua mãe? Elin deveria ir até lá?

Ela suspirou profundamente, os olhos fixos na porta e ouvidos atentos aos sons, que pareciam ficar cada vez mais altos. Pegou seu caderno e o lápis ao lado da cama e anotou em letras maiúsculas:

GEMIDOS DE CAMA

Então, arrancou a parte de cima da folha e dobrou-a, abaixou-se e enfiou a mão sob a cama. Havia fileiras de recipientes: potes de vidro em formatos e cores diferentes. Ela fazia coleção deles, enchia-os com coisas que fazia e que encontrava. Um deles tinha pedaços de papel em que escrevia os sons de que não gostava, e ela o levou para a cama, abrindo a tampa dourada. Lá dentro, havia um monte de bilhetes, escritos com todo cuidado. Coisas como: MOTORZINHO DO DENTISTA, PASSOS BRAVOS, VENTILADOR BARULHENTO, GEMIDOS RAIVOSOS, VIDRO ESMAGADO, TIQUE-TAQUE DO RELÓGIO. Ela acrescentou GEMIDOS DE CAMA para fazer companhia aos outros barulhos e fechou a tampa de novo. Chacoalhou bem o pote, desejando que os sons acabassem para sempre. Um dia, ela colocaria fogo nos bilhetes, queimaria todos os sons desagradáveis. Mas não agora, queria guardá-los um pouco mais.

Na ponta dos pés, desceu as escadas e passou pela cozinha de fininho com o pote debaixo do braço. No quarto de Marianne, o barulho tinha cessado, e Elin ouviu-a conversando com seu acompanhante. O homem cuja voz ela reconheceu tão bem, aquele que não deveria estar lá.

Os casacos estavam pendurados em ganchos de ferro enfileirados no hall. Ela pegou o casaco pesado marrom de Marianne e vestiu-o sobre a camisola. Queria sair para o silêncio, onde todos os sons a faziam se sentir segura. O chão estava frio e o cascalho arranhava a sola dos seus pés descalços, enquanto ela corria pelo pátio em direção ao celeiro. Acima de sua cabeça, voavam os morcegos que moravam no telhado, em sua caça noturna por insetos. Ela se curvou para evitá-los.

O celeiro parecia um colosso sombrio, deserto e abandonado. Com o coração dando cambalhotas dentro do peito, fazendo vibrar o tecido fino da camisola, ela virou a chave e entrou, iluminando todos os cantos com a lanterna. Num canto, alguém tinha erguido uma parede de velharias que fediam a umidade e bolor. Ao subir nela e pular para o outro lado, a camisola ficou presa em um prego, e ela precisou voltar um pouco para se soltar. O prego deixou um rasgo na roupa.

O chão estava coberto com uma camada grossa de feno, poeira e terra, que ela limpou com a mão, deixando o chão duro exposto. Ela sabia que uma das tábuas estava solta, então remexeu em várias até encontrar a certa. Tinha visto o pai abrir o chão várias vezes; era ali que ele guardava suas garrafas, as que ele não queria que Marianne visse. Ergueu a tábua com cuidado e enfiou a mão, sentindo a superfície fria das garrafas de vidro. Tinha quatro garrafas, cada uma pela metade, com líquidos de cores variadas. Ela pegou o pote com os bilhetes e acrescentou-o ao estoque, bem no fundo, girando-o na terra úmida de modo que apenas o topo e a tampa ficassem à vista. Então, colocou a tábua de volta e a cobriu com feno e terra.

— Fique aí e nunca mais volte — sussurrou.

Presente

Nova York, 2017

Passos se movem indo e vindo no apartamento, em um padrão infinito. Elin está na frente do espelho, passando cuidadosamente em suas pálpebras uma sombra no tom de roxo-escuro. O cabelo está pronto, um nó lustroso no alto da cabeça. Os passos ficam cada vez mais altos. Sam está em uma ligação no celular, ela o ouve andando e falando, como ele sempre faz quando alguma coisa acontece no trabalho. Ele parece agitado e focado. Ela se levanta e vai até ele vestindo apenas meias de seda pretas e sutiã. Ela chama sua atenção e mostra o relógio na parede. Ele está usando uma calça de terno e uma camisa, com uma mancha úmida grande nas costas. A testa está encharcada de suor.

— Sai — ele fala e continua discutindo números cujo significado é um mistério para Elin. Sua voz aumenta de intensidade.

— Temos que sair logo — ela articula as palavras sem produzir som, irritada, mas recebe de volta um meneio forte de cabeça e a palma da mão esticada.

Sam continua a andar, o tamborilar dos saltos duros de seus sapatos de couro no chão de madeira ecoa pela sala, fazendo-a estremecer de desconforto. Eles parecem irritados. Ela liga o som no quarto e entra com cuidado em seu longo vestido verde do estilista Adam Selman, que foi entregue em sua casa no início da semana. As alças, enfeitadas com pérolas, são duras e frias ao contato com a pele, e o tecido de seda se ajusta ao corpo, brilhando lindamente. O decote é cavado, realçando o contorno dos seios. Ela gira, olhando-se no espelho de frente e de costas. A cor lembra a grama exuberante. A grama em que ela e Fredrik costumavam correr descalços na primavera, a grama que tinha um cheiro tão bom. Ela sorri com a lembrança, e seu reflexo sorri de volta.

Ela abaixa o volume da música no celular; a voz na sala de estar silenciou, mas os passos recomeçaram.

— Sam, você está pronto? O carro vai chegar em dez minutos — ela grita enquanto coloca os pés em um par de sandálias de salto alto.

— Eu preciso ir? — Sam espia pela porta. Ele tirou a blusa suada, seu dorso está nu e bronzeado, e seu cabelo, molhado e despenteado. Elin assente e sorri.

— É importante.

— Como é que uma exposição da Louis Vuitton pode ser *importante*?

— Não é isso que é importante, você sabe. Não começa de novo, por favor.

— Começar de novo?

Elin para de falar, olha de volta para o próprio reflexo. Seu cabelo está macio e penteado, mas de repente ele está solto e despenteado. Voando com o vento enquanto ela corre. Ela ri.

— Tem razão. É superficial essa coisa, estou quase fantasiada. Mas...

— Você precisa...

Elin se vira e gira na frente dele, a seda delicada farfalhando. Ela abre os braços.

— Você vai sair com um gramado. Não pode ser tão ruim!

Sam não se contém e ri.

— Às vezes fico pensando no que estamos fazendo — Elin suspira.

— Como assim?

— Tudo isso — ela gesticula para o aposento.

— O quê? O que tem de errado com isso? — A sobrancelha de Sam franze.

— Não, eu quis dizer... Ah, esquece.

— Vamos, me conta! Ultimamente, você não me conta nada. Só se fecha.

— Não me critica. Precisamos sair agora — resmunga Elin.

Sam suspira e vai até o guarda-roupa.

— Tudo bem, o que você quer que eu vista? Provavelmente vai ser melhor você decidir.

Elin para na porta e observa Sam inspecionar o guarda-roupa com irritação. Pega um terno numa mão e uma camisa na outra. Ela assente, aprovando, e lhe entrega um par de óculos escuros com armação verde e dois anéis grossos de prata.

— Claro, precisamos combinar — ele bufa e coloca os óculos na ponta do nariz.

— Se apresse, por favor — pede ela e olha para o reflexo de ambos, lado a lado. Ele com uma calça de terno e óculos escuros, e ela em toda a sua elegância.

Eles ficam em silêncio no carro, em extremidades opostas do banco de trás. Sam toma uma taça de vinho, com o olhar fixo na vida urbana do lado de fora. Elin mexe no celular. Quando a limusine para e eles saem, ela sorri e passa a mão no vestido para desamassar. Ele segura o braço dela gentilmente e eles andam devagar sobre o tapete vermelho. Os flashes das câmeras agridem seus olhos, mas eles ainda se viram pacientemente em várias direções e posam para os fotógrafos que gritam mais alto. Sam coloca o braço ao redor dela e eles juntam os rostos, olham um para o outro e riem.

— Meia hora no máximo, aí saímos pra comer alguma coisa gostosa. Tenho que cumprimentar apenas algumas pessoas — Elin sussurra enquanto eles caminham pela passarela e cada um recebe uma taça de champanhe.

— Você sempre diz isso.

— Você é o homem de negócios, deveria saber como é importante ter uma boa rede de contatos.

Sam sorri com malícia.

— Só seja honesta, você adora isso. O luxo, a atenção.

Elin se desvencilha do braço dele e, sem responder, se afasta sorrindo para cumprimentar as pessoas que se misturam no corredor. Sam vai atrás, segurando o celular na mão como se fosse uma arma.

* * *

Mais tarde, ela o encontra na rua, depois de perambular pelo hall por um bom tempo. Faz horas que eles se viram pela última vez. Sam está andando de um lado para o outro, com o celular no ouvido, o colarinho desabotoado. O tapete vermelho não está mais repleto de fotógrafos e os refletores foram desmontados. As pessoas começam a sair da festa e a vida na rua retorna ao normal. A voz de Sam está agitada de novo, estressada. Ela para na frente dele, os pés doloridos após horas com sapatos desconfortáveis. Sam muda de direção, ignorando-a, e continua a caminhar. Por fim, ela pega no braço dele e faz um gesto em direção à rua. Ele balança a cabeça, põe a mão no microfone e sussurra:

— Vou precisar ir até o escritório, você vai ter que voltar sozinha pra casa.

— Não iríamos sair pra comer alguma coisa? Não era por isso que iríamos sair mais cedo?

Elin suspira e se distancia. Ele se aproxima e rosna:

— Talvez você não tenha percebido, mas estou com um problema no trabalho que preciso resolver. Te vejo de manhã.

— Vou trabalhar cedo — argumenta ela, mas sua voz ricocheteia nas costas dele, despercebida, enquanto ele sai andando. Ele continua a falar acaloradamente com a pessoa do outro lado da linha.

Ela dá um passo na rua, acenando para um táxi. Quando o motorista pergunta para onde vai, ela hesita.

— Quero ir para algum lugar quieto e escuro. Cansei disso — pede ela.

— Posso te levar para o parque, mas é escuro e perigoso a esta hora da noite.

— De onde você é?

— Índia. Não tão calmo lá também. E você?

Ela hesita.

— Rua Orchard. Provavelmente é melhor você me levar pra lá, me leve para casa.

Ele ri e entra no trânsito.

— Você quer engatinhar pra debaixo da cama e colocar as mãos nos ouvidos. Como as crianças quando estão se escondendo de monstros — comenta o taxista.

Elin pede para ele parar na padaria mais próxima a caminho de casa. Lá dentro, ela pede um chocolate quente com creme em um copo grande com

72 *Sofia Lundberg*

tampa. Leva para viagem e anda devagar para o apartamento. Ainda está calor, mas a brisa arrepia seus braços. Acima dos prédios, a lua brilha grande, nítida e branca, e ela para e vira a cabeça para trás, olhando as estrelas fracas no céu, brilhando através da poluição e das luzes da cidade. Seu coração acelera. Ela começa a correr hesitante na ponta dos pés no salto alto em direção à porta e ao elevador. O chocolate respinga pelo buraquinho da tampa e suja seu caro vestido de seda. Quando chega ao apartamento, leva uma manta do sofá para o terraço. Senta-se em uma das espreguiçadeiras, enrolada na lã quente, e olha as poucas estrelas que brilham o suficiente para serem vistas, procurando constelações e murmurando os nomes em voz alta. O chocolate quente é doce e parece oleoso em contato com a língua. Ao terminar, coloca a espreguiçadeira na posição horizontal e deita de costas, com os olhos no céu acima dela.

Os primeiros raios de sol a acordam antes do alarme do celular. A luz incomoda seus olhos, que permanecem semicerrados. Parece cedo demais para acordar, então ela fecha os olhos de novo. Não há mar por perto para niná-la, apenas o barulho do trânsito. Ela fica ouvindo por um tempo, tentando voltar a dormir, enquanto o sol lentamente esquenta seu corpo gelado. Mas não consegue. Por fim, desiste e volta para dentro do apartamento. O casaco de Sam está jogado no sofá e sobre a mesa há uma taça de vinho pela metade e migalhas de um sanduíche. Ela passa de fininho pelo quarto, parando na porta, e o vê esparramado na cama. Só de cueca e com os braços e as pernas pendurados. Ela sorri. Seu rosto parece tão em paz. Ela resiste à tentação de beijá-lo e, em vez disso, vai para o chuveiro, tirando com cuidado a maquiagem da noite anterior e aplicando uma nova camada.

Às oito, já está vestida e pronta para sair para o estúdio. O celular toca antes de ela chegar lá. É Sam.

— Onde você está?

Ele está gritando, e ela tira o celular do ouvido.

— Estou indo para o trabalho. Por que você está tão bravo?

— Você não dormiu em casa. Aonde você foi?

— Adormeci no terraço. Claro que estava em casa — ela responde tão brava quanto ele.

— Você acha que sou idiota? Aonde você foi?

Elin segura o celular distante do ouvido de novo e ainda consegue ouvi-lo gritando. Ele repete a última frase várias vezes. Quando finalmente fica quieto, ela diz:

— Se acalma! Olha no banheiro, meu vestido está no chão. Eu estava em casa. Fui pra casa antes de você. Só adormeci lá fora.

Ela ouve passos, os passos bravos de Sam andando pelo apartamento. Ele está quieto, mas não desliga, então ela fica na linha, esperando pacientemente.

— Encontrou o vestido? — pergunta ela.

Ele resmunga alguma coisa de volta. Ela ouve o barulho da rua aumentando quando ele vai para o terraço. A coberta ainda está na espreguiçadeira, ela sabe.

— Por que você adormeceu aqui? — Sua voz está um pouco mais calma.

— Fiquei vendo as estrelas e a lua tava tão bonita. Só queria ficar observando um pouco, pra descansar.

O coração de Elin ainda bate forte.

— Você estava olhando as estrelas? Sozinha?

— Sim, estava. Tenho que desligar agora, Sam, tenho uma sessão de fotos. Te vejo de noite e então podemos conversar.

— Podemos? Você vai chegar tarde, imagino.

— Não sei.

— Você não sabe?

— Não. — Ela está sussurrando agora.

— Consegui resolver, aliás, se estiver interessada. — O volume da voz de Sam aumenta de novo, irritado.

— O quê?

— O trabalho. Você deve ter notado que eu estava com um problema ontem.

— Desculpa, claro que notei. O que estava acontecendo?

— Uma negociação não estava indo bem.

— Podemos falar sobre isso mais tarde, prometo ouvir quando tiver um pouco mais de tempo. Desculpa.

— Claro, tudo bem.

Elin ouve um suspiro profundo.

Passado

Heivide, Gotland, 1979

Erik e Edvin sentaram-se no banco da cozinha, batendo forte a colher na mesa.

— Comida, comida, comida — diziam em coro entre risadas.

Elin serviu uma concha de mingau, recém-preparado, mas grosso como cimento, a cada um dos meninos. A gororoba cinzenta ficou grudada na colher, por isso ela bateu com força na porcelana craquelada até que o mingau caísse e, então, pôs os pratos servidos na mesa. Do armário da pia, ela pegou o pote de açúcar, de porcelana pintado à mão, que Marianne tinha ganhado de Aina no último aniversário. Estava a ponto de polvilhar açúcar no mingau quando Marianne saiu do quarto, atordoada. Elin se virou e apertou o pote rapidamente contra a barriga, mas era tarde demais. Marianne já tinha visto. Ela tirou o pote das mãos de Elin com firmeza.

— Vão ter que comer maçãs, temos que economizar o açúcar durante a semana. Você sabe disso, Elin. Elas estão doces, estão ótimas pra vocês.

— Desculpa, mãe, é que é tão melhor com açúcar — argumentou Elin.

Ela abriu a despensa obedientemente. As maçãs estavam no chão em um caixote tampado. Ela e os irmãos as tinham colhido recentemente da macieira atrás da casa. Pegou duas e as cortou em pequenos pedaços, que dividiu entre três pratos.

— Fiz café da manhã apenas para nós, não sabia quando você iria acordar — explicou a menina.

— Você sabe que não gosto de mingau. Café está bom.

Marianne encheu a cafeteira com água e pó de café e colocou no fogão. O aposento rapidamente foi preenchido com o seu som borbulhante e sibilante. A abertura do roupão deixava entrever seus seios nus, pálidos e entumecidos, os mamilos eriçados pelo frio. Ela o puxou quando notou o olhar de Elin, apertando o cinto ao redor da cintura.

— Podem ir andando para a escola hoje?

Elin concordou.

— Acabou a gasolina?

— Não terminou, mas você sabe… precisamos economizar para podermos ir para Visby algum dia. Você e Fredrik podem vir se quiserem. Como recompensa, se você acompanhar os meninos pelo resto da semana. Parou de chover hoje pelo menos. — Ela se inclinou para frente para ver as nuvens escuras pela janela da cozinha.

Elin se iluminou.

— Daí quem sabe podemos comprar tênis para a aula de ginástica? Para Erik e Edvin pelo menos? Não me importo de fazer a aula descalça se não tivermos dinheiro. Mas eles jogam tanto futebol, e eles se machucam.

Marianne ignorou a pergunta e começou a lavar os pratos. Sunny estava enrolada perto das suas pernas, abanando o rabo.

— Tá com fome? Quer um pouco de comida também?

Elin se agachou e afagou as orelhas da border collie preta e branca. A cachorra colocou o focinho no rosto de Elin e o lambeu. Elin abraçou Sunny, coçando as costas dela com a mão toda. A cachorra ficou de pé, colocando as patas nas pernas de Elin, como se ela quisesse um abraço. Elin caiu de costas e ficou deitada por um momento.

— Tá tão magrinha. Tem alguma comida para ela? — perguntou.

Marianne tinha se sentado na cadeira com um cigarro aceso na mão. Uma caneca de café fumegava sobre a mesa. Ela apontou para a despensa.

— Tem um saco lá dentro. Peguei um pouco da vovó, eles têm tantos cachorros, não vão notar que desapareceu um pouco. Peguei dois pacotes de cigarros também. — Ela riu e tomou um gole do café.

Elin se levantou do chão e levou a vasilha da cachorra para a despensa. Mediu a ração seca com precisão com um medidor. Quando colocou o recipiente no chão, Marianne acenou com a cabeça para a outra tigela.

— E aquela? Tem visto Crumble? Ela não tem vindo aqui pra comer — disse.

Elin balançou a cabeça. Sunny começou a comer antes mesmo de ela tirar a mão do pote.

— Tem comida de gato? — perguntou Elin.

— Não, acho que não, talvez ela esteja se virando com ratos e pássaros. Mas onde será que a gatinha se enfiou? Acha que fugiu? — perguntou Marianne.

Elin analisou o rosto da mãe. Havia um sorriso, ou ela estava só imaginando? O pensamento a acompanhou durante todo o trajeto para a escola e não a deixou em paz o dia inteiro. Crumble era *dela*, só dela.

A chuva forte da manhã foi substituída por nuvens cada vez mais dispersas, com raios de sol espreitando através delas. Erik, Edvin e Elin brincaram de esconde-esconde no caminho de volta da escola. As regras eram simples: podiam se esconder somente na direção de casa e se alternavam no papel de procurador. Edvin vaiou com risadas quando Elin o encontrou no alto da árvore. Ele trepava em tudo, o mais alto que podia. Elin pediu para ele descer.

— É muito alto, você vai cair e quebrar a perna um dia desses, eu juro.

— Ah, ele tá seguro. É mais forte do que você pensa. — Erik se aproximou e parou debaixo da árvore, ao lado de Elin.

Edvin apertou os olhos na direção deles e pulou em linha reta com os braços abertos como se fossem paraquedas. Elin gritou, mas Edvin aterrissou com sucesso e sorriu triunfante.

— Viu? Ele não é só um macaco, é um pássaro também — Erik riu.

Edvin se aconchegou no tronco da árvore, tampou os olhos e começou a contar alto enquanto Elin e Erik correram rápido para frente.

Quando finalmente chegaram na trilha até a casa, tinham se escondido dezoito vezes. Erik sempre fazia a conta e Elin tirava sarro com a cara dele, chamando-o de gênio da matemática. Estavam com calor e com as bochechas rosadas por causa de todo o exercício e das risadas.

Elin viu uma sombra atrás da casa assim que chegaram à fazenda. Alguém estava lá, perto do seu local secreto. Sua pulsação acelerou e ela manteve os olhos fixos na casa. A sombra se movia como se estivesse cavando ou brincando com alguma coisa na terra. Elin engoliu em seco. Talvez Marianne tivesse achado seus vidros, seu esconderijo.

Com sorte Fredrik havia chegado lá antes deles.

Ela andou mais devagar e deixou os irmãos entrarem, correndo, balançando as lancheiras e se empurrando.

Elin foi de fininho para a frente da casa e espiou pelo canto. Soltou um grito com o que viu. Marianne estava segurando um dos gatinhos, Sol. Estava molhado, com a cabeça caída, sem vida. Ela o jogou de lado, em uma pilha junto com outros dois. Então abaixou e pegou mais um de dentro de um saco de juta, Pluto, e, sem hesitar, enfiou-o na água e segurou-o sob a superfície. Elin se jogou contra a mãe, que caiu de costas e bateu a cabeça no chão. Procurando dentro da água fria, Elin pegou o rabo do gato. Tirou-o de lá e massageou seu corpinho, mas era tarde demais: estava morto, seu corpo flácido.

Elin virou para Marianne, que tinha ficado de pé, e começou a chutar e a bater nela.

— Assassina! — gritou. — Assassina!

Marianne segurou os punhos dela com força e a virou de costas. Elin não teve chance. Marianne fixou seus olhos nos de Elin.

— Agora fica quieta. Escutou? — rosnou a mãe.

— Eram meus gatos, Crumble é minha, os filhotes eram meus. Assassina! — Elin gritou, se contorcendo para escapar de Marianne.

— Não podemos ter mais cinco gatos. Você não entende isso? Sua pirralha estúpida! — Marianne a soltou com uma mão e bateu forte em Elin. Com os ouvidos zumbindo e o rosto vermelho, Elin conseguiu escapar. Chutando Marianne na canela com força, pegou o saco de juta com o último filhote e correu o mais rápido que pôde até o celeiro e para o alto do palheiro. Crumble já tinha ido embora, o ninho abandonado, a única evidência de que algo tinha vivido ali era o feno amassado. Ela se sentou com Vênus nos joelhos e acariciou as costas do filhote.

— Vou tomar conta de você. Você nunca vai morrer — sussurrou com as lágrimas rolando por seu rosto.

A sola de um dos pés da galocha estava solta, e, toda vez que seu pé se flexionava no meio do passo, a água entrava. Por isso, Elin sempre tentava manter aquele pé reto quando chovia. Mancava com os dedos esticados e duros. A meia estava encharcada de qualquer maneira, esfriando o resto do seu corpo. Pegou um atalho pelo campo. *Flof, flof, flof*, faziam as solas ao se prenderem na lama e depois se soltarem. Ela punha o calcanhar no chão primeiro para não escorregar e cair de costas. Lá longe, estava a casa de Gerd e Ove. Em um dos bolsos do casaco, estava o filhote, que se mexia na altura de suas pernas. Gerd nunca iria afogá-lo. Gerd tomaria conta dele para ela. Ela entraria e o colocaria em algum lugar onde pudesse ser encontrado.

Elin entrou de fininho no prédio, mantendo-se próxima à parede de madeira pintada de amarelo. Assim que se aproximou do canto da casa, olhou com cuidado em cada direção e, então, correu o mais rápido que pôde até a varanda. Andou na ponta dos pés e espiou pela janela. Tinha luz lá dentro, mas não viu Gerd nem Ove.

— O que você está fazendo aqui?

A voz suave de Ove a surpreendeu. Ele colocou a mão em seu ombro. Ela deu um pulo, mas não se virou, só ficou paralisada. Seu olhar titubeou, mas a cabeça continuou virada para a janela.

— Está atrás de um lanche, espero. Gerd está lá dentro, pode entrar.

O gatinho se remexia em seu bolso e Elin colocou a mão contra o tecido e torceu seu corpo para que ele não visse os movimentos. A porta se abriu e Gerd saiu para a varanda.

— Justamente a visita que eu estava esperando! — exclamou Gerd, feliz.

— Por que isso?

— Fico tão feliz quando menininhas doces aparecem sem avisar. Entra, estou assando pãezinhos, daqui a pouco ficam prontos.

Ela manteve a porta aberta e Elin apertou o casaco contra o corpo, segurando o gatinho com uma das mãos antes de subir o degrau, deixando um rastro de lama.

— Mas essas galochas não vão entrar em casa. Senta, que vou te ajudar.

Gerd segurou o calcanhar de Elin e puxou a galocha. A sola se soltou e deixou seu pé descalço. A meia branca estava encharcada e enlameada, então ela a tirou também.

— Essas galochas vão ficar aqui — Gerd disse. — Sua mãe precisa comprar um par novo pra você.

Elin meneou a cabeça impetuosamente enquanto Gerd segurava a galocha no ar, balançando-a, como se estivesse prestes a jogá-la no gramado em direção à pilha de lixo.

— Não, são minhas! — gritou.

Ela pulou rápido da cadeira, pegando a galocha das mãos de Gerd justo quando ela estava prestes a largar e correu de volta descendo os degraus. Quando seu pé descalço encostou no chão molhado, ela estremeceu e pulou alguns passos com o pé que ainda estava calçado.

— Minha querida criança, não vou pegar suas galochas se significam tanto assim pra você. Volta, vamos tomar um chá. Os pãezinhos vão ficar prontos em um minuto.

Elin colocou o pé descalço na galocha. O casaco estava tremendo com os movimentos cada vez mais vivazes do gatinho dentro do bolso. Gerd esticou as mãos para ela. Como Elin não se aproximou, ela foi até a menina.

— Querida, não vou jogar seus sapatos fora. Desculpa. — Ela abraçou Elin, mas então empurrou-a a uma certa distância com os braços.

— O que tá se mexendo aí? O que você tem no bolso, criança?

Ela enfiou a mão no bolso de Elin e tirou o gatinho malhado marrom.

— Cristo, onde você encontrou isso?

— Você pode tomar conta dela? Por favor? O nome dela é Vênus — sussurrou Elin. — Minha mãe vai matá-la. Já matou os outros.

Gerd segurou o filhote contra o rosto, acariciando seu pelo macio.

— Ove — chamou. — Ove, vem ver, já viu alguma coisa tão fofa assim antes? Temos uma nova amiguinha.

Ela piscou para Elin e pegou a mão dela.

— Sempre quis ter uma gatinha. Imagina só, como sabia? Você é tão esperta!

PRESENTE

NOVA YORK, 2017

ELIN ESTÁ CARREGANDO UMA BRAÇADA grande de lírios-brancos e uma sacola de papel cheia de croissants fresquinhos. Desta vez, ela está no horário e entra correndo em casa. O cheiro forte das flores faz cócegas em seu nariz.

Quando a porta do elevador se abre, ela encontra Sam. Ele está de jeans e com um boné, a caminho de algum lugar. Está segurando a carteira e as chaves e parece surpreso. Ela entrega as flores para ele.

— Ah, em casa já? E com flores, eram parte de algum cenário?

— Não, de jeito nenhum. Comprei-as para você a caminho de casa, você adora lírios.

— Adorava. Faz muito tempo.

Elin sorri e pega as flores novamente.

— Você lembra? Em Paris. Você me deu lírios e eu dei rosas pra você. Mas era pra ser o contrário. Lembra quanto tempo levou para descobrirmos quem gostava do quê? — Elin ri.

Algo brilha nos olhos de Sam.

— Claro que lembro. Mas tenho que ir agora.

Elin não se mexe.

— Aonde você vai?

— Tem um jogo de tênis que quero ver esta tarde. Algumas pessoas do escritório estão indo e, então, pensei em me juntar a eles. Estou cansado de ficar em casa sozinho o tempo todo.

Elin mostra a outra mão, a que está segurando a sacola de papel. O cheiro de massa fresca flutua entre eles.

— Comprei croissants. Iríamos conversar, lembra? Eu ouviria você. Eu prometi.

— Achei que você tivesse falado só por falar.

— Não! Falei de verdade. Por favor, pode ficar em casa pra gente conversar?

— Hoje não. Quero fazer alguma coisa além de ficar esperando por você.

Elin percebe a irritação crescendo na voz dele a cada palavra.

— Eu trabalho demais — justifica Elin. Ela ainda está de pé, bloqueando a porta. — É verdade. Sinto sua falta.

Sam ergue as mãos e grunhe para ela:

— Para com isso, não precisa ficar emotiva. Sai, vou perder a partida.

Ele força a passagem e entra no elevador.

— Não precisa me esperar.

Elin tira os sapatos, larga as flores e a sacola e arranca o vestido pela cabeça.

— Por favor, espera. Vou junto. Só vou trocar de roupa. Só um minuto, no máximo. Vou ser rápida.

Sam suspira alto enquanto o elevador começa a se fechar.

— É tarde demais, Elin, você não entende? É sua vez de ficar em casa sozinha — diz ele. O espaço entre as portas do elevador vai ficando cada vez menor até que ele finalmente desaparece, deixando apenas Elin ali parada de roupa íntima.

Há tanto a perder. Elin perambula de quarto em quarto no apartamento vazio e silencioso. Todos os móveis, toda a arte. Para em frente a cada quadro e analisa a decoração que eles escolheram juntos com tanto cuidado, ela e Sam. As cores pálidas, os padrões abstratos. Nenhum dos quadros é realista.

Ela sempre adorou arte. Antes, eram suas próprias linhas desajeitadas no papel fino de rascunho, que se tornaram um mundo de pinturas a óleo, em acrílico e fotografias; obras de valor de artistas renomados.

Obras de valor. Ela estremece com o pensamento e continua a vagar. Cada coisa tem seu lugar, cada coisa foi planejada. Os objetos estão cuidadosamente organizados nas mesas e nas prateleiras. Manequins, caixas, abajures. Como pequenas naturezas-mortas ou instalações. Formas e cores em harmonia.

Em uma das prateleiras, há fotos de Alice dançando. Elin pega um retrato, um em que ela é mais nova, com apenas alguns aninhos, e segura perto do coração a menininha que não existe mais. Em frente a ela, em outro porta-retrato, a adolescente dança com movimentos precisos e vigorosos. Uma parte de Sam e dela e, mesmo assim, tão singular. A criatura mais bonita que ela já viu na vida. Ela pega o celular e envia três emojis de coraçãozinho para mostrar que está pensando nela.

Elin respira e senta no sofá, deixando o retrato da criança que um dia ela teve na mesa em frente. Alice está tão bonita, com uma saia rosa de tule e um top branco com glitter.

Na mesa, há também uma pilha de livros. Um deles tem o nome dela na lombada, em letras grandes e pretas: Elin Boals. É uma coletânea de retratos que ela fez de pessoas famosas. Pessoas bonitas. Retratos bonitos. Nos quais sucesso e beleza andam de mãos dadas em belos ambientes.

Estrelas.

Mas até estrelas podem perder o brilho.

Sua barriga dói de novo. Ela passa a mão e acaricia o abdômen gentilmente, tentando fazer a dor passar com uma massagem. Do lado de fora da janela, a escuridão cai devagar. Fazia tempo que não ficava em casa com a luz do dia, que não tinha tempo para os próprios pensamentos.

A superfície da mesa de centro é tão viva; ela nunca tinha pensado nisso. As fibras da madeira, os nós, como se tivesse sido cortada de um tronco bem grosso. Como se um pedaço de natureza tivesse se mudado para lá.

Ela se deita no sofá, encolhendo as pernas de modo que os joelhos ficam encostados na barriga dolorida. Ao fechar os olhos, visualiza uma floresta de troncos marrom-avermelhados e copas verde-escuras. Entre as árvores, alguém está correndo, uma imagem que desaparece e reaparece. Longe, perto. Ela vê um rosto olhando para ela. Olhos sérios e acusadores. Como se fosse um filme passando diante de seus olhos. É Fredrik. O que ele quer com ela? Por que ele apareceu de novo, quando era apenas uma lembrança distante?

A imagem desaparece, e as árvores balançam ao vento como as frágeis folhas da grama no campo. Ela as acompanha em pensamento, deixa que a ninem.

Ela não acorda até Sam voltar. O apartamento está escuro, apenas as luzes do lado de fora refletiam nas paredes. Ele está com um amigo. As vozes altas a acordam antes de a porta do elevador se abrir. Ela ainda está só de sutiã e calcinha. Eles parecem felizes ao entrar no apartamento conversando e rindo. O time certo deve ter ganhado. Elin se encolhe, grudando no encosto do sofá, mas fica completamente exposta assim que acendem a luz. O amigo de Sam se vira, envergonhado, e Elin olha para Sam. Ele joga uma coberta sobre ela e ri, visivelmente embriagado.

— Você está em casa? — pergunta, parecendo surpreso.

Elin se enrola na coberta e rapidamente passa por eles em direção ao quarto e ao closet. O vestido ainda está no chão do hall, mas ela nem se preocupa em pegá-lo. Ouve de novo os homens rindo e o barulho da porta da geladeira, de garrafas de cerveja sendo abertas.

Quando ela volta, vestida e com o cabelo preso, eles estão no terraço. Uma corrente de ar frio passa pela porta, e sua pele se arrepia sob o vestido de malha. Ela caminha em direção a eles, mas para na porta ao perceber o fogo aceso. As chamas estão altas e faíscas laranjas se espalham no ar. Quando a vê, Sam suspende um pacote de salsichas.

— Vem aqui pra fora. Vem e senta com a gente pra comer também — chama alegremente, batendo na cadeira ao lado dele.

Elin balança a cabeça e dá um passo pra trás.

— Não, pode ficar aí. Tenho algumas coisas para fazer, me lembrei. Vou para o estúdio um pouco.

* * *

Elin está com a agenda à sua frente e Sam ao celular. Ela olha semana por semana, sugere datas cada vez mais distantes no futuro.

— Estas próximas semanas estão cheias, é impossível. Não tenho tempo. Sinto muito, você vai ter que continuar sozinho — anuncia ela, resoluta.

— Sozinho? Como assim? Não podemos parar a terapia agora que começamos. É importante. Importante se formos ter um... futuro juntos.

Elin cantarola distraída. Fechou a agenda, e há uma foto na tela à sua frente; é do jardim onde estavam trabalhando, a porta azul brilhando no centro. Ela arrasta o cursor acentuando as cores ainda mais.

— Alô?

O grito de Sam a assusta.

— Sim, desculpa. Não posso. Por que precisamos falar disso agora e tornar o assunto tão estressante?

— Você está ouvindo pelo menos?

— Sim, acho que sim.

— Você *acha* que sim? — Sam berra tão alto, que ela desliga a função do alto-falante. Ela vê Joe se contorcendo, sentado à sua mesa do outro lado da sala, apesar de ele estar com fones de ouvido. Ela põe o celular no ouvido e se levanta.

— Você está criando problemas onde não existem — sussurra Elin. — Se precisa de terapia, vai sozinho, é a melhor solução.

— Ah, é o que você acha? Estou melhor sozinho. Bom, agora entendo como você enxerga a situação. Agora eu sei.

Um silêncio, longo demais.

— Alô? — diz Elin, enfim, mas não obtém resposta.

Sam desligou. Ela fica parada por um momento com o telefone na orelha, como se esperasse ouvir a voz dele de novo. Então volta para a escrivaninha e para a imagem da porta que preenche a tela.

É tão parecida, ela fica impressionada com os detalhes, com as lembranças que despertam. A pintura lascada, as listras pretas entre as pinceladas, a chave. É a voz de Joe que a tira dos pensamentos. Ele está ao lado dela, fazendo um sinal com a cabeça em direção à escada.

— Como assim? Você não ouviu eles chegarem?

Elin olha para cima atordoada.

— Chegarem? Quem?

— Ah, vai, agora você tá me assustando.

Elin vira a cabeça discretamente e espia por cima do corrimão, para o andar do estúdio. Assim que vê e reconhece a atriz que está lá, vestida de preto dos pés à cabeça, com óculos escuros, ela se levanta tão de repente, que a cadeira voa para trás.

Passado

Heivide, Gotland, 1979

Eles andavam lado a lado pela estrada principal, no meio do asfalto. Estava tranquilo e deserto. Elin se equilibrava na faixa central com os braços esticados enquanto Fredrik chutava pedrinhas, fingindo que eram bolas no campo de futebol. De vez em quando, ele passava uma para Elin, mas ela continuava no seu jogo de equilíbrio e ignorava as pedras. Estavam em silêncio. Não precisavam de palavras.

De repente, apareceu um carro do nada. Era Micke, dirigindo rápido, como sempre. Quando os viu, brecou forte, fazendo o cascalho voar para o acostamento, e abriu a janela.

— Cabulando aula?

Fredrik suspirou.

— Não tem aula esta tarde.

— Vai pra casa então, tem muita coisa pra fazer na fazenda.

Micke acelerou e Fredrik atirou uma pedra no carro, com força, e riu com desdém ao acertar o para-choque traseiro.

— Por que você fez isso? — Elin segurou seus braços.

— Ele é um idiota. Todo mundo sabe disso.

— Mas é seu pai!

— É, e daí? Seu pai é um idiota também, não é? — Fredrik disse erguendo as sobrancelhas.

— Talvez. Mas eu não jogaria pedras nele. Ficaria feliz se ele voltasse pra casa. Ele tem um lado bom. Seu pai deve ter um também!

Fredrik revirou os olhos e andou um pouco à frente dela.

— Mamãe diz que a gente vai se mudar logo — anuncia ele. — Ela não aguenta mais.

— Eles vão se divorciar, então?

— Acho que sim. Tavam discutindo ontem de noite e vi uns formulários na mesa da cozinha — explicou Fredrik, parando de novo.

Elin pôs a mão no ombro dele.

— Vocês não vão se mudar pra longe daqui, vão? Vão ficar em Heivide?

— Não se preocupe. Eu e minha mãe provavelmente vamos morar na casa dos meus avós. Não é tão longe.

Eles continuaram a caminhar em silêncio, Elin se equilibrando no meio da estrada, Fredrik se mantendo mais perto do acostamento, onde havia um suprimento constante de novas pedrinhas para chutar.

Quando chegaram ao vilarejo, Elin parou de repente e largou a mochila no chão. Pulou a cerca da casa de Aina e gesticulou para Fredrik fazer o mesmo, mas ele hesitou.

— E se ela achar que fomos nós? Na outra noite?

Elin balançou a cabeça.

— Não se preocupe, é só a Aina. Já deve ter esquecido aquilo, ela é tão velha e confusa. Preciso de um livro novo pra escola.

Ele pulou atrás dela e eles correram pela grama. Tinha pedaços marrons de musgo velho. Os cardos estavam altos e grandes, como estátuas espinhosas. As flores roxas haviam murchado, sobrando apenas os pistilos. Fredrik pegou alguns enquanto corria e depois largou-os, e eles voaram pela grama. Elin subiu os degraus em três passadas largas e bateu na porta.

Até que viessem atender, houve uma pausa, durante a qual eles ouviram passos arrastados e alguém arfando devido ao esforço.

— Marianne? Gerd? É você? — gritou Aina lá de dentro.

Elin segurou a maçaneta e abriu a porta, e Aina se iluminou quando a viu ali fora.

— Meu Deus, que tesouro raro. Fiquei pensando que era Gerd com a comida que não consegui trazer pra casa do mercado — exclamou a mulher, batendo palmas com prazer. — Não, apenas uma xícara de café não vai ser suficiente, não agora. Vou ter que pegar o xarope e os biscoitos.

Elin assentiu dando um passo para entrar no hall. A casa cheirava fortemente a amônia. O vestido de Aina estava cheio de manchas, e em seu queixo havia alguns longos fios grisalhos.

Nos dois lados das paredes do corredor e da sala havia estantes cheias de livros. Elin passou os dedos nas lombadas; tinha tantos livros ainda para ler. Aina frequentemente os emprestava para ela, quantos quisesse. E sempre fazia biscoitos.

— Você tem biscoitos com nozes? — quis saber Elin.

— Sim, assei uns ontem de noite. Sei que são seus preferidos. Entre, entre! Depois podemos jogar trinca, não podemos? Vocês têm tempo, não têm? Gerd e Marianne estão sempre com tanta pressa quando aparecem.

Fredrik e Elin sentaram-se nas cadeiras da cozinha e esperaram enquanto Aina misturava um pouco de xarope de flor de sabugueiro em uma jarra de porcelana estampada com rosas vermelhas e punha alguns biscoitos em um prato do mesmo conjunto de louças. Ela colocou tudo em frente aos dois e cada um pegou um biscoito com mãos afoitas. A cadeira rangeu quando Aina se sentou com todo o seu peso. Ela pegou o baralho no bolso do vestido e começou a embaralhar as cartas cuidadosamente.

— Humm, estes são os melhores biscoitos do mundo — murmurou Elin de boca cheia. Ela tirou a noz que estava dentro do biscoito e pôs no bolso. Edvin adorava nozes, ela a daria para ele quando chegasse em casa.

Aina distribuiu as cartas na mesa e cada um pegou uma pilha. Além do barulho regular do relógio cuco de parede, a cozinha estava silenciosa. A cada hora e meia, o passarinho saía da casinha e cantava.

De repente, Fredrik ficou de pé em pânico.

— Preciso correr pra casa agora. Prometi ao meu pai. Ele vai ficar bravo comigo.

Ele saiu correndo pela porta com o casaco nas mãos, umas das mangas arrastando atrás dele. Elin e Aina ficaram ali. Aina embaralhou e distribuiu as cartas, e elas continuaram jogando. Os biscoitos do prato diminuíam e as nozes para Edvin aumentavam.

Depois, Aina levantou e pegou um livro do aparador.

— Finalmente encontrei este livro, você precisa ler — comentou com alegria, entregando o livro para Elin. — Mas precisa ter cuidado com ele. Ganhei da minha mãe quando tinha a sua idade.

O livro estava com a capa velha e amarelada e o título tinha sido escrito em letras maiúsculas vermelhas. Sobre o título, tinha o desenho de uma menina em preto e branco, menos o cabelo comprido, que brilhava em verme-lho, no mesmo tom que as letras.

— É sobre o quê?

— Sobre uma menina, exatamente como você. Você me lembra dela um pouco, sempre tão inquisitiva.

— Inquisitiva? O que isso quer dizer?

Aina deu uma risada.

— É uma pessoa que faz um monte de perguntas e se vira muito bem.

— Ela não parece muito bonita... — Elin olhou para a ilustração com uma expressão de dúvida.

— Provavelmente o ilustrador não era bom, porque você vai gostar da menina, tenho certeza.

— Posso levar para a escola como livro de leitura?

— Claro, contanto que tome cuidado com ele.

Elin colocou o livro no bolso do casaco, onde se encaixou com perfeição. Aina colocou um pouco de leite sobre o prato vazio de biscoitos e andou com dificuldade até a porta com Elin, em seguida, estendeu o prato para ela.

— Pode colocar nos degraus pra mim, por favor? Um pouquinho para os pequeninos.

— Mas eles não existem, existem? — Elin hesitou à porta.

— Os pequeninos? Os espíritos e diabretes? Espero que sim.

— Por quê?

— Bem, do contrário, quem anda comendo as guloseimas que venho colocando? E quem vai cuidar de mim quando eu morrer se eles não existirem?

Ela piscou. Elin, ainda sem muita certeza, ficou parada com o prato na mão.

— Você sempre coloca comida pra eles? E eles sempre comem tudo? — perguntou a garota, abaixando-se para colocar o prato no alto dos degraus.

Aina assentiu.

— Pode ser que sejam os gatos, já pensou nisso? — questionou Elin.

— Sim — Aina riu, fazendo um barulho suave de bolhas, como se sua enorme barriga estivesse cheia de líquidos. Ela colocou a mão na cintura.

— Vá pra casa agora, joaninha. Sua mãe com certeza deve estar se perguntando por onde você anda. E comece a ler hoje de noite, pra ter alguma coisa nova pra pensar.

Elin parou na porta da cozinha quando viu Marianne apagando o cigarro no tampo da mesa, apertando forte contra a superfície de madeira até ficar amassado e, então, dando um peteleco nele para dentro da pia. Uma nova marca se juntou a outras manchas pretas na madeira gasta. As luzes estavam apagadas, a cozinha em sombras na luz débil. Um copo quase vazio, com um líquido claro no fundo, estava ao lado de Marianne sobre a mesa. Elin recuou com medo da raiva que podia sentir, movendo-se furtivamente em direção à escada, para o andar de cima, onde seus irmãos deveriam estar enchendo a casa de vida com suas brincadeiras. Mas ela não andou com leveza suficiente.

— Entra. Entra e me deixa ver você — chamou Marianne, enrolando as palavras. Elin entrou e ficou parada na porta com a cabeça baixa.

— Onde você estava?

— Paramos na Aina um pouco, jogamos cartas com ela. Gerd diz que ela precisa de companhia. Fica sozinha o tempo todo.

Marianne concordou.

— Os biscoitos que você comeu lá foram suficientes?

Elin assentiu.

— Humm, acho que sim.

— Ótimo. Os meninos podem comer um sanduíche, é o que temos para hoje.

Marianne estava usando uma blusa de seda vermelha cintilante. O cabelo estava com spray e a franja penteada para trás parecia uma ponte sobre a testa.

— Você tá muito bonita — comentou Elin. — Por que tá maquiada?

Marianne passou a mão sobre a mesa, em todas as marcas que formavam um mapa da vida deles juntos: a raiva por trás de cada marca de queimadura, a alegria por trás de cada respingo de tinta, os arranhões, as manchas de café quente. Os cortes de faca que um dia de repente apareceram, profundos, no centro da mesa.

No hall, a ratoeira se fechou sobre mais um rato-do-campo procurando abrigo do frio, e Elin deu um pulo quando ouviu a mola saltando. Não houve nenhum guincho dessa vez. Às vezes, eles guinchavam, coitadinhos.

— Bem, é isso. Um a menos para Crumble — disse Marianne com frieza, levantando-se da cadeira.

— Tá esperando alguém?

— Quem eu estaria esperando?

— Micke, talvez? O que você tá fazendo com ele? Ele é o pai do Fredrik.

— Não se mete em coisas que não entende.

— Fredrik disse que eles estão se divorciando. A mãe dele não aguenta mais.

— Disse, é?

— É por sua causa?

Marianne encolheu os ombros, deu um passo em direção à despensa, então tropeçou e parou. Seu tronco balançou levemente para frente e para trás. Ela tentou de novo chegar até a despensa, dando dois passinhos e se lançando para a maçaneta da porta. Puxou o que tinha na prateleira, pegou um pacote redondo de torradas e quebrou dois pedaços grandes. Migalhas caíram no chão, e Sunny correu para lambê-las. Quando Elin acendeu a luz, a luminosidade fluorescente evidenciou os olhos brilhantes de lágrimas de Marianne, o rímel nos cílios escorria, deixando seus olhos como os de um panda. Marianne rapidamente virou o rosto e enxugou as lágrimas com o dedo indicador. Elin se aproximou dela, ficando tão perto que encostou em sua perna. Ficaram lado a lado quietas enquanto Marianne raspava a faca de manteiga nos pedaços duros de torrada. Ela cavou nas depressões para tirar a manteiga, espalhando-a e formando a camada mais fina possível.

— Vamos ficar bem por nossa conta, mãe — Elin sussurrou.

O movimento da faca cessou.

— Vou ter que arranjar um emprego logo — disse Marianne. — Qualquer coisa.

Elin tirou a faca da mão dela e continuou a espalhar a manteiga. Marianne abriu a geladeira e pegou o queijo. Edvin e Erik apareceram e ziguezaguearam entre as pernas dela, enchendo a cozinha com perguntas, mas Marianne não respondeu a nenhuma delas, e Elin empurrou-os para fora do caminho, então eles brigaram entre si. Logo, estavam chorando e gritando. Finalmente, Marianne fez os pratos deles com os sanduíches e colocou-os sobre a mesa, com força, e o barulho silenciou as crianças.

Marianne saiu da cozinha sem falar nada, arrastando-se sem equilíbrio. Elin a viu jogar a linda blusa de seda vermelha no chão do hall.

Foi a última coisa que a viram fazer naquela noite. Elin colocou Edvin e Erik para dormir na mesma cama, então pegou o livro que Aina tinha lhe dado e se enfiou sob as cobertas. Com a ajuda da luz fraca da lanterna, começou sua jornada pelo universo de Green Gables.

— Gerd! Gerd! — gritou Fredrik.

Elin correu atrás, tentando alcançá-lo, mas ele foi mais rápido. Gerd saiu pela porta de vidro, colocando as mãos nos olhos para ver quem estava fazendo tanto barulho. Quando viu quem era, desceu as escadas e correu até eles. Fredrik gritou o nome dela diversas vezes.

— Minhas queridas crianças, que barulheira toda é essa? — Ela esticou os braços e abraçou-os. Elin fungou e mergulhou a cabeça no corpo quente de Gerd.

— Aina, ela…

— Entramos…

— Ela não abriu…

— Ela tá deitada lá…

— Não se mexe…

Ficaram em silêncio. Lágrimas corriam pelo rosto de Elin, e Fredrik respirava forte. Ele puxou o braço de Gerd para que ela os seguisse e ela começou a correr, atrapalhada. Elin e Fredrik correram na frente, pularam lepidamente a cerca e esperaram do outro lado. Quando Gerd chegou lá, eles pegaram na mão dela e a ajudaram a pular. Sua respiração estava irregular.

— É mais rápido por aqui.

— É, acho que são vocês que correm por todo lado o tempo todo. Que sorte vocês poderem fazer isso hoje — diz ela com dificuldade para colocar a outra perna por cima da cerca. Elin agarrou a mão dela e não a largou ao mesmo tempo em que a empurravam pela grama alta e marrom.

— Ela está no chão da cozinha. — Fredrik parou e se sentou nos degraus, enfiando o rosto entre os joelhos. — Não quero ver de novo.

Elin e Gerd entraram sem ele, e Elin cobriu os olhos enquanto Gerd se inclinou sobre o corpo. O grito dela cortou o silêncio.

— Ela está morta!

Então, vieram as lágrimas. Gerd chorou e gemeu. Sua garganta ficou apertada, ela tossiu e soluçou e arquejou em busca de ar. Alcançando o telefone que estava na mesinha do hall, Elin pôs o dedo no buraco do número nove, discando de novo para girar mais rápido. Então os zeros, quatro zeros. E então a voz do outro lado.

— Qual serviço deseja?

Elin não tinha palavras. Gerd se afastou rapidamente de Aina sem deixar de olhar para o corpo, pegou o telefone de Elin e limpou a garganta bem alto. A voz do outro lado ficou impaciente.

—Alô, que serviço deseja?

— Acho que ela está morta, provavelmente não precisa correr.

Gerd deu o endereço e então pôs o telefone no gancho. Elin correu para os braços dela e as duas ficaram ali e ouviram as sirenes se aproximarem pela estrada principal.

Mais vizinhos apareceram quando viram o carro da polícia e a ambulância. Vinham de todas as direções e ficavam em silêncio, vendo a maca ser retirada. O corpo roliço transbordava pelas laterais. Uma manta cobria a cabeça, mas os pés descalços expostos estavam azuis e inchados, com unhas grossas, compridas e amarelas, sujas de terra.

Marianne veio também. Abraçou Fredrik e Elin apertado e beijou suas cabeças.

— Ela fazia os melhores biscoitos do mundo — resmungou Elin.

— Quais os que você gostava mais? Quando eu era criança, pedia os de baunilha.

— Você ia lá também? — Elin olhou para ela, surpresa.

— Sim, ia lá quando era pequena, lembro que costumávamos jogar trinca. E, muito antes disso, Gerd ia lá quando era pequena. Todos nós comemos os biscoitos de Aina. Ela era a nossa Come-Come.

Elin sorriu em meio às lágrimas.

— Ela tava tão fria. E agora tá azul também, como o Come-Come. — Sua voz falhou.

Marianne puxou-a para mais perto.

— É o que acontece depois que você morre, sabe. O corpo esfria quando a alma voa. Aina já está em algum outro lugar. É só a casca que fica.

— Ela deve ter se esquecido de colocar o prato do lado de fora. Foi por isso, provavelmente.

— Como assim?

— O prato para os pequeninos — explicou Elin. — Talvez eles tenham ficado bravos com ela.

— Ela deve ter morrido ontem. Os espíritos e diabretes vão tomar conta dela agora. Vão cantar para ela, canções bonitas que apenas os mortos podem ouvir. Ela sempre cuidou deles, então, agora é a vez de eles cuidarem dela.

— Promete?

— Prometo.

— Ela nunca mais vai voltar?

— Não, ela se foi para sempre.

Elin colocou a mão no bolso e tateou o livro que estava ali. Aquele que ela tinha lido inteiro sob a coberta à luz da lanterna. Aquele que ela queria agradecer tanto à Aina.

Presente

Nova York, 2017

HÁ MALAS NO CORREDOR. Não uma, mas várias. Uma caixa também. E a coruja, a branca. A escultura que compraram juntos, tempos atrás, quando viajaram pela Ásia. Elin passa na ponta dos pés com cuidado pelos objetos. As luzes estão apagadas e ela não acende; a luz do lado de fora entra pelas janelas grandes e ilumina as paredes em faixas largas. Ela dá um pulo quando ouve uma voz vindo das sombras.

— Onde você estava?

A imagem escura de Sam de repente se torna visível, sentado na poltrona. As costas eretas, os lábios apertados. Ela afunda no sofá, ri para ele. Quer dar um beijo nele, mas ele parece tão sério.

— Você tá acordado? Durou mais do que o planejado, como sempre. Todo mundo quer tudo de mim. Demora, demorou hoje também. Mas ficou bom, quer ver?

Sam balança a cabeça.

— Você não entende?

Elin se aproxima, tenta abraçá-lo, mas ele empurra seus braços.

— Não está mais funcionando. Não aguento mais — desabafa ele.

Ela balança a cabeça, confusa.

— O que você não aguenta? Não estou entendendo.

Ele não diz nada e os dois ficam quietos por um tempo. Dá para ouvir o som das sirenes que vem da rua. Enfim, Sam segura uma chave num chaveiro, balançando-o para frente e para trás com o dedo indicador.

— O que você está fazendo? O que é isso? — pergunta Elin rindo, insegura.

— Aluguei um apartamento. Estou pensando em morar lá por um tempo.

O sorriso de Elin desaba.

— Onde? Por quê? O que você está fazendo? — Sua respiração é ruidosa e seu peito fica cada vez mais pesado. Logo, ela sente como se estivesse sendo enterrada sob chumbo, sufocando.

— Não dá mais pra viver assim. Desde que Alice se mudou, tudo parece sem vida, como se o apartamento fosse uma cidade-fantasma. Você nunca está aqui. Como você disse ontem, provavelmente vou ficar melhor sozinho.

— Não foi o que eu disse. Não disse isso, não quis dizer isso.

Elin fica perdida. Chega mais perto de Sam, aninhando-se perto dele no sofá.

— Teve muita coisa recentemente, é só isso, trabalhos grandes. Vai melhorar. Estou aqui agora.

Sam balança a cabeça.

— Não vai melhorar. Nunca melhora.

Ele tira a chave do dedo e fecha a mão sobre ela.

— Por favor — implora Elin. Ela começa a balançar para frente e para trás, os braços cruzados e apertados contra o peito.

— Agora que você não tem a Alice, você vive para o trabalho — reclama ele. — Você nunca está aqui comigo e, quando está, não está *presente*. E, ultimamente, parece que está escondendo alguma coisa, como se fosse uma estranha.

— Por que você diz isso?

— Porque é como tem sido. Dezoito anos, Elin, dezoito anos, e não sei nada sobre você.

— Como assim? Você sabe tudo.

— Não sei nada. Você está sempre sorrindo, mas nunca feliz. É impossível te entender. Você nunca me ouve. Nunca me pergunta nada, nunca me diz nada. Nunca vi uma foto sua de quando era criança.

— Elas desapareceram em Paris, você sabe disso. Não vá. Te conto mais coisas. O que você quer saber?

— É tarde demais.

— Não vá — Elin estende a mão, mas ele a ignora, apenas balança a cabeça.

— Às vezes fico pensando se você mesma sabe quem você é.

— Não diga isso. Por que você diz isso?

— Você coordena. Tudo. Tudo precisa estar perfeito. Você cria ficções todo dia, todo segundo. Não a realidade. É como se tudo isso fosse um cenário para uma das suas sessões de foto, como se nós, eu e Alice, fôssemos apenas objetos de cena de alguma coisa que você está tentando criar.

Sam fica de pé, arrumando as calças, que subiram e amassaram devido a tantas horas sentado.

— Você está me deixando? — pergunta Elin. Ela afunda no chão em frente a ele, em prantos. Sua respiração ainda parece comprimida, ela mal consegue respirar. Põe as mãos nos pés dele, mas ele as empurra, e o couro marrom brilhante fica fora do seu alcance.

— Raras vezes ouvi você dizer que me ama — responde ele.

— Claro que eu te amo.

— Diga, então.

— Claro que te amo. Prometo. Não vá.

Ele vira de costas e ela o ouve apertando o botão do elevador, colocando mala por mala lá dentro. Ele fica parado por um momento à porta, a coruja sob o braço, como se esperasse por Elin. Mas ela não consegue mais olhar para ele, está olhando para fora. Para os prédios, telhados, caixas-d'água. Para as janelas atrás das quais outras famílias estão se amando e brigando.

Há um som de arranhado quando a porta do elevador se fecha. Ela ouve o barulho do elevador ficar mais fraco e desaparecer. Então, de novo, o silêncio. Silêncio e escuridão.

Elin chora e corre para o elevador, há algo caído no chão. É um caderno preto de notas. Elin o pega e abre. Não há palavras, não há rascunhos. Apenas papel liso sem nada escrito. Ela chama o elevador de volta e desce, mas a rua já está vazia. Ele entrou no carro e desapareceu. Para onde? Ela não sabe, não perguntou. Ela liga para ele. O telefone toca, mas ninguém atende. Ela tenta de novo e de novo. Finalmente, ouve a voz dele.

— Sim.

— Você esqueceu uma coisa, um caderno. Você precisa voltar — diz ela com firmeza.

— Não, é pra você, eu deixei aí.

— Por quê? — sussurra ela.

— Você não entendeu? Está vazio, como você. Acho que você precisa se ouvir.

A dureza em sua voz a machuca e ela se força a engolir o nó que se forma em sua garganta. Não sabe mais o que dizer, não há mais nada. Desligam. Ela segura o caderno fortemente, apertado contra o peito. Tudo começa a rodar e ela oscila, segurando-se em uma banca de jornal para se equilibrar.

O caderno de anotações está ao lado da cama, do lado de Sam. Ela não consegue dormir. Por fim, se levanta, abre o caderno e cola a imagem impressa da porta azul no meio da primeira página. Agora, tem alguma coisa nele, uma parte dela, um começo. Ela põe o caderno debaixo do travesseiro. A cama está vazia, mas ainda tem o cheiro de Sam. Ela vira o edredom, para que o lado "dele" cubra seu corpo, pega os travesseiros dele e os abraça apertado. São quatro da manhã; em quatro horas, ela tem que estar no estúdio de novo. Não quer ir, não vai conseguir. Fecha os olhos e tenta evitar as lágrimas, mas não consegue impedi-las, assim como não consegue calar os pensamentos.

Ela pega o caderno de novo e procura uma caneta, tentando pensar em algo diferente de Sam. Palavras soltas surgem em sua mente. Ela as escreve em uma letra cursiva bonita.

Descalça. Cascalho. Dilúvio. Horizonte.

Então, guarda o caderno, fecha os olhos e espera ficar em paz. Respirando profundamente, sente a presença de Sam nos cheiros ao redor.

O tempo passa, mas os pensamentos não vão embora, nem as lágrimas. Ela escreve outras palavras.

Estrela. Noite. Pinheiro atrofiado. Briga na água. Sorri entre as lágrimas com a lembrança de pegar a água com as mãos em concha. Com a lembrança de amizade e amor no passado, quando Fredrik estava sempre ao seu lado, para apoiá-la quando não havia mais ninguém.

O relógio marca cinco horas. Faltam apenas três horas. Ela fecha os olhos, pensa no mar. Vê as ondas espumarem ao quebrar na praia. Tem a sensação de estar no meio delas e se desequilibrar com sua força. Ela conta as ondas. Uma, duas, três, quatro. O barulho da rua se transforma em barulho do mar em seus ouvidos. Ela afunda lentamente num torpor agitado. Bate as pernas, se contorce, se vira.

O guarda-roupa de Sam está escancarado e vazio. Todos os ternos se foram, todas as camisas. Sobraram apenas algumas camisetas: uma vermelha, algumas pretas. Ela vira o rosto. Seus vestidos estão pendurados por ordem de cor. Preto, azul-marinho, azul-claro, cinza, vermelho. Nenhuma outra cor, apenas as de que ela mais gosta. Ela pega um vestido preto, mas muda de ideia e o pendura de novo. Troca por um cinza evasê que comprou em Paris na última vez em que estiveram lá. Esse também não. Larga-o no chão, o cabide quica e aterrissa de lado.

Dezoito anos. Alice nasceu logo, sempre esteve com eles. Aqueles anos em Paris, quando se apaixonaram, foram os anos que os mantiveram juntos. Ela lembra tão nitidamente, as risadas dos primeiros meses, as longas noites, as festas para as quais eram convidados, com pessoas lindas e de sucesso. O alívio de não estar mais sozinha e perdida. E então o enjoo e a alegria pelo fruto do amor deles. Desde o primeiro momento, estava determinada a ser a esposa perfeita, a mãe perfeita.

Sempre foram os três. Elin, Sam e Alice. Ninguém mais. Agora sobrou apenas ela. Talvez Sam esteja certo, talvez ela tenha ficado tão obcecada em ser perfeita, que perdeu a capacidade de ser real.

Ela passa a mão pelos vestidos, sentindo a seda, o veludo, a lã e o algodão sob a ponta dos dedos. Todos têm uma história, cada um deles foi usado com o homem que agora ela está perdendo. Por fim, fecha os olhos e escolhe um. É de seda preta, macio e brilhante. Enfia-o pela cabeça, amarra o cinto na cintura e aperta. Tem um trabalho importante para fazer. Uma capa. Não pode dar errado. Na frente do espelho do banheiro, dá tapinhas no rosto tentando recuperar o viço, massageando a pele enrugada. Os olhos não abrem. Estão pesados e inchados. Ela sorri, primeiro com timidez e, então, cada vez mais expansiva. Seus olhos parecem fendas. Ela utiliza técnicas de respiração de ioga. Inalando pelo nariz e soltando pela boca.

Às dez para as oito, Elin corre apressada para o estúdio. No caminho, para em um café, subitamente sedenta. A rampa de concreto a conduz à porta de vidro com maçaneta retangular e brilhante. Ela coloca a mão na maçaneta e puxa, mas o vento empurra de volta e a porta não cede. Ela a solta e dá um passo para trás.

— Um, dois, três, quatro, cinco — murmura, relembrando os degraus que conduzem a uma outra porta. Ela segura com firmeza e puxa. O vento a faz lembrar de tempestade, do mar e do cheiro de areia e de algas. Fica parada, de olhos fechados, em frente a uma geladeira cheia de bebidas. Ela respira e sente o cheiro de pão fresco, com algum resquício de plástico, de tinta preta, de pacotes sendo abertos. De perfume.

O celular toca no seu bolso. É Joe, parecendo irritado.

— Onde você está? Todo mundo está aqui. Estamos esperando.

— Chego em um minuto. Podem começar a arrumar as luzes.

— Está tudo arrumado. Estamos aqui desde as sete, como você pediu. Lembra?

— Sete. Sim, claro. — Ela pega uma Sprite, abre a tampa com o celular entre o ombro e o ouvido e dá um grande gole.

— Todo mundo está de bom humor?

— Mais ou menos, pra ser honesto. É melhor você correr.

Elin toma a garrafa inteira. Tem um gosto azedo demais para ser um refrigerante com açúcar, mas é o suficiente para fazê-la se lembrar da bebida que costumava adorar. Antes de sair, tira uma foto da porta de vidro.

Passado

Heivide, Gotland, 1979

Elin pulou quando a porta de vidro se abriu com um tinido. Havia alguns sinos de metal pendurados por um fio na dobradiça para que Gerd, onde quer que estivesse no mercado, pudesse ouvir quando alguém entrasse. Desta vez, era Marianne, parecendo cansada. Ela foi direto até onde Gerd e Elin estavam desembrulhando sacos de balas.

— Me dá uma raspadinha Bellman e um maço de cigarro.

Marianne fez um gesto conciso para a caixa registradora. Elin segurou a respiração. Gerd não se mexeu.

— Não seria melhor usar esse dinheiro para comida? O queijo está em promoção — argumentou Gerd.

— Não seria melhor se você cuidasse da sua vida? — retrucou Marianne.

Elin deu alguns passos para trás e olhou para a prateleira de jornais. Agachou-se e ficou folheando uma revistinha do Pato Donald. Ela leria ali, sentada no chão frio do mercado, Gerd nunca disse para não fazer isso. Ela sabia o quanto Elin gostava de ler e de olhar para os desenhos. E o quanto sentia falta de livros agora que Aina tinha morrido e que a porta para os tesouros da literatura havia se fechado.

— Você nunca ganha nada. É só um sonho, um castelo de nuvens. O que você vai ganhar é apenas um dinheirinho — justificou Gerd, escolhendo ignorar o tom de ameaça de Marianne.

— Dinheirinho pra você, talvez. Pra nós, qualquer coroa é uma maravilha. Precisamos de um pouco de sorte. Me dá uma raspadinha. Eu decido o que vou comprar.

A caixa registradora se abriu e Gerd levantou a gaveta de dinheiro, mexendo nas cartelas. Marianne se virou para Elin.

— Venha, você escolhe — chamou.

Elin se levantou, esticou a mão hesitante e enfiou-a entre as cartelas de raspadinha e escolheu uma. A seção de raspar era uma novidade que só vira de longe. Marianne deu uma moeda a ela.

— Você raspa, minha menina sortuda.

Elin raspou com cuidado a cobertura metálica até não sobrar nenhum vestígio. Não ganharam. Gerd assentiu com tristeza.

— Não diga nada — rosnou Marianne.

— Tem um sorteio de loteria também, guarda o tíquete. Corre no dia 25.

— Merda.

— Hmm.

— Deveria ter comprado leite para as crianças.

Gerd não disse nada.

— Da próxima vez, compro da próxima vez. No mês que vem. Dia 25 chegará logo. Vamos ganhar algum dinheiro, então.

— Você ainda pode ganhar.

Elin ainda estava segurando a revistinha.

— Pode levar a revistinha, docinho — Gerd sussurrou, acariciando o cabelo dela.

Elin olhou para ela, os olhos bem abertos.

— Vão ser devolvidos amanhã de qualquer maneira, tem edição nova. Eles vão receber uma a menos e a gente cruza os dedos pra que ninguém perceba.

Elin sorriu e apertou a revistinha no peito. Marianne balançou a cabeça.

— Você mima essas crianças, Gerd.

— Tá, tá. Crianças precisam ser mimadas quando possível. Isso faz do mundo um lugar melhor, sempre digo — explicou Gerd, alegre.

— Sério? Que insuportável.

— De jeito nenhum. Não se preocupe. E uma criança mais gentil que Elin é difícil de encontrar.

Lá fora, uma forte rajada de vento fez a porta de vidro se abrir e bater. Elin abotoou o casaco até em cima e pôs o capuz. Colocou todo o peso contra a porta, mas o vento resistiu. Marianne pôs a mão no vidro acima da cabeça de Elin para ajudar.

— O outono está chegando, e as tempestades. Agora vamos ter que suportar o cabelo bagunçado pelos próximos seis meses. — Gerd riu quando o vento desarrumou o cabelo de Marianne, ocultando seu rosto. Ela o empurrou com as mãos.

— Cabelo bagunçado, meu cabelo fica assim por pelo menos doze meses por ano — Ela suspirou. — Tente ter três filhos, ao menos por uma semana, e você vai ver.

— Bobagem, com todo esse tempo de sobra, você deveria poder escovar o cabelo. Não se esquece de procurar trabalho agora. Liga para as pessoas. Você vai encontrar algo logo — disse Gerd.

Ao sair, Elin soltou a porta, que balançou perto de Marianne. Segurava a revistinha como se fosse de porcelana e alisava as páginas de tempos em tempos com a mão. Quando chegou em casa, leu-a em voz alta para Erik e Edvin.

Erik e Edvin estavam deitados cada um de um lado de Elin com as pernas penduradas para fora da cama estreita. Elin estava sentada com as pernas cruzadas, encostada na parede. Nas mãos, tinha um exemplar de *Anne de Green Gables*, e Erik e Edvin ouviam com atenção enquanto ela lia em voz alta. Era a quarta vez que lia o livro e, de algum jeito, isso a fazia sentir como se Aina estivesse viva. Não conseguia parar; lia e relia, e agora seus irmãos também conheceriam aquela menina teimosa.

— Por que eles queriam um menino? Os meninos são melhores que as meninas? — perguntou Erik, de repente.

Elin fechou o livro.

— Não, claro que não. Você não tá ouvindo? Mas a imaginação é provavelmente melhor que a realidade. Acho que *Anne* é sobre isso.

— Mas na realidade estou com fome — resmungou Edvin. — Não dá pra *imaginado* isso.

— É "imaginar" — Elin corrigiu.

— Também estou com fome — Erik gemeu, passando a mão na barriga.

Elin foi até a cozinha, mas parou na porta. Marianne estava sentada imóvel na cadeira, virada para a janela, onde um passarinho cinza estava pousado em um galho do lado de fora. O galho balançou quando o passarinho enfiou a cabeça sob a asa e se limpou. De repente, ele parou, virou a cabeça e ouviu algum som distante. Um dos olhos brilhou no sol da tarde. Depois de um momento, ele voou, mas Marianne não fez nada, ficou olhando para o vazio.

— O que você tá fazendo, mãe? Tá triste? — perguntou Elin, indo até ela e pondo a mão em seu ombro.

Marianne ficou de pé como se o contato tivesse doído. Ela se virou e se distanciou de Elin, com a cabeça baixa, mas Elin alcançou-a na porta.

— É quase final de tarde. Não vamos comer? O que você tá planejando?

Marianne encolheu os ombros. Elin abriu a geladeira e viu as prateleiras vazias. Tinha metade de uma pastinaca e algumas cenouras. O pote de batatas estava na despensa.

— O que você acha de sopa de mortadela?

Mostrou as cenouras. Marianne assentiu e tirou-as das mãos de Elin.

— Claro, mas não tem mortadela. Sopa de mortadela sem mortadela.

Ela começou a descascar as cenouras sob a água corrente. Elin pegou algumas batatas sujas de terra e colocou-as na pia.

— Tudo bem, vai ficar saborosa de qualquer jeito! — Elin sorriu e começou a cortar as cenouras bem fininho.

— Podemos beber chocolate quente depois, se ainda estivermos com fome. — Marianne não sorriu de volta, mas Elin riu.

— Chocolate roubado, você quer dizer. Quantos você pegou?

— O suficiente. Somos uma verdadeira quadrilha de bandidos, já pensou nisso? Aguarde até Erik e Edvin começarem.

Elin arregalou os olhos alarmada. Marianne de repente se iluminou, um sorriso se abriu em seu rosto.

— Mãe, isso não é engraçado.

— Olha quem está falando, escondendo leite sob o casaco. Ladrazinha.

Elin ficou em silêncio. Marianne encheu a panela com água e começou a descascar as batatas. Elin despejou as cenouras cortadas.

— Pelo menos não roubamos comerciantes com espingardas — resmungou ela.

Marianne parou o que estava fazendo.

— Então você sabe?

— Todo mundo sabe. Todo mundo cochicha sobre isso. Você também fala sobre isso, acha que eu não ouço?

— Você tem razão, não é engraçado — disse Marianne. — Vou conseguir um emprego, um bom emprego, prometo. Assim que conseguir um emprego, paro de roubar. Promessa de dedinho.

Ela mostrou o dedo mindinho e Elin enganchou o seu no dela hesitantemente.

— Isso quer dizer que posso roubar leite tanto quanto eu quiser? Até você encontrar um emprego?

Marianne desligou a água e pegou o rosto de Elin entre as mãos. Beijou a testa dela.

— Não, docinho. Dois canalhas nesta família já é o suficiente.

Elin retirou as mãos dela e voltou a cortar a última cenoura.

— Isso quer dizer que ainda somos uma família? — questionou ela. — Você, eu, papai e os meninos?

— Acho que sempre seremos uma família, de um jeito ou de outro. Sou sua mãe, ele é seu pai. Isso nunca vai mudar.

— Mas você ama ele?

Marianne não disse nada. Pegou a pastinaca da pia e descascou-a em silêncio com movimentos rápidos.

— Você ama ele?

Marianne se virou para Elin, largou a pastinaca e o descascador na pia e se apoiou na bancada.

— Elin, ele roubou uma loja com a espingarda de caça. Você entende? Atirou na vendedora. Ela podia ter morrido.

— Uma coisa não tem nada a ver com a outra. Você ama ele? Me responde.

— Tem tudo a ver.

— Me responde!

— Não.

— Você amava.

— Talvez. Mas não amo agora. Ele é perigoso, fica perigoso quando bebe. *Você* ama ele?

— Sim, claro. Ele é meu pai e é gentil quando não bebe. Você também sabe disso. Não lembra? Os aconchegos, e quando ele cantava pra gente. A gente ria tanto.

— Mas não quero mais ele por aqui.

— Você nunca vai ter ele, você sabe, né?

— Quem? Seu pai? Não quero ele.

— Você sabe o que quis dizer. O outro cara, Micke. Não pensa que não sei. Ele não liga a mínima pra pessoas como a gente.

— Não sei do que você tá falando.

Elin soltou a cenoura, correu para fora da cozinha e saiu de casa. Correu para a cadeira atrás da casa e se sentou ao lado das quatro pequenas cruzes nos túmulos dos gatinhos. A chuva havia cessado. Ela tirou a bola de papel do bolso e a desamassou com cuidado, então escreveu algumas palavras:

Se comporte direito na prisão pra você poder vir pra casa logo. Senão, você vai estragar tudo. Por favor, venha pra casa. Sentimos sua falta.

Presente

Nova York, 2017

Não parece um restaurante. O grande letreiro luminoso na rua Essex conduz a uma loja despretensiosa que vende joias antigas em estojos velhos. Alice está parada perto de uma quando Elin chega. Ela levanta os olhos e seus olhares se cruzam, pela primeira vez desde que Sam se mudou. O de Elin é suplicante. O de Alice é acusativo. Ela vira de costas para Elin sem falar nada e vai mais para dentro da loja. Na parede dos fundos, há um homem corpulento com jaqueta de couro e óculos escuros, que as mede de cima a baixo. Ele assente discretamente e abre a porta atrás do balcão quando elas se aproximam. Para além dele, um novo mundo se abre. É como entrar em uma mansão rural, com uma escada elegante que leva ao segundo andar e à sala de jantar. Alice vai na frente de Elin, sua saia jeans é tão apertada e curta, que Elin vê um pedaço da calcinha dela. Com a saia, ela veste uma camiseta larga de gola ampla, que cai displicentemente e deixa um dos ombros nu. O cabelo está preso em um coque despenteado e o rosto sem maquiagem. Mesmo assim, está perfeita para o ambiente de alguma forma. Ela brilha, tem um ar jovial e descolado.

O garçom mostra a mesa delas. A música está tão alta, que é difícil ouvir o que ele diz. Elin puxa a cadeira para perto de Alice, e Alice se distancia na mesma proporção.

— Tá curtindo a faculdade? Como é o dormitório?

Alice suspira.

— Achei que viéssemos aqui pra falar de você e do papai.

— Sim, talvez, mas, mais do que isso, estamos aqui para comemorar. Não pude ir àquele jantar com a vovó e o vovô, você sabe.

— Acho que foi a gota d'água pro papai, você perder aquele jantar. Como pôde simplesmente não aparecer?

Alice segura o menu à sua frente, escondendo o rosto, apenas o cabelo fica visível.

— Não é que simplesmente não me importei... Eu...

Alice olha para o menu, as sobrancelhas erguidas.

— Você não queria?

— Alice, eu estava trabalhando. — Elin implora por compreensão, mas Alice desaparece atrás do menu. Quando o garçom chega, ela pede uma entrada e o prato principal. Elin ainda não tinha conseguido escolher.

— Vou querer o mesmo, tudo bem — diz ela, empurrando o menu para o lado.

— São pratos para dividir. É melhor pedir quatro diferentes — sugere o garçom.

— Não quero dividir com ela — diz Alice com firmeza, fechando o menu e entregando-o para o garçom, que sai.

— Alice, por favor, não pode ao menos tentar? Vamos tentar ter um momento agradável?

Alice balança a cabeça.

— Este jantar não vai ser agradável, não importa o quanto você se esforce. Você e meu pai se separaram. Se tem alguma coisa sobre o que devemos conversar, com certeza é sobre isso.

O garçom volta à mesa e serve água nos copos. A jarra é de porcelana branca com uma rosa solitária decorando a superfície craquelada. Elin estica a mão e toca na jarra, e o garçom a põe na mesa em frente a ela, parecendo quase se desculpar. Então, desaparece de novo. Elin posiciona a jarra e pega o celular para tirar uma foto.

— Você está trabalhando até aqui, enquanto comemos? — diz Alice, olhando para ela.

— Não estou *trabalhando*. É bonita. Me lembra de algo, só isso.

— O quê?

—Alguma coisa. Nada. Por favor, me conta como vão as coisas na faculdade. Sinto tanto a sua falta em casa. É tão vazio.

— É bom. É difícil. Dançamos. Meus pés doem o tempo todo. Agora você me conta. O que tem a jarra?

— Você é teimosa. Como seu pai.

— Ah, isso é um problema? Vai se divorciar de mim também?

— Mas eu não… não quero… não vamos… o que seu pai disse?

— Que você tá sempre trabalhando e que ele não aguenta ficar em casa sozinho.

— Ele realmente disse isso?

— Não. Mas foi o que ele quis dizer.

A comida chega, duas refeições idênticas. Elin não toca no prato enquanto Alice leva um sashimi de atum à boca, claramente engolindo-o inteiro. Quando termina, olha para o prato de Elin.

— Não vai comer nada?

— Não, não estou com fome. Pegue um pouco do meu se quiser.

Elin empurra o prato para Alice. Ela hesita, mas começa a comer avidamente. Pedaço após pedaço desaparece. Quando o prato está quase vazio, ela olha para Elin.

— Fico irritada quando estou com fome — diz ela.

Elin concorda.

— Você fica faminta de tanto dançar? É difícil?

Alice pega o último pedaço de peixe.

— Humm, estava tão delicioso — comenta ela. — Agora vamos falar sobre alguma outra coisa. Me fala da jarra. O que ela te lembra?

— Xarope de flor de sabugueiro. — Elin sorri.

— Xarope? Nunca vi você bebendo isso.

— Faz muito tempo. Quando era criança. Alguém costumava me dar.

— Quem?

— Não lembro. Mas me lembro da jarra.

— Você nunca contou coisas de quando você era criança. Conta mais?

Elin se vira e olha nervosamente para as mesas ao redor.

— A música precisa ser tão alta? — Ela suspira.

— Pode parar de reclamar? Este lugar é bom. Faz tempo que queria vir aqui. E, de qualquer maneira, você não pode coordenar todas as coisas para que tudo fique exatamente como você quer.

Elin se vira para olhar para ela.

— Você conversou com seu pai.

— Não preciso falar com o papai pra saber disso. Perca o controle pelo menos uma vez, mãe. Pule numa poça, dance, brinque com um cachorro. Acho que nunca vi você interagir com um animal. É estranho. *Você* é estranha. Você não tem nenhum interesse além do trabalho. O que te deixa feliz?

— Era uma senhora, uma vizinha, que costumava me dar xarope. E me emprestar livros. Tudo bem? — Elin não olha para a filha.

— Ótimo. Que mais?

— Mais nada. Era um xarope gostoso e ela servia numa jarra adorável como esta. — Elin estica a mão e acaricia a jarra.

— Onde? Em Paris? Tem mais alguma coisa, eu sei — insiste Alice.

Elin cruza os braços e estremece.

— É difícil pra mim também, seu pai sair de casa.

Alice olha para cima e seus olhares se cruzam.

— É culpa sua, mãe, você não percebe? Pra ser sincera, entendo que ele esteja cansado de você estar sempre trabalhando. Eu também tô.

Está chovendo quando elas saem do restaurante. Uma chuva de verão, quente e úmida, cai sobre a cabeça e os ombros. Elas não estão falando uma com a outra. Nenhuma parece ter mais palavras para compartilhar. Fizeram o resto da refeição em silêncio, pagaram e saíram. Agora, estão lado a lado na calçada.

A luz das lâmpadas brilha nas poças e tudo tremula. Elin chama um táxi e abre a porta para Alice, que entra e fecha a porta sem olhar para ela. Elin fica sozinha olhando a luz vermelha das lanternas traseiras desaparecer na noite, levando a coisa mais preciosa que ela tem. Ou tinha. Parece que tudo está escorrendo por entre seus dedos. Tudo pelo que ela tanto lutou.

Passado

Heivide, Gotland, 1979

Elin estava espionando atrás do limoeiro há um bom tempo quando o pequeno grupo de pessoas desapareceu, uma depois da outra, pela porta de vidro. Sua respiração ficou mais rápida. Estava segurando uma lista escrita à mão e uma nota de cinquenta coroas. Colocou as duas coisas no bolso da jaqueta, virou-se e, então, correu o mais rápido que pôde pelo acostamento de cascalho da estrada principal. Estava lenta demais, então foi para uma via secundária. Deu passos largos no asfalto, balançando os punhos perto do rosto como se estivesse participando de uma corrida. Mais rápido, mais rápido, mais rápido. Atravessou em direção à cerca viva sem desacelerar, passando pelo buraco e sujando de lama uma das pernas da calça. Girou a maçaneta da porta e entrou correndo sem tirar os sapatos. Marianne não a impediu. Ela estava sentada em sua cadeira, cigarro na mão, o cabelo enrolado em bobes grandes. Elin parou bem perto dela, arquejando. Seu cabelo estava desgrenhado e cheio de folhas por ter deslizado pela grama, calça e camiseta sujas de lama. Marianne olhou para o cinzeiro e apagou o cigarro, pressionando a bituca até formar um toco que desapareceu na areia junto com o dedo. Então olhou para cima.

— Olha o seu estado. O que você estava fazendo? Onde estão os ovos e a manteiga?

Elin balançou a cabeça, não conseguiu falar nada.

— Meu Deus, filha, o que aconteceu? Alguém morreu?

— Gerd e Ove, Aina... — conseguiu dizer, finalmente.

— O que tem eles? Alguma coisa aconteceu com eles?

— Dinheiro.

— Você roubou dinheiro de Gerd e Ove? — Marianne olhou com seriedade para ela. Elin balançou a cabeça ansiosamente, estava gaguejando e mal conseguia pronunciar as palavras.

— Dinheiro, eles... — foi tudo o que conseguiu falar até que bateram na porta.

— Tira os sapatos e limpa essa lama toda — rosnou Marianne. Ela se levantou devagar e foi até a porta. Estava usando uma echarpe fina sobre os ombros e se encolhia como se estivesse com frio. Elin a seguiu. Assim que a porta se abriu, encarou o olhar formal de alguém que ela tinha acabado de ver do lado de fora do mercado.

— Você é Marianne Eriksson?

Elin viu a mãe assentir e abrir um pouco a porta com um ar desconfiado. Tocou a cabeça de forma cautelosa e tirou os bobes.

— Sim, quem é você?

— Podemos entrar?

— É sobre o quê?

— Temos uma boa notícia, podemos entrar?

— Claro. — Marianne deu alguns passos para trás e os deixou entrar no hall. Havia três pessoas. Dois homens de terno marrom e uma mulher de saia comprida e blusa elegante. Nenhum deles tirou os sapatos. A mulher tinha uma pasta cheia de papéis na mão, exatamente a mesma que Elin a vira carregando do lado de fora da loja. Eles se sentaram à mesa da cozinha e Marianne colocou as mãos sobre a barriga.

— O que vocês querem? É o Lasse? O que ele fez agora?

Os três visitantes ficaram surpresos.

— Lasse? — perguntou um dos homens. — Não. Estamos aqui para falar de Aina. Aina Englund. Nossos sentimentos.

Marianne assentiu e deu alguns passos para trás até ficar encostada no balcão da cozinha. A mulher pegou um pedaço de papel na pasta e limpou a garganta. Ela leu em voz alta:

Aina Englund, testamento
15 de agosto de 1979

Sinto que minha vida está no fim. Este é meu último desejo e testamento. Morro sozinha. Sem filhos ou parentes próximos. Quero que todas as minhas propriedades sejam divididas entre Gerd Andersson e Marianne Eriksson. As meninas que sempre cuidaram de mim.

Testemunhado por
Lars Olsson
Kerstin Alm

A mulher olhou para cima novamente e abaixou o papel um pouco. Marianne riu alto.

— Aina! E ela escreveu isso recentemente? — perguntou ela. — Bem, não pode ser muita coisa. Ela era a última nesta região que ainda ia à casinha para fazer as necessidades.

Elin deu uma cotovelada nela, mas Marianne encolheu os ombros e riu de novo.

— O que foi? É verdade. E ela até comia a casca do presunto, sempre dizia que a gordura fazia bem para o cérebro.

Um dos homens limpou a garganta com força e a mulher pegou outro papel.

— A senhora Englund tinha na verdade um bom dinheiro. Acho que ela o guardou bem. Era dinheiro de família. Está em ações e títulos. Ela deixou...

A mulher fez uma pausa e empurrou seus grandes óculos vermelhos com armação de plástico até a ponta do nariz.

— Quase três milhões de coroas. — Ela pausou de novo. — E ainda há a casa.

Marianne ficou olhando para ela. A mulher lhe entregou o pedaço de papel.

— Mas você não é a única beneficiária. Metade é para Gerd Andersson.

Marianne pegou a folha e ficou olhando pasma para os números. Ela se virou, rindo, e Elin percebeu o prazer em seus olhos. Estavam brilhando.

Erik e Edvin estavam pulando lá em cima, gritando. Estavam batendo no chão, mas Marianne, cantarolando, não parecia se importar. Ninguém estava brigando, ninguém estava se machucando. As gargalhadas deles e o cantarolar se espalharam pelas paredes e encheram a casa toda de alegria, como se uma orquestra inteira estivesse tocando as notas mais bonitas. Elin estava sentada à mesa da cozinha. Segurava a lista que haviam escrito naquela tarde, preenchida com tudo o que faltava, tudo o que queriam. Brinquedos de *Guerra nas Estrelas*, jogos, bicicletas, roupas. Não tudo de uma vez, Elin fez questão de mencionar isso para Marianne. Mas assim que fosse possível.

— E você, mãe? — quis saber Elin. — Não escreveu nada, tem alguma coisa que você queira?

Marianne pegou a folha e a caneta e começou a escrever a própria lista:

Ilhas Canárias.

Maquiagem.

Roupas.

Um novo par de sapatos.

Dois novos pares de sapatos.

Três novos pares de sapatos.

Ela riu e seus olhos brilharam.

— Não estamos sonhando, estamos? — Elin ficou olhando a mãe estudar o documento que os advogados deixaram.

— Não, acho que não. Vai ser mais de um milhão de coroas descontados os impostos. É irreal. Mas é verdade.

Elin a viu fazer contas e pensar, a boca se mexendo e os lábios formando números em silêncio.

— Teremos o suficiente para sobreviver por um bom tempo se vivermos frugalmente. Mesmo que eu não consiga um emprego.

— Ficou tão quieto. — Elin apontou para cima.

Elas subiram as escadas sorrateiramente e espiaram o quarto de Edvin e Erik. Estavam deitados na cama juntos, sob a coberta de flores, folheando um catálogo. Elin se aproximou de fininho por trás, colocando os braços nos ombros deles. Erik passava as páginas enquanto Edvin apontava o que achava interessante.

— Podemos ter varas de pescar de verdade, mãe? — sussurrou Edvin. Ele ainda ceceava, e seus olhos de avelã olhavam para ela cheios de expectativa. Marianne sentou-se na beirada da cama, inclinou-se para frente e analisou a página que ele estava apontando.

— Quero essa, pode?

Ela concordou e segurou-o mais perto. Ficaram deitados juntos, amontoados, apontando, desejando e sonhando.

— Que tal uma viagem para as Ilhas Canárias para passar o Natal e o Ano-Novo? — perguntou ela de repente. — Não seria divertido, um pouco de calor e de sol?

— Viajar de avião? — quis saber Edvin.

— Óbvio, bobo, de que outro jeito a gente iria chegar lá? — Erik empurrou-o e ele caiu para o lado. Edvin reclamou, mas Marianne puxou-o para perto e o beijou na testa.

— Vem aqui, meu pequeno tesouro — chamou ela, abraçando-o apertado. — Não briguem, meninos. Não estou brincando. Podemos ir, podemos pagar. Então, vamos? Ficaremos em um hotel chique com piscina pra vocês poderem nadar como peixes o dia todo.

— Mas e o Papai Noel? Como ele vai encontrar a gente se viajarmos? — questionou Edvin com tristeza.

— Sabe, talvez ele não encontre. Mas não acho que ele esteja fazendo bem seu trabalho nos últimos anos. Provavelmente, não vai fazer diferença se ele não vier — Marianne tentou não rir, mas não conseguiu e explodiu ao abafar o riso. Edvin colocou as mãos nas orelhas.

— Então, eu não vou — gritou ele. Elin acariciou suas costas.

— Mamãe só tá brincando. — Elin o tranquilizou.

Marianne parou, sua expressão ficou séria de novo.

— Acho que o Papai Noel vai te encontrar de um jeito ou de outro. Talvez você possa escrever uma cartinha para ele e contar onde estaremos.

Edvin pulou da cama e correu para a escrivaninha. Vasculhou na bagunça de canetas e papéis e começou a escrever em letras grandes de forma, muito

Um ponto de interrogação é metade de um coração 117

concentrado, parando para dobrar com cuidado um desenho antigo e colocar no envelope.

— Preciso do endereço — disse depois de um tempo.

— Põe Papai Noel. Polo Norte. Deve ser suficiente. — Erik deu uma risadinha. Elin jogou uma almofada nele.

— Aina provavelmente era o Papai Noel. Então Papai Noel está morto agora! — A voz de Erik estava abafada pelo travesseiro, e Elin o apertou contra o rosto do menino.

Os primeiros raios hesitantes do amanhecer animaram os olhos de Elin. Ela apertou-os olhando pela janela e viu um pedacinho do céu, lindamente rajado de vermelho. Fechou os olhos de novo, virou-se de lado e puxou a coberta sobre os ombros. Ouviu sussurros na casa. Tinha alguém lá de novo. Ela se enrolou na coberta e foi de fininho até o corrimão. Dali, espiou pela porta o quarto de Marianne. A coberta da cama estava se mexendo e dava para ouvir risadinhas sob ela.

— Vamos logo, corre. As crianças vão acordar.

As palavras ficaram mais suaves. Ela ouviu o som de lábios se sugando. Viu as costas nuas e peludas sobre o corpo de Marianne, que se debatia.

— Nunca mais vou embora, você é adorável.

Mais barulhos. Movimentos selvagens.

— Acho que te amo. Te amo.

Era a voz dele. Abafada e grave, reverberou pela casa toda. Ela respondeu:

— Você é louco. Vai embora agora, antes que as crianças te vejam.

Elin se encolheu no chão. Puxou a coberta até sua cabeça, de modo que apenas os olhos e o nariz ficaram de fora. Mal estava respirando por medo de ser descoberta.

Micke saiu da cama. Ela viu o rosto dele. Estava pelado, a bunda branca reluzia na manhã de sol. Ele esticou os braços sobre a cabeça e grunhiu alto, bem alto. Marianne correu até ele, pelada também, e o silenciou com os lábios. Seus seios balançavam enquanto ela se mexia. Ele pegou um deles com a mão em concha, inclinou-se para frente e colocou o mamilo na boca. Ela deixou a cabeça cair para trás. Ele o soltou e beijou o pescoço dela. Elin fechou os olhos e cobriu-os com as mãos.

Por fim, Micke saiu da casa pela janela do quarto, retorcendo-se e pulando no canteiro. Elin voltou para o seu quarto. Ela viu pela janela como ele cambaleou pelo terreno da fazenda em direção ao carro, estacionado ali. De meias e com uma bota em cada mão, ele pulava em um pé e depois em outro, calçando as botas enquanto andava.

No andar de baixo, dava para ouvir o raro som da risada de Marianne. Ela também estava olhando pela janela.

Elin andou com cuidado pela beirada do penhasco, segurando o fôlego e dando um passo de cada vez no chão de terra, pernas e braços abertos para que a roupa não fizesse nenhum barulho. Bem na beira, havia uma impo-nente águia-rabalva de perfil, o bico amarelo elegantemente curvo. Ela virou a cabeça e olhou para o mar, dobrando as asas firmemente junto ao seu corpo salpicado de marrom. Elin gostaria de poder capturar a bela imagem para sempre, a luz era perfeita.

A dez metros de distância, não dava mais para se aproximar sem ser detectada. O pássaro rapidamente abriu as asas, sua envergadura maior do que toda a altura de Elin, e se lançou do penhasco. Como dois aviões de guerra, as águias voaram, patrulhando a costa. Elin correu pelo caminho, tentando acompanhá-los e observá-los, mas os pássaros eram rápidos demais e desapareceram, logo tornaram-se apenas dois pontos ao longe. Ela se sentou na beirada do penhasco com os pés balançando como sempre fazia. A altura era estonteante. Dez metros abaixo, dava para enxergar as placas calcárias do fundo do mar, como uma colcha de retalhos irregular sob a água clara e esverdeada. Em um dia ensolarado de primavera, dava para ver as trutas e os bacalhaus nadando atrás de espinhelas e outros peixes pequenos. Ela adorava ficar ali, apenas observando tudo em silêncio na luz fascinante. Ainda não tinha chovido; o ar estava frio e limpo, mas as nuvens se acumulavam no horizonte, ameaçadoramente negras.

No bolso da calça, havia uma nova carta escrita em papel cor-de-rosa. Ela tinha encontrado o papel nas gavetas do quarto de Marianne. Desta vez, a carta estava dobrada três vezes, formando um pacotinho uniforme. Ela escrevia um pouquinho todo dia, apenas algumas linhas. Às vezes, as cartas acabavam na gaveta da escrivaninha, às vezes, queimadas no fogão. Ela achava que tinha que contar para o pai sobre o dinheiro, que deveria enviar uma carta para a prisão. Mas não conseguia encontrar um bom jeito de contar para ele. Tinha o pressentimento de que o dinheiro o deixaria tentado a voltar para casa, a encontrar uma maneira de sair da prisão. Mas como? Ela não sabia. Era possível cavar uma saída da cela? Devagarinho, cavar um buraco no muro de pedra e sair livre do outro lado, à noite, quando os guardas estivessem dormindo? Ou usar um garfo para cortar a energia geral e a eletricidade das cercas da prisão? O pai era bom em elétrica, ele fazia toda a fiação da fazenda. Aí, ele poderia simplesmente escalar o muro, pular e correr. Ele era rápido e forte, Elin o viu pular agilmente de galho em galho na árvore em que ele subiu nas poucas ocasiões em que ele teve tempo para brincar com eles. Ele nem teria que nadar para chegar em casa, como tiveram que fazer os prisioneiros de Alcatraz. Ele facilmente seria capaz de se esconder em um dos caminhões dos Grinde. Elin ficou impressionada com o brilhantismo daquele pensamento enquanto ele flutuava pela sua mente. E começou a escrever com o lápis amarelo mordido que tinha levado da escola para casa.

Papai, você não tem que ser um patife. Tem dinheiro aqui. Muito dinheiro. A velha Aina morreu e deu tudo pra mamãe e Gerd. Vem pra casa assim que puder. Se esconde em um dos caminhões que vai para os Grinde, assim você não vai ser descoberto no barco. Posso te esconder aqui quando você chegar.

Ela dobrou o papel com cuidado e o enfiou no bolso. Ninguém na família Eriksson teria que ser um patife de novo. Eles não teriam nem que roubar chocolate quente. Agora, poderiam comer bifes e batatas Hasselback todo sábado, todo dia até, não só em comemorações. Finalmente, seriam como todo mundo. Inclusive, estariam um pouco melhor do que todos.

Elin olhou para a tênue linha que separava o céu do mar e observou o reflexo da luz na água, a superfície rugosa com ondinhas irregulares, a dança das nuvens com o vento. O sol, que se esforçava para passar por elas. Bem além da escuridão, viu seu brilho lá longe como um diamante amarelo.

Um estrondo distante no oceano a fez pular e se apressar. Logo, os raios e a tempestade chegariam e era perigoso ficar ali. Enquanto andava pelo caminho em direção à floresta, sentiu as primeiras gotas de chuva pingando suaves na sua cabeça. Ficaram cada vez mais fortes até se transformarem em um pé-d'água quando ela tinha chegado às caixas de correio no caminho de cascalho. Era como se o céu tivesse se aberto, as gotas batiam nas poças com tanta força, que ricocheteavam. Vestiu seu casaco fino de algodão para proteger a cabeça e correu quando um carro estacionou e alguém assobiou. Era Gerd.

— Rápido, entra, te dou uma carona pelo restinho do caminho que falta — chamou ela girando a manivela para abrir a janela. Elin abriu a porta e se arremessou ao lado de Gerd. Estava tremendo de frio e a água do cabelo molhado escorria pelo seu rosto.

— Pobrezinha, você tá congelando. Não pode sair sem uma capa de chuva, sabe como é o tempo nesta época do ano.

Ela esticou a mão até o banco de trás do carro e pegou uma manta. Elin colocou-a feliz ao redor dos ombros. O motor engasgou e saiu uma enorme fumaça do escapamento, entrando no carro. Elin franziu o nariz.

— Você pode comprar um carro novo agora que tem todo esse dinheiro — sugeriu ela, tossindo. Gerd riu alto e apertou a buzina algumas vezes.

— Ah, não, a velha Silvia está ótima pra mim.

— Como a rainha da Suécia? É por isso o nome?

— Sim, só o melhor pra nós.

— Tudo vai ser melhor agora, não vai?

— Como assim?

— Ué, com o dinheiro.

— Claro, você não é mais pobre. Aina era mestre em surpresas. Pense no segredo que ela guardou. Que loucura.

— Mas sinto falta dela. Preferiria que estivesse aqui com a gente.

Gerd parou o carro. Desligou o motor e estendeu a mão na direção do rosto de Elin, acariciando-o com sua mão quente.

— É a vida, pequena. Nascemos e morremos. No meio disso, vivemos do melhor jeito possível. E você pode comer meus biscoitos daqui pra frente.

— Como você sabe disso?

— Como eu sei? Eu costumava ir lá quando era criança. E sua mãe também. Aina sempre deu xarope e biscoitos para as crianças do vilarejo. Era assim que ela era. Acho que foi o jeito que ela encontrou de ter companhia. Caso contrário, ficaria em casa, sozinha, esperando o tempo passar.

— Ela era tão gentil… — Elin ficou em silêncio e torceu as mãos no colo.

— Sim, era. A mais gentil do mundo.

— O que vai acontecer com todos os livros dela?

— Bem, acho que vamos ter que jogar no lixo. Não são valiosos para guardar, apenas um monte de fantasias. — Gerd piscou e riu.

— Posso ficar com eles. Se ninguém mais quiser — especulou Elin.

— Sim, tenho certeza de que isso não será problema. Assim, você vai ter o que fazer por anos a fio. Nunca entendi isso.

— Aina entendia.

— Sim, ela entendia. Tenho certeza de que ela mora em uma biblioteca no céu, o que você acha?

Elin se iluminou com a ideia de Aina em uma adorável biblioteca antiga.

— Por falar nisso, por que Aina nunca se casou e teve filhos? Por que era tão sozinha?

— Bem, acho que ela levou a resposta para o túmulo. Não é todo mundo que tem a sorte de encontrar alguém. — Gerd de repente pareceu triste e ficou mexendo no medalhão brilhante pendurado no pescoço. Elin já o havia aberto várias vezes e visto fotografias ali dentro.

— Mas você teve — disse Elin.

— Sim, tenho o meu Ove. Não gostaria de viver sem ele. Certifique-se de encontrar alguém para dividir sua vida, alguém que será seu melhor amigo — aconselhou Gerd, dando um beijinho rápido em seu medalhão.

— Você tá cuidando da Vênus, não tá?

— Claro que estamos, querida. Quer entrar e vê-la? Podemos ir lá em casa se você quiser. Não, quer saber, deixa eu ligar para a sua mãe, vamos jantar juntas hoje. Vocês podem vir a nossa casa, todos vocês.

Elin concordou e enrolou a manta de um jeito ainda mais apertado ao redor do seu corpo. Estava tremendo, os lábios roxos. Um feixe de raios iluminou a estrada e o trovão veio em seguida. Gerd girou a chave e ligou o motor de novo enquanto Elin olhava pela janela, nervosa.

— Isso não foi nem sequer a um segundo de distância da gente! Imagina se fôssemos atingidas por um raio.

— Você tá com medo? — Gerd se aproximou dela e acariciou sua perna. Ela assentiu.

— Um pouco.

— Não tem nada de perigoso nos trovões. São só os anjos na pista de boliche no céu. — Ela colocou o dedo nos lábios. — Mas não conta pra ninguém. É um segredo dos anjos.

Elin sorriu para ela.

— Você só tá brincando — retrucou Elin.

— De jeito nenhum. Aina provavelmente está lá também. Por isso, hoje está particularmente barulhento. — Gerd riu.

Elas ficaram em silêncio durante o final do percurso e ouviram os trovões. Elin admirou as hortaliças que cresciam nos canteiros ao longo do acostamento e viu a água regando a plantação enquanto o carro passava pelas poças fundas da estrada esburacada. Música de acordeão tocava no rádio, e as portas vibravam quando o som ficava muito alto.

Ove estava curvado sobre o saxofone, marcando o ritmo com o pé e assoprando tão forte, que as bochechas estavam vermelhas. Seus olhos estavam fechados. Tocava "Take the a train", e todos ficaram entretidos com a melodia alegre, Gerd batia palmas e Marianne cantarolava junto. A mesa estava cheia de potes e panelas e pratos raspados, e Elin estava sentada no banco da cozinha no meio dos irmãos. Os três estavam fascinados com Ove e os sons que ele estava produzindo com o instrumento dourado. Quando, finalmente, tirou os lábios da boquilha, Edvin e Erik pularam no banco e imploraram para que tocasse mais, mas ele pôs o instrumento de lado e puxou sua cadeira até a mesa.

Os sonhos de todos se expandiram, preenchendo o espaço enquanto falavam, os olhos brilhando e as risadas fluindo.

— Deveríamos estar um pouco tristes por causa de Aina?

A pergunta repentina de Elin fez com que todos na mesa parassem. As chamas das velas eram as únicas que se moviam na brisa leve que entrava pela janela.

— Aina estava tão velha, meu amor. Era a hora dela — disse Gerd, virando a cabeça para ela.

— Mas claro que sentimos falta dela — acrescentou Marianne.

— É muito difícil não ficar alegre com todo esse dinheiro. — Gerd sorriu abertamente.

— Sim, você precisa entender isso. Sentimos falta dela, mas estamos felizes ao mesmo tempo. Porque agora está tudo bem de novo. Aina fez com que tudo ficasse bem.

Marianne colocou mais vinho nos copos dos adultos. Eles beberam rápido e ficaram com os rostos cada vez mais vermelhos. Ove pegou mais garrafas de refrigerante do engradado de plástico na varanda e serviu às crianças, que podiam tomar quantas quisessem porque era uma celebração. Elin sugou o líquido frio usando três canudos finos, pouco acostumada a sentir as borbulhas na língua.

Ove pegou o saxofone de novo para tocar, e Erik e Edvin dançaram à sua frente, balançando e batendo os quadris, os braços sobre a cabeça.

Era mais de onze da noite quando finalmente começaram a se organizar para ir embora. Erik e Edvin estavam cansados demais para andar, por isso Marianne deixou Erik montar em suas costas e Elin carregou Edvin. Ele colocou os braços magros ao redor dela e enterrou o rosto em seu pescoço enquanto ela cantarolava a canção que Ove tinha acabado de tocar: "Summertime, and the livin' is easy".*

Marianne estava andando tão rápido, que Elin não conseguiu acompanhar. De repente, ela tropeçou em uma pedra e Erik caiu, aterrissando com força no chão. Ele abriu um berreiro e o humor alegre foi substituído por uma tentativa irritada de aquietá-lo. Como ele não parou, Marianne deixou-o ali e cambaleou para frente sozinha, abrindo os braços para os lados para se equilibrar. Erik chamou-a, mas ela não se virou, mesmo com a palavra "mamãe" cortando o ar. Elin colocou Edvin no chão e pegou os irmãos pelas mãos.

---

* Canção famosa da ópera *Porgy and Bess*, de George Gershwin. (N. T.)

—Deixa ela, tá tudo bem. Segura em mim, eu sei o caminho mesmo no escuro.

Eles andaram pela estrada de cascalho. Erik e Edvin nos rastros de pneus que brilhavam na lua cheia, Elin na faixa gramada que corria entre eles. Elin começou a cantar, o mesmo trecho repetidamente. Por fim, os irmãos cantaram junto:

Essa luz dentro de mim, vou deixar brilhar.
Essa luz dentro de mim, vou deixar brilhar.
Essa luz dentro de mim, vou deixar brilhar.
*Deixar brilhar, deixar brilhar, deixar brilhar.**

---

* *"This little light of mine, I'm gonna let it shine. / This little light of mine, I'm gonna let it shine. / This little light of mine, I'm gonna let it shine. / Let it shine, let it shine, let it shine"*. Música gospel de 1920, de autoria desconhecida, que, mais tarde, foi usada por movimentos de direitos civis. (N. T.)

PRESENTE

NOVA YORK, 2017

O CADERNO DE ANOTAÇÕES NÃO está mais vazio. Ela continua colando imagens nele. A jarra está lá, sozinha numa página com uma bela moldura, desenhada com muitos floreios com a caneta-tinteiro de Elin. A jarra de porcelana branca a faz lembrar do sabor da flor de sabugueiro em um lugar distante. Ela passa o dedo sobre a imagem, lembrando.

Na página seguinte, ela desenhou de memória um rosto cheio de sardas, um sorriso largo, dentes irregulares, olhos brilhantes que a encaram com ar de súplica. O rosto está rodeado de estrelinhas. Ela está cheia de uma curiosa saudade.

Talvez vá ficar na cama. Só um dia sozinha. Não tem ninguém lá, nada que ela possa ou tenha que fazer. Deixa o caderno de lado e puxa a coberta até o queixo, segurando forte com as duas mãos. Pega o caderno de volta, abre e vê a imagem que imprimiu no dia anterior. Um dente-de-leão solitário em um buraco no asfalto. Amarelo como o sol. Ela se lembra de todos os dentes-de--leão que tinham que arrancar e jogar fora. Lindas flores amarelas destinadas apenas à compostagem. Talvez ela mesma seja um dente-de-leão? Uma erva daninha no lugar errado. Uma caipira na cidade. Ela fecha os olhos.

O telefone toca pela terceira vez. É sua agente, que obviamente não vai desistir. Elin atende.

— Você está atrasada. Tem uma equipe inteira te esperando e o tempo está passando. Por que você não atende?

A mulher está gritando com ela. Elin se senta, totalmente acordada de repente.

— Não tenho nada marcado hoje, minha agenda está vazia, estou de folga.

— Olha de novo. Você tem, sim, uma porra de um compromisso. Uma sessão de fotos com a porra da *Vogue*? Não dá pra simplesmente esquecer isso. Falamos sobre isso dois dias atrás.

Elin tira o celular e checa a agenda, escancarando os olhos ao perceber o engano.

— Chego em quinze minutos. Achei que fosse amanhã.

— Cinco minutos. Eles já esperaram muito. Não é o seu normal ser tão esquecida.

Sem banho, não dá tempo. Ela vai correndo até o armário e pega um macacão preto. Abaixo dele, há um par de tênis vermelhos; ela olha para eles insegura e, por fim, tira-os do armário. Alice lhe deu de presente de aniversário muito tempo atrás, mas ela nunca os usou. Ela desamarra os cadarços e enfia os pés neles. Sente-se estranha, confortável demais, como se fosse para a academia. Verifica seu reflexo no espelho, puxa o cabelo para trás e o prende em um coque. Então, corre os poucos quarteirões até o estúdio.

A porta está trancada, então ela toca a campainha. Não tem ninguém. Pega o celular e olha a agenda de novo. A sessão é no Central Park. Ela dá um pequeno suspiro de frustração, lembrando-se de todo o planejamento de repente. O lago, o barco, a modelo dentro dele com um vestido longo cor-de--rosa. Os assistentes de Elin tinham se empenhado por dias para encontrar âncoras para manter o barco parado.

Elin se lembra de tudo agora, especialmente da importância das fotos. Ela corre para a rua e acena para o primeiro táxi que vê.

A grama está cheia deles, mesmo com a chegada do outono e sua época estando no fim. Pequenos sóis amarelos indesejáveis na grama verde exuberante. Na frente dela, tudo é um palco. Atrás, tudo é lembrança. Ela tira os sapatos e fica descalça na grama, sentindo o frio úmido da terra contra a sola dos pés. A modelo no barco se estica, inclina as costas e faz caras e bocas com seus lábios vermelhos. A saia do vestido está presa à popa do barco para criar a ilusão de vento soprando. O maquiador está dentro da água com a calça enrolada até o joelho, pronto para pular e corrigir o menor fio de cabelo que sair do lugar, uma escova no bolso de trás e uma esponja de maquiagem na mão. Dois assistentes estão segurando as luzes para que não tombem e, atrás dela, está o resto da equipe: o estilista, o diretor de arte.

Ela segura a câmera na frente dos olhos, agita os dedos no ar e pede para a modelo olhar para eles, colocando a mão de lado para a modelo acompanhá-la com o olhar.

— Seu rosto também, vira um pouco, levanta a cabeça.

Ela se aproxima, tira fotos de ângulos variados, então pede o refletor para um dos assistentes. Ele segura a superfície dourada e brilhante para dar a impressão do sol refletindo na pele pálida da modelo.

— Pronto. É isso. Conseguimos.

Há uma onda de protestos, mas ela abaixa a câmera. A modelo permanece na mesma posição. Elin acena para ela.

— Pode vir, relaxa, acabamos. Puxa a saia, é só fita-crepe.

Ela coloca a câmera na grama, pega os sapatos e anda lentamente pelo gramado. Caem lágrimas dos seus olhos. É estranho. A equipe está atrás dela, olhando.

— Ela não começou a beber, começou? — Elin ouve alguém sussurrar, mesmo assim não para. Começa a correr, voa pela grama, continua até a grama virar asfalto. O chão está quente sob seus pés, aquecido pelo sol. Ela desce a Quinta Avenida, ainda com os sapatos nas mãos. Passa pelos ambulantes, pelos suvenires, pelos turistas olhando com espanto para mapas abertos. Um vendedor ambulante estendeu uma manta na calçada e está vendendo pulseiras trançadas com contas coloridas. Estão à mostra em latinhas enferrujadas. Elin para e olha para elas.

— Quanto custa? — pergunta.

O homem assente e segura algumas pulseiras de cores diferentes nos dedos. Ele as gira na frente dela.

— Cinco dólares, senhora, cinco dólares — diz ele.

Ela balança a cabeça.

— As pulseiras, não. As latinhas, quero as latinhas. Todas.

— Desculpa, senhora, não estão à venda.

Ela tira um maço de notas do bolso. Entrega a ele uma nota após outra: cinquenta dólares, setenta dólares, oitenta dólares, cento e trinta dólares. As notas acabam. Ele olha para ela e rapidamente esvazia todas as latinhas sem falar nada, deixando as pulseiras caírem sobre a manta. Ela as reúne, quatro latinhas enferrujadas, como as que um dia teve.

PASSADO

HEIVIDE, GOTLAND, 1979

ELIN ESTAVA DEITADA NA CAMA, vestida e totalmente acordada quando a escuridão e o silêncio a envolveram. Os ponteiros do despertador reluziam verdes no breu; era quase meia-noite e todos estavam dormindo. Ela ouviu Fredrik de longe. Não o assobio, os passos; o cascalho triturado sob a sola de seus pés. Saiu rapidamente da cama e desceu de fininho, e o encontrou esperando perto do balanço. Ele parecia desanimado.

— Eles andaram brigando de novo?

Elin se sentou ao lado dele. As almofadas não estavam lá, por isso as fibras retesadas de aço na base do assento machucavam suas pernas e sua bunda.

— Vamos nos mudar — disse ele.

— Pra onde?

— Visby. — Ele engoliu em seco.

— Mas você vai vir aqui de vez em quando, não vai? Micke vai se mudar também?

— Não sei, não entendo de verdade. Tem alguma coisa a ver com dinheiro, não temos mais dinheiro.

— Mas todo mundo diz que vocês são endinheirados. Não são? Não é verdade?

— Venha, vamos andar. — Fredrik agiu como se não tivesse escutado a pergunta. Pegou a mão dela e eles caminharam juntos em direção ao mar. O musgo frio iluminou o caminho na escuridão da noite de outono. Fredrik segurava um livro, aquele sobre estrelas que eles gostavam tanto de olhar. Elin tinha fósforos nos bolsos e uma coberta grossa debaixo do braço.

— Quantas você acha que vamos ver hoje? — perguntou Elin.

— Estrelas cadentes?

— Humm.

— O suficiente. Mas acho que você já viu estrelas demais. É verdade que sua mãe ficou com a herança de Aina? Ouvi minha mãe contar pro meu pai.

Elin hesitou e decidiu não responder. Eles andaram em silêncio. Automaticamente, ela ergueu o pé direito quando se aproximou das raízes grossas que saíam da terra no meio do caminho. Mesmo no escuro, sabia exatamente onde estavam. Fredrik colocou a cabeça para trás e olhou para as estrelas enquanto andavam.

— Fico imaginando se ela está lá no alto agora.

— Quem? Aina?

— Humm, talvez ela tenha virado uma estrela dourada, grande e brilhante.

— Ouro realmente cai bem pra ela. — Elin riu.

— Imagine ela fingindo ser pobre mesmo sendo tão rica. Por que alguém faz isso? É tão estranho.

— Você acha que é a última vez? Que vamos sair de fininho para ver as estrelas? — A pergunta de Elin fez Fredrik parar. Ele estendeu o livro para ela.

— Não, claro que não. Vou vir pra ficar com o papai algumas vezes, óbvio. Pode ficar com o livro. Nunca vou olhar as estrelas com outra pessoa além de você, prometo.

Tinha um brilho no canto do olho dele. Uma gota de lágrima percorreu seu rosto, deixando um rastro de umidade na pele sardenta. Ele nem ligou.

Quando chegaram à praia, deitaram-se de costas sob as estrelas. O mar barulhento batia contra as pedras. Elin segurou o livro perto do peito. Sua cabeça fervilhava com pensamentos de Micke e Marianne, mas não ousava contar para Fredrik o que sabia. Não queria aumentar sua tristeza.

— Ser adulto parece tão difícil. Eles só brigam e se divorciam e vão para a prisão e gritam. Quando crescer, vou casar com alguém como você — sussurrou ela.

— Promete?

Fredrik rolou para o lado dela e esticou o dedinho. Ela enganchou o dela no dele.

— Prometa que seremos sempre amigos. Não importa o que aconteça — disse ela.

Uma estrela cadente atravessou o céu deixando um rastro rosa-claro.

— Vamos pedir isso. E, então, vai acontecer — sugeriu Fredrik, apontando para o céu.

— Bobo, você disse em voz alta.

— Tudo bem, pessimista. Prometo que seremos amigos para sempre. Não importa o que aconteça.

A única coisa em que conseguia pensar era que um ladrão deveria se sentir exatamente assim. Ser capaz de pegar o que quisesse sem pensar, um pouco aqui, um pouco ali. Elin ficou ligeiramente atrás enquanto a família andava pela loja, Erik e Edvin correndo de um lado para o outro, eufóricos, em círculos ao redor das pernas de Marianne, de modo que ela quase tropeçou. Eles não conseguiam ficar parados, pulavam, pegando tudo por onde passavam. Edvin de vez em quando parava, serpenteando pelos cabides de roupas. Compraram bicicletas, bolas e brinquedos. Tudo o que sempre faltou. Tudo o que os outros sempre tiveram, mas que eles apenas sonhavam em ter.

— E você? O que você quer? — Marianne se virou para ela. Elin encolheu os ombros.

— Muita coisa pra escolher? — Marianne deu uma gargalhada. — Não precisa escolher. Pegue tudo o que quiser. E, quando terminar, pegue um pouco mais. É tudo por conta de Aina.

— Para! — pediu Elin.

— Você não está entendendo. Somos ricos agora, podemos comprar o que sempre quisemos, tudo de que precisamos. Não precisa pensar duas vezes. Pegue a primeira coisa de que gostar.

Elin olhou para as prateleiras de sapatos onde tinha um par de calçados brancos de couro com salto baixo. Ela os pegou, inspecionou e os devolveu rapidamente para a prateleira.

— Branco vai ficar sujo na floresta, não é muito prático — comentou.

— Não, nem saltos. Mas pegue-os mesmo assim. Você vai ser convidada para uma festa um dia. Pegue um bom par de tênis de velcro também para ir à escola. Agora, tudo mudou. Você precisa de camisetas também, todas as suas estão muito pequenas.

Elin esticou a camiseta vermelha que estava vestindo. Marianne tinha razão, estava apertada na barriga e mal cobria a cintura da calça. Ela sempre esticava as camisetas quando estavam molhadas depois de lavar. Primeiro na largura, o mais largo que podia, então no comprimento. Acabavam ficando com uma forma esquisita por causa desse tratamento rude, as costuras ficavam tortas em vez de retas. Ela passou a mão em uma fileira de camisetas, algumas lisas, outras com desenhos, e colocou duas rosas e uma roxa na cesta de Marianne. Marianne fez um gesto de aprovação e mostrou um casaco cinza.

— Pegue esse também, pegue mais casacos. E calças. Você precisa de roupa.

Elin continuou a pegar item por item e colocá-los na cesta. Depois de um tempo, parou.

— Mas e você, mãe? Não vai comprar nada novo?

Marianne sorriu.

— Você está sempre pensando nos outros, Elin. É bom, mas pense em você também. A mamãe precisa principalmente de vestidos, blusas e coisas desse tipo. E essas coisas compramos em outras lojas, não aqui na cooperativa.

— Você vai usar vestidos em casa?

— Vou. De agora em diante, pretendo usar vestidos e batom. Todo dia. Só porque posso.

Parecia razoável. Desnecessário, mas razoável. Elin sorriu para ela. A ansiedade tinha sumido da expressão de Marianne. As linhas de preocupação haviam desaparecido. As bochechas e a boca não estavam mais tensas, sua pele estava mais rosada e menos pálida. Ela sabia agora que a preocupação não era apenas um sentimento, enterrado na mente. A preocupação era algo visível, quase palpável. Marianne acariciou o cabelo longo de Elin.

— O que você está fazendo? Faz cócegas! — disse Elin afastando o carinho nada familiar.

— Só queria tocar no seu cabelo, é tão bonito e brilhante. Você é tão adorável.

— Você também, mãe

— Não como você. Ninguém é como você. Você tem um coração de ouro e a luz dele brilha em seus olhos.

— Que boba você é. Meu coração é vermelho, azul e roxo, como o de todo mundo.

— Não, não o seu. É especial.

— E nós? Não somos adoráveis? — protestou Edvin, em pé no skate em que estava andando para cima e para baixo pelos corredores.

— Vocês também — disse Marianne. — Vocês três. Vocês são os meus três ases. Um trio de alegria. O que eu faria sem vocês?

Marianne pegou as cestas lotadas que estavam a seus pés e subiu a escada rolante até os caixas. Elin a seguiu. Ao lado dela, havia uma bicicleta nova, rosa, com guidão virado para baixo. Ela passou a mão com cuidado no banco branco, no quadro e no guidão, afastando as lágrimas que enchiam seus olhos teimosamente.

— Obrigada — sussurrou.

— Eu teria dado tudo isso a vocês há muito tempo se pudesse.

— Eu sei, mãe, eu sei.

Naquela noite, eles cozinharam juntos, os quatro. Frango sobre uma cama de batatas e cebolas com molho cremoso. A cozinha se encheu de calor e aromas. Comeram até ficarem satisfeitos e, quando ficaram satisfeitos, comeram um pouco mais.

Elin e Marianne lavaram a louça, e Marianne escapuliu para o quarto. Elin a viu colocando uma blusa nova prateada pela cabeça, seda pura, com um laço no pescoço, combinando com a saia de veludo cotelê em forma de sino, que se ajustava confortavelmente em sua cintura. Pintou os lábios de vermelho e se inclinou para frente e para trás no espelho, observando sua imagem de frente e de costas. Quando a casa ficou em silêncio e as luzes foram apagadas, o carro chegou. Elin o ouviu de longe. O ronco baixo do motor, a porta do carro se fechando, a porta da casa se abrindo. A voz de Micke.

E então, os grunhidos, os rangidos da cama que ela tanto odiava.

O banco do balanço rangeu um pouco. Elin estava deitada sobre a almofada velha, com as mãos penduradas de lado. Segurava com força um tufo de grama que de vez em quando puxava para acelerar o balanço. Pelos buracos do toldo velho de plástico bege, via as nuvens cinzas no céu. Logo começaria a chover. Ela puxou o tufo. Para frente e para trás. As formações de nuvens iam e vinham enquanto ela ouvia o rangido e o sussurrar do vento na copa das árvores.

— Você tá aí sozinha? Não tá com frio?

Marianne ergueu as pernas dela e se enfiou num dos lados. Em vez de responder, Elin se virou de frente para as costas do assento e puxou o casaco, cobrindo metade do rosto.

— Acho que deveríamos jogar fora esse pedaço de lixo, mal se aguenta.

Elin olhou de canto para a mãe enquanto ela se esticava e tocava o toldo. O plástico estava puído, se desmanchando, com pedaços que caíam no chão.

— Quando papai vai vir pra casa de novo?

— Elin.

— Por que você diz isso? Por que você diz "Elin" toda vez que pergunto sobre o papai? Você não acha que tenho o direito de saber? Tenho dez anos. Não sou uma criancinha como os outros.

— Tá bem. Ele não vai voltar. Não pra esta casa de qualquer modo. E talvez nem mesmo pra Gotland. Acabou. Estamos melhor sem ele.

— Mas ele pode mudar, não pode? Canalhas não podem ser bons de novo? Ele é nosso pai. Precisamos dele.

Marianne balançou a cabeça.

— Não precisamos dele.

— Nesse caso, você também não precisa de mais ninguém. Nesse caso, somos só nós quatro.

Nenhuma delas disse nada. Elin puxou o tufo de grama, mas os pés de Marianne no chão pararam o movimento do balanço. Ela continuou a puxar até arrancar a grama.

— Vai embora, eu tava aqui primeiro — irritou-se.

Ela sentiu a mão de Marianne cutucar suas costas e tentou se esquivar. Marianne segurou sua mão com calma enquanto Elin se contorcia como um peixe morrendo.

— Vai embora, já falei! — Ela chutou forte as pernas de Marianne com os dois pés.

— Opa, para com isso! — Marianne ficou de pé e foi embora. — Não fique aqui fora por muito tempo, você pode ficar doente. Vai chover logo. O céu está bem escuro, olha.

Elin não respondeu, apenas esperou a mãe desaparecer dentro da casa, de volta para a mesa da cozinha e para seus cigarros.

O balanço diminuiu o movimento devagar. Quando parou, tudo ficou silencioso, apenas um chiado estranho quando o vento o colocou em movimento novamente. O frio cortante do vento a fez tremer. Ela ficou pensando se a chuva era persistente assim em Estocolmo, se era raro o sol aparecer, se dava para ver o céu da cela, se eles viam as mesmas nuvens, ela e o pai.

Um assobio leve a tirou dos pensamentos. De onde estava, espiou por cima da cerca e viu Fredrik subindo pelo caminho. Ele se sentou sobre a barriga dela, fazendo-a agitar os braços pra se soltar. Por fim, ele saiu, ocupando o lugar de Marianne.

— Vai chover logo — disse Elin.

— Ótimo. Significa que vai dar pra pular o banho — respondeu Fredrik e começou a balançar tão forte, que a estrutura oscilou.

— Promete que sempre seremos amigos. Independentemente do que acontecer.

Eles estavam sentados um ao lado do outro na praia de seixos, recolhendo pedrinhas brancas e se revezando para tentar acertar as grandes rochas na beira da água. A superfície estava branca de calcário de todas as pedras atiradas que se desintegraram.

— Por que você sempre diz isso? Sempre fomos amigos e sempre seremos amigos. — Fredrik empurrou Elin, fazendo-a tombar de lado. Ela ficou de pé e olhou para ele atentamente.

— O que quer que aconteça?

— O que quer que aconteça. E o que poderia acontecer aqui de qualquer maneira? Nunca acontece nada. Nada mesmo.

Elin pegou o canivete e fez um corte no dedo. Entregou o canivete para Fredrik.

— O que você tá fazendo? — exclamou ele.

— Pacto de sangue.

— Você é maluca. Sabe disso, né? É algo que você leu em um dos seus livros?

— Se não tem coragem, posso te ajudar a fazer o corte — provocou ela.

Ela fez um gesto com as mãos, mas ele balançou a cabeça, pegou o canivete e colocou a lâmina no dedo. Então, fechou os olhos e o furou. Uma bolha de sangue vermelho-escuro brotou na pele e Elin rapidamente pôs seu dedo sobre o dele para que o sangue dos dois se misturasse.

— Ninguém pode romper um pacto de sangue. Nada nem ninguém. Sempre seremos amigos. Sempre. Independentemente do que aconteça. Juro.

— Visby fica somente a trinta quilômetros daqui. E virei ver meu pai às vezes — Fredrik tirou o dedo e colocou-o na boca, chupando o resto do sangue misturado.

— O que quer que aconteça. Sempre seremos amigos. *Juro* — repetiu Elin, atirando uma pedra. Ela errou a rocha, mas a pedra deu três saltos rápidos na água antes de afundar. Fredrik riu alto.

— Você nunca conseguiu fazer a pedra saltar. Deve ser um sinal. O que vem em três?

— Pais loucos! — Elin riu.

— Só três? Qual deles não é louco, então?

— A sua mãe — resmungou Elin.

— Isso é o que você pensa. Ontem, eles brigaram tanto, que o papai saiu. Ela correu atrás do carro, completamente pelada. Vi pela janela do meu quarto. Ele afundou o pé no acelerador, e ela correu, correu e correu. Não parou até chegar na metade da avenida.

— Você sabe por que ela tava tão brava?

— O que eu sei é que ela gritava: "Você não vai pra casa dela" repetidamente. *Pra casa dela.* Talvez seja por isso que eles estão se divorciando. Porque ele está apaixonado por outra pessoa.

Elin ficou de pé e andou até a beira da água, pegando um monte de pedras lisas no caminho. Ficou de lado em relação à água, jogando uma pedra depois da outra, tentando fazer com que dessem saltos. Todas afundaram.

— Vem aqui, vou te mostrar como é que faz. — Fredrik ficou em pé atrás dela e colocou seu braço no dela para que segurassem juntos a pedra. — Dobra os joelhos, começa com a mão baixa, olha para a superfície, acompanha a superfície com o olhar enquanto joga.

Ele a soltou e ela jogou de novo, a pedra saltou uma vez e ela deu um soco no ar.

— Consegui!

— Claro que conseguiu. Você consegue fazer qualquer coisa se quiser.

Do lado de fora da janela, a tempestade chegou de repente, batendo no cascalho e fazendo as folhas voarem. O sol do amanhecer se enfiou atrás das nuvens escuras, colorindo o pátio da fazenda com uma luz dourada. Dentro, estava quente com o fogo crepitante do fogão a lenha. Quando Elin apareceu na cozinha, Micke estava sentado, encostado em uma das cadeiras, pernas abertas, só de cueca e uma camiseta desabotoada que deixava à vista o suor de seu peito cabeludo. Ela parou na porta e se virou, mas era tarde demais. Ele a viu.

— Olá, menina. Já acordada? Bom te ver.

— O que você tá fazendo aqui?

— É assim que você cumprimenta um estranho?

— Onde está mamãe?

— Na cama. Vai se levantar daqui a pouco, você vai ver. Ela não dormiu muito na noite passada. — Sua risada explosiva encheu a casa. Ele pegou um pedaço de pão da tábua, jogou para o alto e o pegou com a boca. Na mesa, havia alguns copos de bebida pela metade, com marcas gordurosas de dedos, e uma tigela de amendoim. Elin virou de costas para ele, abriu a despensa e colocou os pratos na mesa, todos do lado do balcão da cozinha, nenhum do lado de Micke.

— Erik e Edvin vão descer logo. Você precisa ir.

Ele pareceu ofendido.

— Ir embora? Não vou a lugar algum.

Elin continuou arrumando a mesa em silêncio e logo Marianne abriu a porta do quarto e entrou apressada. Ela bocejou e se espreguiçou até o teto. Seu roupão roxo estava amarrado na cintura e o cabelo estava bagunçado, espetado, como uma auréola ao redor do rosto. A pele sob os olhos tinha vestígios de rímel. Quando avistou Micke, ela enrijeceu.

— O que você tá fazendo aqui? — Ela tentou arrumar o cabelo, envergonhada.

Ele a pegou pelos ombros com as duas mãos. Tentou articular as palavras baixinho, mas não o suficiente, e Elin ouviu-o dizer:

— Acho que devemos contar para Elin. Ela é grande o suficiente.

Marianne balançou a cabeça. Tirou as mãos dele e puxou-o de volta para o quarto. Eles continuaram falando em voz baixa, então a cama rangeu quando dois corpos pesados caíram nela. Elin subiu as escadas e foi para o quarto dos irmãos, para o beliche de Edvin. Ele estava dormindo, ocupando metade da cama, e ela subiu na cama acima dele, aninhou-se no travesseiro, tampando os ouvidos com as mãos.

Era uma daquelas noites chuvosas, de tempestade, em que os clientes hesitavam antes de sair de casa. Gerd deu a eles café quente em copos de papel e biscoitinhos de aveia. Algumas capas de chuva estavam penduradas na porta e o chão dos corredores estava coberto de pegadas lamacentas dos clientes do dia. Elin estava ajudando a selecionar revistas e jornais: as edições velhas eram recolhidas para serem devolvidas, e as novas tinham que ser levadas para o mercado e colocadas nas prateleiras. Ela se sentou no chão perto da banca de jornais e leu as datas na capa com atenção antes de separá-los e preencher a papeleta de devolução com os números das edições.

Um raio brilhou no céu e depois houve um estrondo baixo. Elin viu Marianne vir correndo pela avenida, com Sunny trotando junto com ela, cabeça baixa e orelhas para trás. Marianne sorriu ao entrar pela porta de vidro. Tufos de cabelo molhado escorriam por seu rosto. Ela se chacoalhou como um cachorro, fazendo as gotas do casaco voarem. Então, ela o pendurou com os outros e foi direto falar com Gerd. Elas se abraçaram. Elin chegou perto e tentou ouvir o que estavam dizendo, mas só conseguiu pescar algumas palavras. *Morar junto. Ele me ama. Feliz.*

Ela se aproximou, se esgueirando pelo chão, e se escondeu atrás da estante de balas. Agora, conseguia ouvir e ver. Gerd estava balançando a cabeça.

— Ela acabou de sair de casa. E vocês vão morar juntos imediatamente?

A boca de Elin se abriu. Ela olhou para Marianne à espera da resposta, o coração batia rápido no peito.

— Ele me ama — sussurrou ela. Gerd soltou uma risada.

— Ele precisa de uma esposa. Alguém pra trabalhar na fazenda. Não jogue sua vida fora de novo.

— Você não entende.

— Entendo mais do que você pensa. Muito mais do que você pensa. Com você, ele inclusive consegue aporte de dinheiro.

— Como você se atreve a insinuar…

Marianne se virou e Elin deu um pulo, batendo a cabeça na prateleira. A beirada afiada provocou uma dor lancinante, e ela deixou escapar um grito.

— Você estava espionando? — disse Marianne.

Elin balançou a cabeça.

— Falei pra você não ficar por aqui. Gerd precisa de paz e tranquilidade para trabalhar. Aqui não é um parquinho.

Gerd se intrometeu, colocou o braço ao redor de Elin e puxou-a para perto. Elin sentiu-se acolhida e segura perto de sua barriga macia.

— A menina está me ajudando. E dou algum dinheiro para ela por isso.

— Há uma pilha de coisas pra fazer em casa também. Especialmente agora que estamos nos mudando.

Elin procurou a mão de Gerd. Quando a encontrou, apertou-a forte. Gerd acariciou as costas da mão de Elin carinhosamente.

— Você não acha que deveria pensar um pouco mais antes de tomar essa decisão?

Marianne tirou a mão de Elin da mão de Gerd e a conduziu para a porta. Olhou para ela.

— Você me ouviu, não fique tão chocada. Estamos nos mudando para a fazenda dos Grinde e é isso. Onde está o seu casaco? Estamos indo pra casa.

— Marianne, não estou dizendo que não é amor. Só estou dizendo que deveria refletir um pouco mais antes de decidir. Pense nas crianças.

Marianne puxou a porta de vidro e saiu na chuva sem colocar o casaco. Elin se virou e acenou enquanto a seguia.

— Eu cuido desses últimos que sobraram, vou te pagar mesmo assim — falou Gerd para Elin.

Marianne andava um pouco à frente. O vento soprava em rajadas, dificultando o equilíbrio. Caminhando contra o vento, elas andavam com esforço em meio à tempestade.

— Por que vamos nos mudar? — atreveu-se Elin, por fim.

Marianne não parou nem respondeu. Acelerou o passo, aumentando a distância entre elas, e Elin a viu pegar o atalho pela cerca viva. O carro de Micke estava na fazenda, estacionado atrás do delas, o azul vivo da pintura brilhando através dos galhos nus da cerca. Ela ouviu a porta da frente bater e, pela janela da cozinha, viu Marianne cair nos braços dele. Edvin e Erik estavam lá também, sentados no banco da cozinha, acompanhando o movimento dos adultos com fascinação. Elin ficou parada do lado de fora por um tempo. A chuva escorria pelo seu rosto como lágrimas, mas ela estava apenas com frio e vazia por dentro. Ela deu a volta na casa e foi para a sua cadeira. Encostou na parede para se abrigar da chuva e pegou seu papel e seu toco de lápis.

Agora é tarde demais. Ganhamos um novo pai. Não precisa mais vir pra casa.

Sublinhou *não precisa* com uma linha grossa. E outra. E outra.

Presente

Nova York, 2017

Alice está dormindo no sofá, aninhada sob a coberta, quando Elin chega em casa. Cuidadosamente, ela empilha as quatro latinhas do lado de dentro da porta e se senta perto da filha. Os pés de Alice estão para fora da coberta e os dedos estão vermelhos, inchados e machucados. Elin os pega, acaricia, assopra os dedos feridos. Fazia tempo que Alice não ia para casa. No começo, ela ia o tempo todo, mas, desde que Sam se mudou, é raro acontecer. Alice se vira e Elin acaricia sua testa com ternura.

— É tarde? — murmura Alice.

Elin balança a cabeça.

— Não, foi rápido hoje, só uma foto. Ainda é de tarde — Elin pega o celular para mostrar para ela, mas Alice vira a cabeça e esconde o rosto no encosto do sofá.

— Que sorte, caso contrário, eu teria dormido muito.

— Fico tão feliz de você ter vindo. Deu tudo errado no restaurante. — Elin deita ao lado dela, coloca o braço na cintura de Alice.

— Não sei para onde ir.

— Como assim?

— Para qual casa. Se deveria ir para a casa do papai ou para a sua. Isso tudo é tão esquisito. — Alice aperta as mãos nervosamente, deixando as juntas dos dedos esbranquiçadas.

— Você pode ficar com ambos, não pode? Não precisa escolher. Alterne ou faça o que for melhor. Vá na casa de quem você estiver sentindo mais falta. — Elin separa os dedos da filha e os acaricia gentilmente.

— Parece errado. Sinto falta dele aqui e de você lá. Ele deveria estar aqui, vocês dois deveriam estar aqui. Quero tudo de volta ao normal.

Elin a abraça. Elas ficam deitadas em silêncio. Tudo está imóvel.

Depois de um tempo, Elin pega o celular na mesinha. Coloca uma música, e o som de Esperanza Spalding enche o apartamento. Alice faz um gesto com a cabeça.

— Obrigada, adoro ela. Que voz, que ritmo maravilhoso.

— Eu sei — diz Elin.

— Você sempre gostou de jazz? Por quê?

— Humm. Não sei, é uma música que me toca de algum jeito.

— Como assim?

— Eu a sinto, é como se ela se movimentasse sorrateiramente dentro de mim, sob a minha pele, no meu sangue.

— Entendo o que você diz — concorda Alice, entao faz uma careta, erguendo as pernas no ar.

— Meus pés doem tanto.

Elin vai para o outro lado do sofá e estica as pernas de Alice sobre seu colo. Pega um dos pés e o assopra.

— É o preço que você tem que pagar.

— Preço do quê? — Alice faz uma cara feia e recua quando Elin toca em seu dedo do pé.

— Para chegar aonde você quer.

— Não sei mais se quero chegar lá. Não acho que valha a pena.

— Você dançava antes mesmo de andar. Costumava ficar de pé e balançar para frente e para trás sobre as perninhas gordinhas. Você sempre dançou.

Elin alcança os porta-retratos na prateleira, pega um e estende para Alice, que sorri e o segura. Ela olha para a criancinha por um longo tempo.

— Tá, talvez — diz ela, finalmente.

— Não talvez. Me diz, como você se sente quando está no meio de uma performance?

— Como se a vida não existisse. As outras coisas. Somente eu e a música. Os passos, o momento.

— Viu? Como é para mim quando estou fotografando. Provavelmente, é assim pra todo mundo que tem uma paixão.

Alice coloca a foto virada para baixo na mesinha.

— Mas e se for só uma fuga? — Ela suspira.

— Uma fuga?

— É, fuga da realidade.

— Nesse caso, não preciso de realidade.

— Ai, não diz isso, mãe, soa tão trágico.

Um táxi se aproxima do meio-fio e Elin arrasta Alice em direção a ele. Protestando, cansada, arrastando os pés nas sandálias de dedo.

— Não podemos pedir para entregar? Estava bom no sofá.

— Qual o nome daquele lugar perto do vilarejo de Sleepy Hollow? A fazenda. Lembra?

— Stone Barns? Por que você tá perguntando? — Alice franze a testa.

— Vamos até Sleepy Hollow — diz Elin, inclinando-se para o motorista. Ele acelera e passa na frente de um caminhão, que buzina.

— Mas, mãe, sério, não tenho tempo pra isso, esquece a comida. Preciso estudar de noite. E descansar. — Alice se inclina para frente. — Para na Broadway com a Broome, por favor, vou pegar o metrô pra casa. — Ela enche as bochechas e exala com força, rindo e balançando a cabeça.

— Stone Barns. Mãe, no que você tá pensando? Você nem gosta do campo e detesta animais. Stone Barns é uma fazenda. O que vamos fazer lá?

— Eles têm uma comida boa. Fomos lá uma vez quando você era pequena e você gostou. Por favor? — Elin inclina a cabeça, implorando.

— Não sou mais criança. Você tá sendo esquisita agora. Passado é passado. Esquece.

— Bem, podemos fazer outra coisa então, caminhar, ir a uma exposição.

— Mãe! Você tá fazendo de novo. — Alice suspira alto.

— O quê?

Alice estica o pé em direção à mãe, erguendo-o até quase tocar o queixo dela. Elin franze o nariz ao ver a sola grossa.

— Já esqueceu? Não posso andar. Você não ouve, sabia disso?

Ela abaixa o pé de novo quando o táxi encosta no meio-fio. Enquanto Alice se contorce para sair do carro para a calçada, Elin encosta no assento.

— Desculpa! Volta, vamos comer em outro lugar — chama, mas Alice já saiu mancando. Elin fica observando sua filha.

— Senhora?

O motorista está olhando para ela interrogativamente, mas ela hesita, fica em silêncio por um momento. Alice some de vista, e só o que ela enxerga são outras pessoas passando, um fluxo apressado de pensamentos e de destinos incertos.

Impaciente, o motorista buzina alto, fazendo-a dar um pulo.

— Stone Barns — pede ela. — Perto de Sleepy Hollow, por favor.

— É longe, vai ficar caro — responde o motorista.

— Tudo bem, pode ir.

O trajeto de carro dura uma eternidade, ela dorme e acorda e dorme de novo. Quando finalmente chegam, ela enfia o cartão da Amex na maquininha e dá uma gorjeta generosa, mesmo com o valor altíssimo da corrida. Então, pisa no chão de cascalho, em frente ao celeiro de pedra marrom-acinzentada, sentindo-o através das sapatilhas de solado fino. Tira os sapatos, segurando-o nas mãos, e anda com cuidado, descalça, pelas construções, deixando os dedos se espalharem e se concentrando na dor à medida que as pedras pontudas cutucam seus pés. No pasto atrás da fazenda, há algumas ovelhas grandes de cara preta pastando. Ela vai até a cerca e pula para dentro do pasto. Há amontoados de esterco na grama, mas ela deixa que os pés se sujem, sentindo o cheiro entrar por suas narinas. É finalzinho de tarde e o sol está se pondo devagar atrás da copa das árvores. Ela tira fotos com o celular: da grama, das árvores, dos cochos. Dos pés pisando na grama. Senta-se em uma pedra à beira da floresta e fica ouvindo. Está silencioso. Ela ouve pássaros piando, folhas se tocando no vento. Deita-se de costas na grama, fecha os olhos e deixa os raios suaves do sol da tarde esquentarem sua pele.

O céu da tarde rosa e lilás fica cada vez mais escuro. As estrelas começam a brilhar acima da sua cabeça, milhares, milhões. Reconhece várias, sabe o nome das constelações: um saber que manteve enterrado na memória por anos. Ela fica ali na grama por um bom tempo, olhando para as estrelas. Em Manhattan, não há trevas de verdade à noite. Não há estrelas. Não há escuridão. Apenas pontos artificiais de luz.

E não há *paz*. Só barulho. Sirenes, carros, música, gritos. Não é como aqui, onde a própria respiração é alta para ela.

Já é tarde quando se levanta, volta para a estrada e consegue parar um carro. O homem no carro abre a janela e a repreende:

— Uma mulher não deveria pedir carona sozinha. Você deve se dar por feliz que fui eu que parei, e não algum louco.

— Eu *estou* feliz. Posso ir de carona com você?

Elin entra. Ele ouve música country e, sem pedir, ela aumenta o volume. A música enche o carro, uma voz solitária e um violão. O homem canta junto, olhando para ela de vez em quando.

"Me chame de anjo da manhã..."*

A estrada serpenteia pela paisagem escura. É ladeada por árvores altas, que criam sombras alongadas na luz dos faróis. De vez em quando, lindas casas brancas de madeira surgem aninhadas na paisagem verde. De repente, ela sente saudades de morar longe da cidade, que tem sido sua casa por tanto tempo. Deseja o próprio canteiro, rosas e grama úmida de orvalho.

— Você mora aqui?

Ele assente e diminui o volume.

— Um pouco mais adiante. E você, de onde você é?

— É complicado. Mas moro na cidade.

— Geralmente é. Vou te deixar na estação de trem em Tarrytown, tudo bem? De lá, você consegue chegar aonde quiser.

Ela concorda. Eles ficam em silêncio.

***

* "Just call me angel of the morning" é um verso de "Angel of the Morning", canção de 1967 composta por Chip Taylor, gravada e interpretada por vários artistas ao longo das décadas. (N. T.)

A estação está vazia e desolada. Ela sobe devagar as escadas que a levam para a plataforma, sentindo os resquícios de cascalho e terra entre os dedos e na palmilha dos sapatos. Há um banco na plataforma e ela se senta. O próximo trem chegará em quarenta minutos, o tempo passando no relógio da estação. O celular ficou intocado no bolso desde que o usou para tirar fotos na fazenda, e, quando ela o pega, há ligações perdidas e mensagens. De Joe. De sua agente. Do cliente.

Onde você está? Precisamos de você no estúdio.

O cliente não está feliz. Temos que fotografar de novo de manhã. Sete horas no Central Park, OK?

Elin, onde você está? Atende!

Precisamos de você lá. Pode confirmar? Cabelo e maquiagem estão marcados. Vamos montar tudo a partir das 5h30.

Ela responde sucintamente à última com um polegar para cima. Então, desliza para apagar as mensagens, uma após a outra. Ela liga para Sam, que atende sonolento.

— Estou com saudades — sussurra ela, e o eco de suas palavras se espalha pela plataforma.

— Elin, onde você está? Estão procurando por você. — Ele de repente soa mais acordado, como se estivesse deitado e então se sentado.

— Estou bem. Só não tinha olhado para o celular. O que você está fazendo?

— Por que você está ligando?

— Precisamos conversar.

— Você nunca quis conversar antes.

— Mas agora eu quero.

— Precisamos de um tempo. Você não entende? *Você* precisa de um tempo.

— Somos uma família.

— Não tem nós, não tem nós agora. Você é você e eu sou eu. Você tem que suportar isso.

— É muito difícil. Não consigo. Nunca vou conseguir.

— Você precisa tentar. Precisamos respirar.

— Não quero.

— Você precisa.

Ele desliga, e tudo fica em silêncio de novo. Elin fica olhando para o celular na mão e, quando o trem entra na estação, ela fica no banco. Não consegue entrar. O trem vai embora da plataforma e os números no aviso de embarque mudam. Mais uma hora até o próximo. Ela olha as fotos que tirou na fazenda. Com cortes bem fechados, mostram um lugar diferente daquele que ela tinha acabado de visitar. Ela aumenta e diminui o zoom com os dedos. Grama, cascalho, casco de ovelhas, pés descalços, filhote de gato na grama alta.

Joe liga, seu rosto está sorrindo na tela. Ela deixa tocar, olhando para o cabelo despenteado e o sorriso largo na foto em preto e branco que ela tirou. O celular para de tocar e o rosto desaparece, substituído pela foto de uma cerca. Mensagens começam a aparecer.

Temos que conversar sobre as roupas. O vestido rosa não funciona. Querem um preto. Isso significa luz diferente e precisamos conversar sobre isso. Me liga.

Preto. Ela suspira. Tantas fotos ao longo dos anos, tanta ansiedade, pessoas que se vestem de preto. Outra mensagem.

Por favor, me liga. Preciso dormir agora. Não consigo mais ficar acordado.

O tom de súplica a convence e ela liga para ele. Falam por um longo tempo, tanto tempo, que o trem finalmente chega. Ela desliga, entra no trem e se senta no banco de PVC. Antes de fechar os olhos, manda uma mensagem para Sam.

Amo você ♥

O emoji de coração brilha — vermelho, quente e rechonchudo. O trem está gelado, uma corrente de vento frio entra pela janela e ela ajusta o casaco melhor sobre os ombros e treme, exausta. Não tem resposta. Ela não recebe um coração de volta. Apenas silêncio.

Passado

Heivide, Gotland, 1982

Elin mal coube na cadeirinha que construiu com galhos e tábuas anos atrás. O assento era estreito demais para seus quadris largos. Ela se sentou mesmo assim, apesar dos braços da cadeira feitos com madeira de zimbro espetarem as pernas e de as nádegas e coxas transbordarem para os lados. A superfície áspera esfolou a pele através dos jeans grossos. Ela segurava três pedras nas mãos, o número de filhos que teria um dia. Um talo de grama seca e amarelada estava aprisionado entre os molares, e, quando ela o mastigou, o gosto doce se misturou com a saliva.

Ela se levantou e encostou na parede da casa, levantando uma coxa de cada vez para que a circulação voltasse às pernas dormentes.

— Tá machucando? Gorda. — Fredrik deitou-se na frente dela, esticado na grama com os pés no alto encostados no tronco da árvore. Duas toalhas foram penduradas para secar no galho, uma rosa, outra azul.

— Tá muito calor — Ela suspira. — Vou morrer. Queria que o mar soprasse algumas nuvens.

— Não deseje tanto. Daqui a pouco será outono e vai estar frio demais para nadar. E vou ter que voltar para a casa da minha mãe em Visby.

— Adoro quando você é meu irmão. Queria mudar também. Sinto falta de casa.

— Você *está* em casa! — diz ele.

— Aqui, quero dizer. Quero morar aqui de novo.

— Quer mesmo?

— Como assim?

— Você era mais feliz aqui? Vocês todos? Lasse era melhor pai do que o meu?

Elin ignorou a pergunta. Ela se virou e, na ponta dos pés, espiou pela janela lá dentro. Ninguém morou ali desde que eles se mudaram para a casa dos Grinde. Fredrik e a mãe saíram, Marianne e os filhos entraram, e eles se tornaram irmãos. Meios-irmãos.

A casa estava igualzinha ao dia em que saíram, a não ser pelas camadas de sujeira e teias de aranha. Ninguém quis comprá-la, então estava abandonada, a placa de "Vende-se" era como um adorno eterno no gramado. Elin fez um sinal para ele.

— Vem aqui, quero te mostrar uma coisa.

Ele chegou perto, encostou o queixo no ombro dela e olhou para dentro.

— O quê? — perguntou ele com impaciência.

— Tá vendo a mesa da cozinha ali?

Fredrik assentiu com a cabeça. Ela reclamou de dor quando ele raspou o queixo para frente e para trás no seu ombro.

— Ei, para! Tá vendo aquelas marcas pretas?

Ele assentiu com a cabeça de novo, pressionando o queixo ainda mais forte. Ela o empurrou.

— Para! Por que você sempre começa as brigas? Quero te contar uma coisa importante.

Elin pegou a toalha, pendurou-a no pescoço e saiu correndo em direção ao mar. Descalça, ela pisava graciosamente entre as pinhas e as pedras. Fredrik correu atrás.

— Espera. Eu vi, as manchas pretas. O que você queria me contar? — Ele a alcançou finalmente, segurou o braço dela e a puxou, e os dois caíram, um em cima do outro, sobre as flores das valetas à beira da estradinha. Ficaram ali deitados em silêncio, lado a lado, olhando os filetes de nuvens no céu azul.

— Na verdade, sempre pensei... — Ela começou e, então, parou.

Fredrik ergueu os dedos e fez pequenos movimentos no ar, como se estivesse colando pequenas bolinhas no céu.

— Ah, não foi nada — continuou. — Me lembrei de uma coisa, uma lembrança de quando morávamos lá. Você sabe, quando tudo era normal.

— Que você queria me contar?

— Queria, mas aí você me machucou com seu queixo barbudo.

— Deixa disso, não tô barbudo.

— Claro que tá. — Elin esticou a mão e acariciou o queixo dele. — Posso ver que você começou a se barbear.

— Sim, e daí? Vem, vamos nadar. Tá muito quente pra ficar aqui deitado.

Ele ficou em pé e puxou Elin, e ela limpou as costas dele que estavam cheias de agulhas de pinheiro e de grama. Correram pelo resto do caminho até o mar, tirando as roupas enquanto corriam, e mergulharam. A água estava verde-clara e morna, a areia do fundo ficava estriada com o movimento das ondas. Mergulharam, repetidas vezes, tão fundo, que suas cabeças quase encostaram no fundo. Elin fez uma bananeira e Fredrik a empurrou.

Quando finalmente saíram da água, deitaram-se na areia aquecida pelo sol para secar, e o cabelo molhado de Elin ficou branco com a areia fina.

— Mamãe diz que temos que aproveitar agora, enquanto a gente é jovem. Porque, depois, tudo vira um inferno.

— E o que você acha disso? — Fredrik jogou um seixo na barriga dela.

Elin deu um pulo e pegou a pedra, que tinha o formato de um coração. Segurou-a firme nas mãos.

— Que provavelmente é verdade. Como eu vou saber? Não parece ser lá muito divertido ficar adulto. Não aqui pelo menos.

— Ah, vai. A gente sempre vai se divertir, você e eu. Mesmo quando formos adultos. Somos inteligentes o suficiente para conseguirmos isso.

— Bem, eu vou ser famosa e vou me mudar daqui. Sei disso. E rica. — Elin balançou a cabeça afirmativamente.

— Famosa! — Fredrik morreu de rir. — O que você vai ser, uma estrela pop? Como isso vai acontecer?

Um ponto de interrogação é metade de um coração 153

Ainda rindo, ele encheu a mão de areia e jogou nela. Elin ficou quieta e escondeu seus sonhos dentro de si, envergonhada.

Fredrik estava se equilibrando sobre algumas rochas na beirada da água, pulando de uma para a outra com os braços abertos. Elin o observava. Suas costas estavam queimadas, o cabelo curto no alto e comprido no pescoço, com as pontas descoloridas. Ela estava deitada de bruços sobre a toalha e enfiou os dedos na areia quente. Atrás de Fredrik, o mar cintilante parecia sem fim. Suas pernas e seus braços estavam cheios de machucados e arranhões devido ao trabalho no campo. Micke tratava as férias de verão como um acampamento de trabalho.

A prainha deles raramente era visitada por outras pessoas. Ficava distante, escondida atrás de montanhas altas e com rochas que precisavam ser escaladas para chegar nela. Abrigada assim entre as pedras, a praia era uma pequena faixa de areia e calcário, o tamanho perfeito para duas pessoas.

Fredrik se agachou e jogou água nela, e as gotas frias a assustaram.

— Para de jogar coisas em mim o tempo todo — reclamou ela.

Fredrik deu alguns passos para trás, onde as ondas estavam se formando, e deixou a água passar por cima dele. Quando ficou de pé de novo, voaram gotículas ao redor dele, dançando e brilhando na luz. Ele a chamou e mergulhou de novo em direção ao horizonte. Foi longe com poucas braçadas vigorosas. Elin ficou de pé e o seguiu. O cabelo castanho e comprido estava solto e ela usava apenas a parte de baixo amarela do biquíni. Ao entrar na água, seus pés sentiram a maciez dos seixos e, assim que a água bateu nas pernas, ela afundou, e o cabelo se espalhou ao redor da cabeça.

— Volta aqui! — chamou ela quando Fredrik subiu à superfície. — Cuidado com o desnível, a correnteza tá forte.

Ele virou de costas e bateu as pernas de modo que uma cascata de água subiu como uma fonte sobre a superfície da água. Eles nadaram juntos, com braçadas rápidas e vigorosas. Virou uma competição. De vez em quando, Fredrik mergulhava e então subia em algum outro lugar — bem à frente dela, atrás dela, de um dos lados. A cada vez, ele a surpreendia e ela gritava e jogava água nele. Quando ele mergulhou e tentou pegar suas pernas, ela o chutou, rindo e pedindo para ele parar.

Tremendo de frio, finalmente voltaram para a praia e para a toalha seca que restava. Elin a esticou de modo que ficasse um pedaço para cada um, embora mal coubessem a cabeça e o tronco deles. Suas bundas e pernas tiveram que se contentar com a areia quente. Contas de água brilhavam como prata em seus corpos queimados.

Fredrik colocou areia sobre a barriga dela.

— Para! — Ela tirou a areia.

— Você tem peitos!

Elin se encolheu e cobriu o peito com um braço.

— Não tenho, *não*.

— Claro que tem.

— Não tenho.

— Tem, sim.

Com a outra mão, ela pegou a camiseta, sentou-se e a enfiou rapidamente pela cabeça. Os pequenos caroços ainda ficaram visíveis por baixo do algodão fino. Pareciam bolas duras e doíam, de modo que ela tinha que massageá-los toda noite antes de dormir.

— Posso tocar neles?

Fredrik esticou a mão, ela se retraiu.

— Você é estúpido ou o quê?

— Só queria saber como são. Por favor. Nunca encostei num peito.

— Já te falei, não tem *peito* nenhum.

— Você está com treze anos. Eles são peitos. Todo mundo tem. Fico imaginando como os seus vão ser. Aposto que vão ser grandes e balançar, como os da Aina eram.

— Cala a *boca*.

Fredrik esticou a mão de novo e, dessa vez, ela não impediu. Gentilmente, ele passou o dedão nos mamilos. Ela estremeceu.

— Dói?

Ele parecia surpreso. Ela assentiu e puxou a camiseta tentando alargá-la. Ele se inclinou e a beijou no rosto, seu hálito quente na pele dela.

— Desculpa — sussurrou ele.

Dando um pulo, Elin correu em direção às pedras e começou a escalar. Ele correu atrás dela e a parou, agarrando um de seus pés descalços.

— Fica aqui. É bom, você é muito bonita.

— Cala a boca, eu disse.

— São apenas peitos. É normal. Não tem nada de errado.

Ela sorriu para ele. É assim que as coisas são. Ele pensava sempre assim. Sobre tudo, mesmo quando as coisas realmente não estavam certas. Ela se sentou e deixou as pernas penduradas na rocha que tinha acabado de escalar.

— Sim, tem. Significa que estamos ficando adultos — disse ela, séria.

Elin ergueu as duas mãos à frente dela com as palmas viradas para cima. Antes macias e brancas, tinham ficado calejadas e descoloridas, com grossos calos cinza-amarelados em cada junta dos dedos. Quando passou o dedão sobre eles, estavam duros, a superfície áspera como lixa. Ela virou as mãos e inspecionou a parte de cima dessa vez, repousando-as sobre o colo. As unhas estavam curtas, roídas até a carne, e os dorsos das mãos estavam tão queimados que os pelos finos brilhavam brancos. Ela pegou o copo de leite à sua frente na mesa da cozinha e bebeu de um gole só, engolindo avidamente.

Marianne sentou-se ao lado dela. O café estava coando sobre o balcão. Ela pôs as mãos sobre a mesa, uma sobre a outra. Eram marcadas por veias grossas e roxas e pareciam inchadas. Elin esticou a mão e deslizou o indicador sobre o dorso da mão de sua mãe. Estava seca e áspera, a pele das pontas dos dedos, rachadas.

— Deve doer — disse ela.

Marianne retirou as mãos, ficou de pé e colocou o café da jarra, que ainda estava pela metade, na caneca de cerâmica azul. Ela resmungou quando algumas gotas caíram no prato quente. Cautelosamente, deu um gole e então se inclinou sobre o balcão. Elin estava rabiscando um envelope, formando uma corrente de margaridas sem levantar a caneta.

— Não estrague — disse Marianne.

Afastou o envelope de Elin, jogou o resto do café na pia e caminhou em direção ao celeiro de novo.

— Vamos, você também. Tem um monte de coisas ainda pra fazer.

Sobre a mesa, tinha um vaso cheio de flores silvestres azuis, rosas e amarelas que Edvin tinha colhido a pedido de Marianne. Ela sempre pedia aquelas cores. Dizia que o azul significava a paz que sempre procurava. O amarelo representava alegrias e risadas. O rosa para o amor. Chicória, trevo, erva-coalheira. Cada vez, era uma flor diferente, mas as cores precisavam ser as mesmas, e o buquê tinha que ter uma de cada.

Elin olhou para a pilha de documentos em que o envelope tinha sido posto. Foi aberto cuidadosamente com um abridor de cartas. Algumas pétalas rosas do buquê tinham caído sobre ele, deixando-o manchado de pólen. Ela o pegou de novo, assoprou a superfície e o virou. Ficou olhando para a letra manuscrita que tinha escrito o nome de Marianne e o endereço, o antigo endereço. Seria...?

— Vamos, vem! Preciso de ajuda com os fardos de feno! — Marianne chamou de fora. Elin enfiou a carta no bolso da calça de trabalho, ficou de pé e foi ajudá-la. As cabras tinham ficado por sua conta quando eles se mudaram para a fazenda. As cabras e o queijo eram para ser a galinha dos ovos de ouro sob a liderança de Marianne. Mas desde o começo surgiram problemas. As cabras estavam lá, prontas para serem ordenhadas, mas não tinha equipamento: o leite precisava ser pasteurizado e transformado em queijo, e o queijo processado tinha que ser empacotado. Marianne usou o dinheiro de Aina para investir, e Elin viu as grandes retiradas anotadas no canhoto do talão de cheques.

As cabras baliram dando as boas-vindas quando Elin virou a pesada chave de ferro e abriu a porta. Ela pegou o forcado e empilhou um pouco mais de feno, e elas se agruparam empolgadas ao redor do cocho e tudo voltou ao silêncio. Uma cabra chamava a atenção dela, mordiscando as suas calças e pisando nos seus pés. As cabras leiteiras estavam sempre com fome. Ela passou a mão na cabeça dela, mas então retirou. As cabras estavam acostumadas com as pessoas, acostumadas com ela, mas longe de serem mansas.

Marianne limpava diligentemente os paletes. Elin trocou o forcado por uma pá e foi ajudá-la. Trabalharam lado a lado em silêncio. Marianne estava cansada. As manhãs na fazenda fizeram surgir bolsas enrugadas sob seus olhos. Não usava mais os vestidos bonitos, os que comprou com o dinheiro de Aina quando eles ainda eram felizes. Agora, usava blusas de algodão básicas, sujas de esterco, e calças pesadas de trabalho. Seu cabelo ficava preso em um coque bagunçado e sob um lenço para protegê-lo do pior, da fedentina da fazenda. Elin tinha um igual.

Quando acabaram e Marianne voltou para casa, Elin sentou-se sobre o feno, encostou na parede do estábulo e pegou o envelope. A carta estava escrita em uma folha arrancada de um caderno. A lateral irregular da folha ainda estava junto, uma lembrança da espiral na qual um dia esteve presa. Ela leu.

Querida Marianne,

Preciso te contar uma coisa. Quero contar que fiz aquilo pelo bem de todos. Por você. Pelas crianças. Não queria que terminasse assim, a arma disparou por engano, não pretendia machucá-la, só assustar. Não queria que a família se separasse. Nossa família. Fiz aquilo por nós, para conseguir algum dinheiro. Por nós. Você, eu e as crianças.

Você lembra quando nos conhecemos? Lembra que não conseguíamos nos desgrudar? Lembra que dissemos que seria a gente para sempre? Era uma promessa. Nunca esqueci. Você esqueceu?

Estou solto agora. Dizem que não posso entrar em contato com você, mas quero que você saiba. Tenho um pequeno apartamento em Estocolmo e tenho um trabalho. Sei que você não quer mais me ver. Mas as crianças, eu realmente quero ver as crianças. E vou fazer de tudo pra ter você de volta. Me diga o que tenho que fazer. Eu volto assim que você me chamar, por favor, me chame logo.

Sempre seu,
Lasse

A caligrafia era ruim, como se uma criança tivesse formado as palavras com grande dificuldade. As letras tinham formas desencontradas e se inclinavam em direções diferentes. Sua mão tremia quando abaixou a carta até os joelhos. Ele pensava neles, pensava nela. Não estava mais atrás das grades, estava solto. Ela olhou o endereço de novo. Ele não sabia que eles moravam com

Micke Grinde? Não sabia nada disso? Como era possível? Nas costas do envelope, tinha um endereço de retorno, Tobaksvägen 38, 12.357, Farsta. Ela leu várias vezes, então enfiou-a no bolso e correu para o campo onde Fredrik e Micke estavam trabalhando.

A placa estava pendurada torta na frente do mercado. Um dos lados tinha se soltado da corrente e rangia quando o vento a balançava para frente e para trás. A corrente estava marrom de ferrugem por causa das chuvas de outono e das intermináveis tempestades de inverno. Fredrik se esticou para consertar, mas não alcançava. Ele subiu na cerca, equilibrando-se com os pés agarrados no metal estreito, e sua mão pressionava com força a frente da construção. Elin prontamente segurou suas pernas, mas ele balançou para que ela soltasse. Gerd espiou por um buraco na porta.

— Não vá cair — pediu ela.

Fredrik pegou a corrente e conseguiu prendê-la de novo. Pulou de volta para o chão e bateu palmas.

— O que eu faria sem você? — Gerd sorriu. — Vocês sempre resolvem as coisas, vocês dois. Entrem.

— Podemos ir pra sala do estoque um pouco? Tá tão quente em todo lugar! Gerd concordou.

— Vocês sabem onde estão os biscoitos. Aposto que é por isso que estão aqui.

Fredrik abriu um largo sorriso e assentiu. Elin deu um abraço em Gerd. Ela cheirava forte a spray de cabelo, os cachos grisalhos duros como plástico. Gerd acariciou as costas dela.

— Menininha, como você me deixa feliz vindo aqui. Mesmo com cheiro de fazenda — sussurrou ela, franzindo o nariz.

As prateleiras do estoque estavam vazias. Vendia tudo nos meses de verão, quando o número de turistas era maior que o número de clientes. Num dos cantos, tinha uma pilha de caixas de papelão desmontadas para serem jogadas fora, e eles se deitaram sobre elas com a lata de biscoitos entre os dois. Não tinha janelas, mas o ventilador de teto enorme refrescava seus corpos quentes. A porta estava entreaberta e dali ambos tinham uma boa vista da caixa registradora. Os clientes entravam e saíam. Gerd conversava com eles, e Fredrik e Elin ouviam.

Depois de um tempo, Marianne estava no balcão, usando suas roupas de fazendeira. Elin sentou-se para escutar melhor. Marianne equilibrava nas mãos uma travessa com pacotes de queijo, e Elin viu Gerd balançando negativamente a cabeça.

— São muitos — protestou ela.

— Elas estão dando bastante leite agora.

Marianne entregou a travessa para ela e Gerd apertou os lábios.

— Não posso ficar com todos, ninguém compra tanto queijo. Tenho que jogar fora no final.

Marianne colocou a travessa no balcão e pegou metade dos queijos.

— E assim? O que você acha?

Gerd suspirou.

— Minha querida, não sei. Poucas pessoas compram, é muito caro.

Gerd saiu da caixa registradora, fora da vista de Elin. Marianne ficou ali onde estava, batendo os pés no chão.

— O que você quer dizer? Não quer comprar nenhum?

Ela pegou os queijos que tinha acabado de pôr ali. Gerd voltou carregando alguns pacotes de pão e os colocou na esteira rolante.

— Acho que você precisa de um passatempo novo logo.

— Passatempo?

— Sim, ainda bem que não precisa de dinheiro desesperadamente. Não é exatamente disso que você vive, é?

Marianne ficou brava. De repente, largou a travessa, derrubando todos os queijos no chão. Gerd moveu os olhos da sujeira para Marianne, e de volta para os queijos espalhados pelo chão de linóleo velho. Com dificuldade, abaixou-se para pegá-los, um por um. A barriga no meio do caminho e o esforço a fizeram respirar com dificuldade.

— Pode ficar com essa merda, ninguém compra mesmo — Marianne rosnou enquanto se encaminhava para a porta. Elin ouviu o som do sininho conforme a porta abriu e fechou. Duas vezes — Gerd foi atrás dela. E, então, silêncio. Fredrik se levantou da pilha de caixas.

— É melhor a gente ir pra casa agora. Vão querer que a gente trabalhe se esse é o humor em que estão.

— Não quero. — Elin ficou onde estava. Deitou de volta, colocou as mãos atrás da cabeça e ficou olhando para o teto, acompanhando o movimento das lâminas do ventilador com os olhos e ouvindo seu zumbido monótono.

— Temos que ir. — Fredrik pegou o braço dela e a puxou.

— Por quê? Somos apenas crianças. Estamos de férias. O que vai acontecer se a gente disser não?

— Você sabe o quê. Por que tá perguntando?

A porta se abriu de novo. Marianne e Gerd voltaram. Marianne parecia ter chorado, seu rosto estava marcado de lágrimas e sujeira e Gerd estava com o braço ao redor dela, de modo protetor. Fredrik espiou, então voltou correndo, sentou-se ao lado de Elin e pôs o dedo nos lábios. Marianne e Gerd passaram por eles e foram para o escritório. Tinha uma parede fina entre as duas salas.

— Vou te dar um pouco de café. Senta um pouco — Eles ouviram Gerd dizer.

— Precisamos de dinheiro. — A voz de Marianne tremia, falhava por causa do choro.

— Tudo bem, vou comprar o queijo se é tão importante pra você. Mas você tem um monte de dinheiro, não tem?

— É muito caro manter uma fazenda. Você não tem ideia.

— Você deu todo o seu dinheiro pro Micke?

— Administramos a fazenda juntos. É nossa, somos uma família.

— Você tem isso por escrito?

Marianne ficou em silêncio. Estava brincando com o molho de chaves do carro.

— Aina estaria… — Gerd hesitou e ficou em silêncio de novo.

"Se revirando no túmulo." Fredrik sussurrou no ouvido de Elin e ela pronunciou a palavra "fantasma" só com a boca. Riram.

A cadeira arranhou o chão quando Marianne se levantou com pressa.

—Aina estaria o quê? Se revirando no túmulo? Quer saber? Aina não tem nem sequer uma merda de caixão em que se revirar. Ela é só cinzas em uma urna. Deixa que eu cuido da minha vida, por favor. E você pode cuidar da sua. Tá bem? Estou cansada de você saber de tudo. Para de enfiar o nariz em tudo.

Marianne explodiu, mas parou no meio quando se deu conta de que Fredrik e Elin estavam no estoque. Os dois se levantaram imediatamente, ficando de pé na frente dela, olho a olho. Ela deu um passo à frente, as pernas grandes nos sapatos pesados de trabalho.

—Pra casa. Já falei pra não ficarem vadiando por aqui. Quantas vezes mais?

— Estávamos a caminho.

Gerd ficou do lado das crianças.

—Não desconta nas crianças. Elas estão me ajudando. Não me importo que fiquem por aqui.

Marianne pegou Elin com força e a arrastou junto com ela.

— Tem um monte de coisa pra fazer em casa. E já falei, para de enfiar o nariz em tudo! — rosnou ela.

Presente

Nova York, 2017

Tudo acontece de forma mecânica. Os braços e as pernas se movem, a câmera muda de posição. O dedo aperta o botão do obturador. Os olhos ficam semicerrados para avaliar a composição. Ajustes microscópicos de ângulo são feitos, criando uma imagem totalmente nova. Elin dirige a modelo em poses diferentes, virando o rosto, para cima, para baixo e para o lado, puxando os ombros para trás, virando o corpo de perfil. É a mesma mulher do dia anterior, mas o vestido agora é preto, um vestido chique e diáfano de gala. A pele dela é branca, os olhos estão esfumaçados, os lábios pintados de vermelho-sangue. Ao equilibrar o pé na proa do barco, a perna treme por causa do esforço e o barco vibra. A superfície plácida do lago tremula ligeiramente, anéis que se espalham mais e mais, criando contrastes na foto que ela faz. Elin a desafia e a instrui a colocar mais peso na perna. A popa do barco marrom de madeira se ergue da água.

— É mágico. Tão melhor do que com o vestido rosa — sussurra Joe. Ele está bem atrás dela, olhando para a tela do computador e as imagens que aparecem assim que Elin tira a foto.

O tempo todo, os pensamentos de Elin estão em outro lugar; de vez em quando, ela olha para o celular, virado para ela aos seus pés. Nem Sam ou

Alice retornaram. Só vazio e silêncio. Ela treme ao pensar na raiva de Alice, em como ela a está pressionando, acusando-a. Tem que haver um jeito de chegar até ela, não pode perdê-la.

Joe a cutuca de leve nas costelas e ela pula, arrancada de seus pensamentos. Ele acena discretamente para o diretor de arte da revista, que faz um gesto de OK para avisar que está satisfeito, que podem encerrar. Elin abaixa a câmera sem dizer nada e a entrega para Joe.

— Elin, o que tá acontecendo? Você parece tão triste — sussurra ele, colocando a mão em seu braço. Ela balança os ombros levemente para se desvencilhar do toque, obrigando-o a pegar a câmera pesada.

— Nada. Deu certo. Pode tirar o resto do dia de folga, só deixa o equipamento no estúdio antes. Vou pra casa — diz ela com um tom de pesar na voz.

A modelo anda pela água em direção à borda com uma expressão de nojo, o vestido puxado para cima, então as coxas e a calcinha estão à mostra. O estilista respira fundo.

— Cuidado com o vestido, devagar, não vai escorregar, é lamacento — repete ele várias vezes. — Esse vestido custa trinta mil dólares.

A modelo parece estressada. Ela abre caminho lentamente, estremecendo cada vez que um de seus pés afunda na lama.

Elin anda em direção a ela.

— Talvez a gente deva tomar cuidado com Mary, e não com o vestido — diz ela. A modelo esboça um sorriso fraco para Elin, que a apoia para subir até a grama. Mary está tremendo, e o estilista enxuga suas coxas com um pano.

Elin se afasta. O diretor de arte aparece ao seu lado. Ele fala, mas ela mal ouve a torrente de palavras que sai da sua boca. Só concorda de vez em quando, olhando para Joe e para os outros desmontando os equipamentos.

— Temos que fazer mais um trabalho juntos em breve — diz ela quando ele finalmente para de falar.

Ele dá um passo para perto dela, perto demais. Ela dá um passo para trás.

— Você não ouviu o que eu disse? — De repente, o tom de irritação do dia anterior está de volta, agora que ele entendeu que Elin não ouviu nada. — Temos que fazer um close-up do vestido também, um detalhe, pra mostrar o tecido.

Elin assente.

— Claro, Joe pode fazer isso. Provavelmente será melhor fazer no estúdio.

Ela acena para seu assistente. O homem à sua frente balança a cabeça negativamente e suspira.

— Primeiro, temos que fotografar de novo e agora você nem sequer vai terminar o trabalho — diz ele. — Estamos pagando muito bem pra ter você, muito mais do que deveríamos, se quer saber. Quero que você tire a foto aqui, no mesmo ambiente, não quero que um… assistente faça isso.

Elin cerra os dentes, pega a câmera bruscamente da bolsa e vai até o vestido, que está balançando ao vento, pendurado num cabide em um galho. Com uma das mãos, ela o vira, para que a luz do sol brilhe na superfície, e tira quatro fotos. Quando abaixa a câmera, seus olhos estão fixos no tronco da árvore atrás do vestido, onde uma longa fileira de formigas sobe e desce pela casca rugosa. Ela afasta o vestido e se aproxima.

Alice, o que você está fazendo? Terminou o ensaio? Por favor, me liga, é importante.

Elin caminha com o celular nas mãos, olhando para a tela. Alice não atende quando ela telefona nem responde às mensagens. Ela verifica a hora e digita:

Me liga. Agora! Aconteceu uma coisa.

Alice liga em menos de um minuto, soando tensa e sem fôlego.

— Mãe, o que aconteceu? É o papai?

— Não… — Elin faz uma pausa.

— O que foi então?

— Nada. Estou por perto e terminei de trabalhar. Pensei em tomarmos um café.

Alice suspira.

— Eu tava no meio de uma posição difícil que venho praticando a tarde toda. Você me interrompeu. E me assustou. Por que você disse que aconteceu alguma coisa?

— Você não responde se não for assim — sussurra Elin.

Silêncio do outro lado.

— Alice, por favor — implora Elin.

— Onde você tá?

Elin olha ao redor.

— Quase no fundo do parque, lado leste.

— Tá bem, vá até o Brooklyn Diner na rua 57 com a rua 70 e espere lá, qualquer um dos milk-shakes cairia bem. Vou pra lá assim que a aula acabar. Só vou tomar um banho rápido depois.

Elin pede um cappuccino enquanto espera. A espuma da superfície é decorada com um coração de chocolate, e ela pega a colher e arrasta os contornos do coração para as bordas da xícara de porcelana. Ele se transforma em uma estrela. Ela mexe rápido, misturando o bege, o marrom e o branco. Faz outro coração atravessando a espuma grossa, então letras, um A, um E, um F.

F de Fredrik. Talvez ele ter aparecido exatamente quando Sam decide abandoná-la seja um sinal. Ela olha para o relógio. É de noite onde ele está. Ela fica imaginando o que ele estará fazendo, se ele também está sozinho.

Quando Alice finalmente chega, ela ainda está brincando com a colher. O café ficou frio, a espuma quase desapareceu.

— Mãe, você me assustou. — Alice cai pesadamente com um baque na cadeira do lado oposto. Pega o cardápio. — Posso pedir uma comida? Estou faminta.

Elin concorda.

— Peça o que quiser.

Uma lágrima escorre pelo rosto de Elin. Ela enxuga com a mão e morde o lábio com força para redirecionar a dor. Alice abaixa o menu.

— Oh, mãe, o que foi? O que aconteceu?

— Só estou muito cansada.

— Você está triste?

Elin assente.

— Sim.

Alice respira fundo, como se de repente precisasse de mais ar. Ela pega o cardápio de novo.

— Sei do que você precisa. — Ela sorri e aponta uma linha do cardápio.

Elin se inclina para olhar. *The Chocolatier*, ela lê.

— É demais, tem sorvete de chocolate, calda e grandes pedaços de chocolate. Você vai amar.

Elin sorri levemente.

— Bem, então é o que vamos pedir. Chocolate sempre funciona — diz ela.

— Quem sabe vai funcionar? Entre você e papai?

— Não sei. Não sei nada no momento. — Os olhos de Elin se enchem de lágrimas de novo.

— Vamos falar de outra coisa, então. Me conta alguma coisa de quando você era pequena? Eu adoraria ouvir.

Elin fecha os olhos, mas Alice a ignora e continua a fazer perguntas.

— Por que é tão difícil falar sobre isso? Não entendo. É tão simples. Você foi uma menina boazinha ou levada? Tinha algum bicho de estimação?

— Sim. — Elin olha para cima, impaciente.

— O quê? Tinha?

— Sim, tínhamos um cachorro. Uma border collie branca e preta.

— Na cidade? Não é um daqueles cachorros de pastoreio que precisa de campo para correr ou coisa assim?

Elin assente.

— Isso, esse mesmo. Ela corria rápido como um raio em campos abertos. Era o que ela mais gostava de fazer.

— Não achei que você gostasse de cachorros, sempre reclama quando latem.

Elin cai na gargalhada.

— Sim, todos esses cachorrinhos de cidade, peludos e mal-educados, com latido estridente. Eu realmente poderia passar sem eles.

— Mas o seu era um cachorro da cidade também?

Elin evita a pergunta. Ela arrasta a colher pelo café, mas tem pouca espuma para desenhar qualquer coisa.

— Sunny, o nome dela era Sunny e era a cachorra mais doce do mundo. Ela costumava dormir com a cabeça no meu travesseiro.

— O quê? Dormia na sua cama? Que nojo. — Alice se arrepia.

— Sim, talvez fosse, mas muito acolhedor. Tinha uma gata também, só minha. Chamava-se Crumble.

— Como a sobremesa? Que fofa. Você lembra o que disse quando eu era pequena e queria ter um gato?

Elin balança a cabeça.

— Não, na verdade não lembro.

— Que era melhor não ter animais porque era triste demais quando eles morriam. Uma coisa esquisita pra dizer pra uma criança, nunca esqueci.

— Mas é verdade, não é?

— Como assim? Devemos evitar amar as pessoas também, então? Porque todo mundo vai morrer, ou pode ir embora.

Passado

Heivide, Gotland, 1982

A cadeira de balanço rangia suavemente, o som preenchendo a casa vazia. Elin sentou-se no degrau de baixo e ficou ouvindo. Marianne passou quase o dia inteiro sentada lá, olhando para frente e balançando. Para frente e para trás, para frente e para trás. Não fez almoço, não fez café à tarde. Nenhuma palavra saiu de sua boca. Nenhum sorriso. Nem mesmo quando Elin enfiou a cabeça e olhou nos olhos dela.

Ela teve que cuidar dos animais do estábulo sozinha. Micke e Fredrik estavam no campo. Nos dias em que tinha trabalho extra para fazer, eles só voltavam para casa tarde da noite. Ela ouvia o constante tique-taque do relógio e o infernal ronco de seu estômago. Perdeu a noção da hora.

Erik e Edvin. Onde estavam? Precisavam comer. Ela apurou os ouvidos, mas não escutou nada lá em cima. Saiu para o pátio da fazenda, tropeçando no cascalho com seus tamancos, torceu o tornozelo e foi mancando devagar, olhando por todos os lados. Atrás dela, Sunny, que tinha ficado fora por conta própria o dia todo, a seguia em silêncio. Quando Elin parou e acariciou atrás de suas orelhas, ela se contorceu em gratidão e colocou uma pata em seu braço.

Bem em frente a eles, no cascalho, a bicicleta de Edvin, com o robusto banco vermelho de que ele gostava tanto, estava caída no chão.

Ela os encontrou depois no galpão do trator, atrás de uma pilha de coisas velhas que eles organizaram como se fosse uma toca. Tábuas compridas e irregulares, desgastadas pelo sol e pela água. Pedaços enferrujados de latas amassadas. Tambores de óleo. Um pneu de trator e um saco de feno tinham se transformado em sofá, e os dois estavam deitados neles, com uma revistinha amarrotada do Pato Donald entre eles. Elin parou a distância e ficou ouvindo Erik ler os balões para Edvin com grande esforço. Edvin descansava a cabeça no ombro do irmão. Entre eles, havia um pacote aberto de bolachas. Ela foi na ponta dos pés até eles e se espremeu ao lado de Erik, pegou a revistinha e continuou a ler onde Erik apontou. Erik e Edvin pegaram mais uma bolacha e deram uma mordida. O calor tremia sob o telhado de alumínio e seus corpos estavam grudentos e quentes. Em um dos suportes do telhado, uma pomba arrulhava. Na grama ao longo das paredes, os gafanhotos estrilavam.

Edvin virou o pacote de bolacha de ponta-cabeça, choveram migalhas sobre a camiseta.

— Elin, ainda estou com fome — reclamou ele, apertando a barriga.

— Eu também. Mamãe está cansada hoje, vamos ter que preparar nossa própria comida.

Elin fritou alguns pedaços de peixe na frigideira e cozinhou um macarrão instantâneo. Quando colocou as panelas na mesa, Marianne surgiu com passos lentos e se sentou em uma ponta da mesa. Em uma das mãos, segurava o talão de cheques, as pontas torcidas, as folhas amareladas e cheias de números escritos à mão em azul e preto. Ela virou as folhas, olhando para os números. Elin colocou um prato na frente dela.

— O dinheiro tá curto de novo? Tá, mãe?

Marianne levantou os olhos, que cruzaram rápido com os de Elin. Então, ela os abaixou de novo e fechou o talão, deixando a mão sobre ele como se fosse uma capa protetora. Pegou o garfo e mergulhou no vidro de maionese. Deixou o condimento doce e oleoso derreter na boca.

— Tenho certeza de que vai dar. Micke diz que vai. Vamos ter uma boa colheita — disse ela, por fim.

Ela juntou um monte de contas que estavam espalhadas sobre a mesa e as colocou junto com o talão em uma das gavetas do aparador. Então, voltou para a cadeira de balanço de novo, deixando os filhos sozinhos à mesa. Elin serviu os pedaços de peixe, três para cada um, e Erik e Edvin comeram avidamente.

Só tarde da noite, com o som do trator se aproximando, Marianne saiu do transe. Foi para a cozinha e juntou os pratos com os restos ressecados de comida, os copos de leite vazios, a panela de macarrão raspada e a frigideira oleosa. Elin ainda estava sentada no banco da cozinha, enfiada em um livro. Ela observou os movimentos da mãe ao submergir a louça e as panelas no molho ensaboado de água quente, notando como ela ficou ereta e arrumou o cabelo quando ouviu os passos de Micke e Fredrik na varanda. Micke grunhiu ao tirar as botas cheias de terra com a ajuda do descalçador. Quando entrou na cozinha, estava com parte das meias balançando como uma calda na ponta dos pés. As bochechas estavam sujas de terra, até mesmo a barba por fazer tinha restos de terra seca. Ele pegou Marianne por trás com firmeza e beijou-a na nuca, pressionando seu corpo contra o dela. Fredrik revirou os olhos e subiu as escadas direto.

Micke não largou Marianne. Mordeu a orelha dela, fazendo-a soltar um pequeno gemido. Envergonhada, ela olhou para Elin e tentou empurrá-lo. Elin fechou o livro e ficou em pé. Micke nunca desistia, ela sabia disso. Ele virou Marianne de frente para ele e ela ergueu as mãos molhadas para o alto e fechou os olhos enquanto ele a beijava.

Elin passou por eles olhando para o chão. No primeiro degrau, ela se virou e o viu levantar Marianne pelos quadris. Um copo caiu no chão e quebrou. Elin correu para cima, pulando os degraus de dois em dois.

Os barulhos no quarto pouco depois fizeram todos os filhos saírem de casa. Erik e Edvin voltaram para o galpão do trator, cada um com uma coberta sob o braço. Elin e Fredrik desceram as escadas sob a janela e correram de mãos dadas para o mar e para as estrelas.

* * *

O pacote gordo pesava no bolso do casaco. Tinha chegado do correio mais cedo naquele dia e ela reconheceu a letra imediatamente, mas não se atreveu a abri-lo. Na luz da fogueira, tirou o embrulho com papel marrom e mostrou para Fredrik. Ele entendeu imediatamente.

— É dele? — Ela assentiu. — Abre, não tá curiosa?

— Nesses quatro anos, ele nunca escreveu pra mim. Nem uma palavra.

— Você escreveu pra ele?

Elin pensou em todas as palavras, todas as coisas que tinha contado para o pai. Mas nenhuma delas foi postada. Ela balançou a cabeça e começou a abrir pela aba quando Fredrik pegou o pacote da mão dela e rasgou o papel brutalmente.

— Pronto, agora você pode ver.

Elin pôs a mão dentro e tirou uma caixa preta de plástico e um fone de ouvido. Olhou para o objeto, confusa.

— É um walkman. Uau, soube que todo mundo em Estocolmo tem um desses.

Elin virou o objeto, passando os dedos sobre os botões.

— O que você faz com isso?

Fredrik colocou os fones na cabeça dela e apertou o botão. Ela sorriu quando ouviu a música e balançou a cabeça com a faixa de abertura "Eye of the Tiger".*

Fredrik apertou o stop e tirou a fita para mostrar a ela.

— Funciona com qualquer fita, com todas as nossas fitas mixadas.

— Deixa eu ver, o que diz?

Elin pegou a fita cassete e leu a etiqueta.

Tesouro musical de Elin.

Ele tinha escrito as palavras com cuidado, e isso era tudo. Não tinha nenhuma outra mensagem. Quatro anos de silêncio e, então, uma fita mixada. Elin jogou o walkman para o lado, e Fredrik salvou-o a tempo de bater no chão. Ele enfiou o pedaço de plástico preto em seu bolso traseiro.

— Olha, dá para ir com ele para todo lugar.

---

* Canção da banda de rock norte-americana Survivor, lançada em 1982, trilha sonora do filme *Rocky III*. (N. T.)

— Mas como você vai ouvir música? Se só tem um par de fones, não dá pra compartilhar.

— Posso pegar emprestado, não posso? Não ficamos juntos o tempo todo, né?

— A maior parte do tempo.

— Vou pra casa da minha mãe amanhã, você sabe.

— Fica aqui.

— Você sabe que não posso, ela vem me buscar cedo. Mas venho visitar, prometo.

Fredrik deu um empurrãozinho no ombro dela. Ela se encolheu e colocou a cabeça no colo dele, olhou para o céu e suspirou.

— Quando você vai embora, todas as estrelas somem. Fica tudo preto.

— Então você tem que ser a Lua e deixar os raios do Sol te iluminarem. Iluminar toda a escuridão. Nunca se esqueça de que o Sol está sempre lá, além da escuridão.

— Você tá começando a soar como um poeta, de onde tirou isso?

— O quê? É verdade. Nunca deixe a escuridão te engolir. Não vale a pena. Lute contra.

Elin esticou as pernas e se virou de barriga para baixo. Pedrinhas espetaram seus cotovelos quando ela colocou o queixo sobre as mãos.

— Você percebeu como a mamãe voltou a ser como era antes?

— Como assim?

— Tá sempre em algum outro lugar, fica olhando para o nada. Como fazia antes de nos mudarmos pra cá. É quase impossível falar com ela. Nunca sorri.

Fredrik bufou.

— Eles não têm mais dinheiro. É por isso. É quase sempre assim nesta época do ano. Papai desperdiça, gasta, gasta e gasta. Minha mãe sempre ficava brava por causa disso, eles costumavam brigar. Acho que foi por isso que ela foi embora. Mas tudo vai se arranjar, você vai ver, daqui a pouco eles vão conseguir o dinheiro da colheita. E aí vai ser hora de festejar de novo. É como funciona.

— O dinheiro de Aina já acabou, eu vi no talão de cheques da mamãe. Era para fazer a gente feliz.

— Bem, vamos ter que achar outras coisas pra fazer a gente feliz. Esquece tudo isso, vai. Esquece o dinheiro, esquece os adultos. Vamos nadar.

Ele ficou de pé e começou a tirar a roupa, jogando no chão peça por peça, até ficar apenas de cueca.

Eles apostaram corrida até a água. O horizonte ainda estava roxo-claro, como uma lembrança do sol que tinha acabado de se pôr, e a água acolhedora reluzia, negra e prateada. Elin mergulhou primeiro, bem fundo sob a superfície. Deu braçadas longas e vigorosas sob a água e se aproximou de onde Fredrik estava com os braços cruzados, tremendo, gotas de água brilhando em seu queixo. Tentou empurrá-lo, mas ele foi mais rápido e desapareceu sob a superfície.

Os dois se secaram na manta, uma de lã que espetava o corpo deles como se fossem mil agulhinhas. Então, fizeram uma nova torre de gravetos secos na fogueira, que era só deles, e a acenderam com fósforos da caixa velha que mantinham escondida ali, sob uma pilha de pedras.

De noite, tudo era tão simples. Enrolaram-se cada um numa ponta da manta úmida e deixaram a fogueira os aquecer.

Presente

Nova York, 2017

Faltam alguns minutos. Elin espera perto da escada vermelha no lobby do teatro, olhando para a entrada, cheia de expectativa para ver os cabelos encaracolados de Alice e seu sorriso radiante. Vai até a escada, relutante, e confere as horas. Do fosso da orquestra, ouve notas ao acaso dos instrumentos sendo afinados, e todas as pessoas que até pouco tempo atrás se aglomeravam ao redor dela foram para o auditório procurar seus assentos.

As portas se fecham e os instrumentos silenciam. Ela está usando um delicado vestido de renda verde-esmeralda, ajustado no corpo, e uma combinação de seda por baixo. No pescoço, pôs o colar de diamantes que Sam lhe deu de presente, tempos atrás, quando se apaixonaram. O cabelo está solto, recém-seco com secador e enrolado especialmente para a noite, uma noite pela qual esperava ansiosamente.

Mas as portas continuam fechadas. Ela suspira profundamente e tira as duas entradas da bolsa. Deixa cair uma, que voa escada abaixo enquanto ela se direciona para o auditório.

— Mãe! Espera!

Ela para ao ouvir a voz familiar: Alice está atrás dela. Elin se vira devagar. Alice para e se apoia no corrimão, acenando, exausta, sem fôlego. Seu cabelo encaracolado está armado como uma auréola sobre a cabeça. Ela está suando e se contorce para se desvencilhar da mochila pesada e do casaco cinza de tricô. Por baixo, está com uma blusa verde-neon com a palavra *poder* escrita em letras pretas. Os jeans estão rasgados nos dois joelhos e os tênis brancos estão cobertos de manchas. Elin suspira profundamente e faz um gesto para ela correr. Alice estende a mão a ela.

— Desculpa, mãe! Tive que vir direto da aula, perdi a hora e não tinha tempo pra voltar pra casa e me trocar.

Elin não responde. Mostra a entrada que está caída em um dos degraus. Então se vira e continua a andar sem falar nada. Alice pega a entrada e corre para alcançá-la.

— Não tem importância, tem? É uma apresentação normal, não é nem a noite de abertura. E, mesmo assim, estamos combinando. — Ela dá uma risadinha, puxando a camiseta e encostando no vestido de Elin.

Ignorando-a, Elin abre a porta do auditório com cuidado. As luzes já estão apagadas. As cortinas de veludo se abrem, silenciando o rebuliço imediatamente, e o violino da orquestra guia a audiência para o sótão de um pequeno apartamento na Paris de 1830.

Elin e Alice estão imóveis lado a lado. O coração de Elin está batendo exageradamente forte devido ao estresse com o atraso de Alice, e ela suava na testa e sob o nariz. Com a mão, ela enxuga o suor desajeitadamente. Alice segura o braço dela, acaricia e sussurra desculpas.

O homem com a lanterninha sai da escuridão e ilumina as entradas das duas. Parece descontente ao apontar em direção à fileira oito e sussurrar: "No meio". Elin e Alice andam na ponta dos pés e se encaminham para os lugares pedindo desculpas ao passar na frente das pessoas já sentadas. Alice coloca sua mochila pesada no colo, abraçando-a como seu fosse uma almofada, e fixa o olhar, encantada, na cena em apresentação. Depois de um tempo, põe a mão dentro da mochila e procura alguma coisa. Faz barulho e Elin cutuca o seu pulso. Sem se deter, Alice pesca uma barra de chocolate e a oferece a Elin. Elin bate no seu pulso de novo, mais forte dessa vez.

— Ai — protesta Alice.

— Fica *quieta* — reclama Elin.

O homem no assento ao lado faz *shhh* e elas ficam em silêncio pelo resto da apresentação, inclusive durante o intervalo. Alice come o chocolate, Elin vai ao banheiro e volta para o auditório assim que as luzes se apagam de novo.

A música termina finalmente e é substituída por aplausos crescentes. Que também silenciam. As luzes do auditório se acendem e os assentos ficam vazios. Elin e Alice ficam sentadas. Finalmente, Alice quebra o silêncio.

— Você não vai falar comigo a noite inteira? Só porque eu comi um pedaço de chocolate?

Alice se levanta. Elin suspira e recosta a cabeça no assento, estudando os círculos dourados no teto. Sente o olhar da filha, mas o ignora.

— Bem, então é melhor eu ir. Se não sou boa o suficiente.

Elin vira a cabeça para olhar para ela. Os diamantes no pescoço brilham, assim como seus olhos.

— Como assim? Se você não é boa o suficiente?

— Ué, é o que você pensa, não é?

Elin coloca a mão na testa e fecha os olhos.

— Para! Nunca pense isso — diz ela.

— O que devo pensar, então?

Alice pega a mochila e sai da fileira de assentos. Elin se levanta e a segue.

— Claro que você é boa o suficiente! Eu teria sido legal se você tivesse se vestido um pouco melhor e tivesse chegado no horário, mas você é adorável do jeito que é. Você sabe que é o que penso. Eu estava ansiosa por esse momento, desejando.

Alice para de repente e Elin bate nas suas costas. Alice não se vira.

— Eu falei que não tinha tempo. Estou estudando. Vida de estudante é assim, talvez você não se lembre, senhora perfeição. Vim e adorei a ópera. Não é suficiente? Não é nenhuma porra de apresentação de moda. É cultura. E duvido que Puccini se importaria.

Elin alisa o vestido com as mãos, fecha os olhos e devagar conta até dez.

— Desculpa. — Ela olha para Alice bem nos olhos.

—Você já pensou que pode ser você quem está exagerando? Roupas não importam, você sabe disso. Olhe à sua volta. As pessoas não vão mais à ópera de vestido de festa. E tudo bem comer um pedaço de chocolate. Ninguém liga. Ninguém, além de você.

— É uma noite especial.

— Como assim? É uma quinta-feira normal, uma apresentação normal. Foi muito boa e estou feliz de ter vindo, mas podemos sair e comer pra que eu possa voltar pra casa? — Alice revira os olhos.

— É uma noite especial porque estou com você. Sinto sua falta todo dia. — Elin suspira.

Alice não diz nada. Então, ri.

— Mas, então, por que você fica tão brava quando a gente se vê? Tudo bem, estou deste jeito, mas mesmo assim sou eu.

Elin assente.

— Te dei dinheiro pra você comprar sapatos novos semana passada. Você parece uma pessoa pobre. — Ela suspira, apontando para os sapatos desleixados.

— Sim, mas não preciso de sapatos novos. Estes estão ótimos pra mim. Dei o dinheiro em vez disso. Para as crianças na Tanzânia. *Elas* precisam de sapatos novos. — Alice fica na ponta dos pés e gesticula exageradamente.

Elin segura a respiração de novo, conta em silêncio mentalmente de novo. Olha para o cabelo bagunçado de Alice, os cachos indo para todas as direções; as sobrancelhas grossas que nunca foram tiradas. Ela é tão desleixada e, ainda assim, tão bonita.

— Podemos recomeçar? Por favor? Tenho um jeans no estúdio, não é tão longe. Vamos dar uma parada lá e eu me troco. E então vamos comer em… um lugar simples. Você está certa, eu exagero às vezes.

Alice concorda.

— Você colocou isso por minha causa ou do papai? — Ela aponta para o colar. Elin coloca a mão nele.

— Só fiquei com vontade de usar hoje — murmura ela.

— Significa tanto assim pra você? Ai, que triste. Não entendo por que vocês estão separados se claramente ainda se amam tanto.

— Não entendo também.

— Tá culpando o papai?

— Sim.

— Então acho que você precisa reconsiderar. Você não tem estado em casa com ele por anos. Tudo o que você faz é trabalhar. E, se não tá trabalhando, tá pensando em trabalho. Ou falando sobre trabalho. Fale sobre outra coisa, alguma coisa interessante. Você deveria tentar semana que vem, quando sairmos pro meu jantar de aniversário. Conte algo que ele ainda não saiba.

Elin se vira e desce a escada em direção ao lobby vazio e à noite escura. Lágrimas rolam de seus olhos. Os saltos altos ecoam no chão. Alice corre atrás dela, anda junto, enrosca o braço no de Elin. Quando chegam à avenida Columbus, Elin vai para a rua e chama um táxi.

— Jeans, então. Azul. Promete? — Alice dá um sorriso projetando o queixo para frente de forma exagerada. Ela balança a cabeça de um lado para o outro.

— Prometo. Tenho um. Para de fazer essa cara, dá medo. — Elin ri e o movimento faz a lágrima cair do olho e rolar pelo rosto.

— Só vou acreditar na hora. — Alice seca a lágrima ternamente com o dedo indicador.

Alice saltita pelo chão recém-pintado do estúdio, fazendo piruetas atrás de piruetas, de uma parede à outra. Elin registra os movimentos dela com a câmera, ainda com o vestido verde-esmeralda e de salto. Acompanha com fascinação o corpo flexível e rítmico da filha. Alice para e curva o pescoço e a coluna para trás em um arco. Assim que os cabelos cacheados encostam no chão, ela se apoia nas mãos e ergue uma das pernas em direção ao teto. O jeans faz um barulho de rasgado e ela cai, rindo, para um lado. O feitiço é quebrado, e Elin abaixa a câmera.

— É o jeans, juro. — Ela ri, ainda estatelada no chão.

— Claro, pode pôr a culpa no jeans. — Elin coloca a câmera de lado e se inclina para o computador. Passa as fotos que acaba de tirar, seleciona uma, corta e muda um pouco a escala de cor.

— Pronto, serve para uma foto de perfil?

Alice se inclina para ela e analisa a própria imagem. Ela está se movimentando, desfocada, o cabelo desgovernado. A palavra da camiseta está destacada.

— Uau, está perfeita. Você é mágica, não entendo como faz isso.

— Você é quem fez a mágica, é você se movimentando. Apenas capturei a realidade como ela é.

Elin ajusta um pouco mais a escala de cor para acentuar o texto da camiseta.

— Ah, a sua realidade não é a realidade. Você quer dizer que todas as suas sofisticadas fotos para a *Vanity Fair* e a *Vogue* são reais? Não me admira que as pessoas fiquem complexadas.

Elin fecha o computador e se vira para Alice.

— Ah, vai, mesmo na vida real há tipos diferentes de luz. Até você fica melhor em umas e pior em outras.

— Não, para, não começa a defender o retoque. Cada imagem retocada deveria vir junto com um aviso — protesta Alice, erguendo as mãos no ar.

— Por favor, não vamos falar disso agora. Já falamos milhares de vezes. A maioria das pessoas que fotografo são mais atraentes que a média das pessoas, pra começar. E com uma luz boa e maquiagem ficam ainda melhor. Mas dá pra obter essa luz mágica na vida real, em um pôr do sol na praia ou em um campo envolto pela névoa. Em certas luzes, todo mundo é mais bonito. *Tudo* é mais bonito, não apenas pessoas.

Alice não diz nada. Ela abre a tela de novo e analisa a foto, comparando com a original.

— Tá, tá, você tá certa, é melhor. Obrigada pela foto. Mas não retoca mais, tá bom assim. Adorável, mágica. Apesar de não particularmente realista — diz ela, franzindo o nariz de modo que seu rosto inteiro se contrai numa careta. Elin pega a câmera e aperta o obturador rapidamente.

— Pronto, uma foto de perfil perfeita. Totalmente real — provoca ela. Alice dá um sorrisinho.

— Não, obrigada, eu passo. Com certeza, tenho algum tipo de vantagem com uma mãe estrela.

— Você pode ser uma estrela. É óbvio que você tem treinado muito, você tem jeito com a dança. É adorável.

— Tá, tá, nem tenta, nós duas sabemos quem de nós é a estrela. — Alice suspira. — Vá se trocar agora. Jeans, você prometeu jeans. Estou faminta, quero pizza. E Coca-Cola.

Elin some pela escada em espiral que leva ao escritório do estúdio enquanto Alice se deita no sofá. Elin para e olha para ela contra a imensa janela e a paisagem de prédios e pontes sobre o East River. A música que preenchia o ambiente parou, deixando espaço para o murmúrio contínuo de máquinas e sirenes da rua. Alice fica de pé de novo e anda pelo estúdio. Piso branco, paredes brancas, armários brancos, mesa branca. Apenas a luminária, coberta com um tecido branco e preto, interrompe a brancura.

— Onde está o aparelho de som, mãe, você o jogou fora?

— Aparelho de som? Estava tocando pelo meu celular, do Spotify.

— Coloca de novo, então.

— Um minuto, desço em um minuto. Não estou com o celular aqui em cima — grita.

Quando Elin volta do escritório, vê Alice sentada com o caderno preto de anotações na mão e a bolsa de Elin ao lado. Ela folheia as páginas lotadas, devagar.

Os degraus rangem e balançam quando Elin desce correndo por eles, dois de cada vez. Está com um jeans justo, uma blusa aberta no pescoço e uma bota de cano alto. Seu cabelo está amarrado em um rabo de cavalo. Alice fecha o caderno quando a ouve descer. Elin atravessa a sala e pega o caderno das mãos dela.

— Isso é íntimo, é meu. Vem, vamos embora — diz ela, enfiando o caderno na bolsa e segurando-a apertada contra o corpo.

— Você tá escrevendo um diário? — Alice ainda está sentada no chão, impressionada.

— É só um projeto, você não entenderia. São... notas — diz Elin, percebendo que sua voz está tensa e estressada. Ela estende a mão e puxa Alice para ficar de pé.

— Parecia um mundo totalmente diferente. Que casa era aquela, uma casa de fazenda?

— É só um jogo, eu disse. Vamos. — Elin vira-se de costas para ela.

— Um jogo? Agorinha era um projeto.

— Tá, tá — Elin suspira —, um projeto, então...

— Tinha tanta natureza: árvores, flores, fazendas. Achei que você odiasse o campo.

— Sim, odeio o campo. Sou uma rata da cidade. Vamos agora, estou com fome.

Elin apaga as luzes, o piso brilhante do estúdio é recoberto por reflexos das luzes da cidade. Alice protela.

— Você não está indo brava, está?

— Por que você tá perguntando isso?

— Tem alguma coisa estranha. Você não é você.

Elin balança as chaves, fazendo-as chacoalhar forte.

— Vou trancar agora, você vai ficar?

— Alice veste o casaco e pega a mochila. Ela aponta para as botas de Elin e para a calça justa, com *strass* no bolso de trás.

— Isso não é jeans.

— O quê? Claro que é. O que tem de errado com ele?

— Você ainda parece que saiu da página de uma revista de moda. Não consegue ser apenas normal?

— Pelo menos não fui retocada.

Alice revira os olhos.

— Não? Se meu rosto estiver liso assim quando eu tiver cinquenta, *aí* eu vou acreditar em você.

PASSADO

HEIVIDE, GOTLAND, 1982

MICKE ABRIU A PORTA SEM BATER. Elin puxou a coberta sobre a cabeça e se espremeu contra a parede, mas era tarde demais: ele viu que ela estava lá e tirou a coberta bruscamente. Ela estava quase pelada, apenas de calcinha rosa, e debateu as mãos para pegar a coberta de volta. Ele não a largou. Ela puxou teimosamente.

— São quase onze horas — disse ele com firmeza, batendo no relógio com os olhos fixos nela.

— Não quero levantar hoje.

Elin virou de costas para ele, abraçando-se com força para encobrir a nudez.

— Falo sério. Vamos, levanta, aqui não é hotel. Marianne disse que precisou cuidar das cabras sozinha essa manhã. Você sabe que esse trabalho é seu.

Elin se virou de novo e quis pegar a coberta.

— Me dá a coberta, por favor! Você não é meu pai. — Elin subiu o tom de voz e puxou com força o tecido floral das mãos dele. Micke deixou a coberta cair no chão, indiferente, de modo que ela se desequilibrou e caiu da cama.

— Sua fedelha… você deveria estar feliz pra caralho de morar aqui, e não naquele buraco de rato de onde você veio.

— Buraco de rato! — Elin se sentou, esquecendo a vergonha, a pele nua e bronzeada brilhava na luz do sol que entrava pela janela. Micke se inclinou sobre ela.

— Buraco de rato, sim. Ou você talvez não se lembre?

— Do que você tá falando?

— Você e sua mãe não eram nada antes de me encontrar. Nada.

Elin sentiu o coração acelerar no peito.

— Do que você tá falando? Você nem sequer teria a fazenda se não fosse por minha mãe e pelo dinheiro de Aina. Éramos nós que tínhamos o dinheiro. Lembra? E agora acabou. Acha que eu não sei disso?

— Você não deveria falar do que não sabe. Tá me ouvindo? E aposto que você é tão vadia quanto ela era. Quem é que sabe o que você e Fredrik andam fazendo, já que fica tão deprimida quando ele vai embora. Vocês são irmãos, porra. — Ele apontou para os seios nascendo e bufou. Elin pegou a coberta do chão e se embrulhou nela.

Os olhos de ambos se cruzaram, e então ele se virou e saiu do quarto. Ela pôs uma camiseta curta e correu atrás dele.

— Não pense um segundo sequer que quero estar aqui — gritou ela. — Odeio aqui. Eu poderia voltar pra casa. Eu poderia me mudar pra casa hoje se quiser se livrar de mim.

Micke parou na escada alguns degraus abaixo e olhou para ela por sobre os ombros. Marianne gritou alguma coisa da cadeira de balanço na sala de estar, mas eles não a ouviram nem responderam.

— Cala a sua boca, menininha, tá me ouvindo? Cala a boca!

— Você não é mais do que um simples ladrão. Você pegou nosso dinheiro. Não pense que não sei.

— Já falei pra você não falar sobre o que não entende.

Ele subiu um degrau de novo e ela deu um passo para trás. Os dois ficaram parados por um longo tempo se encarando. Ela viu as gotas de suor brilhando em sua testa. O olhar ameaçador dele a fez pensar coisas que era melhor não pensar. Ela andou para trás de novo e, então, ele bateu a mão forte no corrimão. Ela deu um pulo, apavorada. Ele se aproximou, e o cheiro de suor e de tabaco mastigado a deixou enjoada. Sua respiração ofegante ecoava nas paredes nuas.

Elin deu um passo hesitante para a frente de novo, em direção a Micke. Seu coração batia forte contra suas costelas. Ele ergueu o punho no ar e o balançou como uma ameaça. Nos cantos da boca, ela viu rugas de tensão. Ela parou.

— Me deixa passar. Quero descer pra falar com minha mãe.

Ele ergueu as sobrancelhas.

— Para a mamãe. Ficou assustada?

Ela se espremeu de lado e correu por trás dele, mas ele apertou o corpo dela, prendendo-a no corrimão. Ela ficou sem respiração.

— Me solta — conseguiu falar, arquejando. Seu corpo musculoso a machucava. Ela sentiu o sangue no rosto, as veias inchando no pescoço.

— Mãe! — O grito dela saiu como um pequeno guincho agudo. Micke deu uma gargalhada alta falsa. Fez ainda mais peso contra ela. Elin livrou uma das mãos, conseguiu se virar e enfiou os dedos nas costas dele, beliscando o mais forte que pôde. Ele deu um pulo, e de repente a pressão desapareceu. Ela caiu desajeitada na escada, tentando respirar.

— Pirralha de merda. Olha o que você me fez fazer. — Ele se aproximou e a encarou. Seus dentes da frente estavam manchados de tabaco.

— Você não pode me bater! — Elin olhou nos olhos dele, de repente o medo desapareceu.

— O que você vai fazer? Ligar para o serviço social? Ligar para o seu pai na prisão?

— Meu pai nunca me bateu.

— Ele bateu na sua mãe.

— Talvez, mas não em mim.

Micke riu com desdém. Seu hálito lhe dava engulhos, e ela virou a cabeça para o outro lado.

— Você chama aquilo de bater?

Elin assentiu.

— Você não me toca mais. Você não é meu pai — disse ela, primeiro sussurrando e depois aumentando o volume. Ela deu alguns passos em direção a ele e gritou.

— Você não vai mais me tocar. Entendeu?

Micke a atacou tão rápido que nem deu tempo de reagir. A palma da sua mão acertou o rosto dela em cheio e sua cabeça girou para o lado. Uma nota aguda soou em seu ouvido e a enviou cambaleante para o corrimão de novo. Chocada, ela passou a mão no rosto. A pele doía como se a mão dele ainda estivesse ali.

— Nem uma palavra sobre isso pra Marianne. Tá me ouvindo? Se ela perceber, será mil vezes pior do que isso.

Ele se inclinou sobre ela e pôs o punho perto do rosto dela. Ela se agachou e recuou, então foi prensada de novo contra a parede.

— Nem um murmúrio. Tá me ouvindo? E, da próxima vez, levanta na hora e ajuda sua mãe aqui na fazenda. Você não está de férias, se é o que tá pensando. Você tem idade suficiente para trabalhar — esbravejou ele.

Elin fez força para se desvencilhar e desceu as escadas correndo sem falar nada. Desceu de dois em dois degraus. Lágrimas corriam dos seus olhos. Saiu de casa descalça, de camiseta e calcinha.

O chão à sua frente estava borrado. Ela fixou os olhos no caminho estreito que serpenteava pela floresta de pinheiros até o mar. Seus olhos estavam encharcados de lágrimas, o nariz escorrendo. As moitas de roseira-brava tinham crescido no verão e espetavam suas pernas, mas ela não ligou. Os pés descalços seguiam uma linha reta na terra, pulando sobre as pedras e raízes. Do mar, soprava um vento que cortava o calor e arrepiou suas pernas nuas.

Elin não parou até chegar à praia e caiu de quatro, ofegando de exaustão. Sua respiração era superficial e rápida. Em pânico, ansiava por oxigênio. A cabeça rodopiava. Ela se encolheu em posição fetal e olhou o mar e o horizonte a distância. As ondas estavam pontilhadas de espuma branca, os tufos de capim, curvados. Não havia mais floresta para protegê-la contra o vento, estava com frio.

Ela ficou deitada por um longo tempo, cantando baixinho a canção deles. As notas eram engolidas pelo rugido do mar. Ninguém podia ouvi-la, não tinha ninguém ali. Estava segura no isolamento. A respiração se acalmou.

Quando o sol se posicionou bem acima dos rochedos, as lágrimas tinham parado de cair. Dava para sentir que já era de tarde e logo seria noite. Ela ficou em pé e começou a juntar gravetos secos nos braços: tortos, podres, bons, grandes, pequenos. Levou-os para a fogueira, dela e de Fredrik, e jogou tudo no buraco.

A coberta ainda estava lá, jogada sobre uma pedra grande. E o livro das estrelas, o que ficaram folheando e tentando entender a infinitude que os cercava. As páginas estavam bem manuseadas e a lombada tinha sido colada com durex. Ela se sentou na pedra e avaliou a pilha de gravetos. Cobriu toda a base do buraco do fogo, mas não achou que era suficiente. Deu mais uma caminhada, enchendo os braços de novo. E de novo. E de novo. A madeira transbordou das beiradas do buraco, produzindo uma enorme fogueira. Tudo que encontrou, colocou lá dentro. Galhos grandes e pesados da floresta, os que haviam caído por causa das tempestades e secado ao sol. Não estava frio, mas ela estava congelando; o vento a fazia tremer e provocava calafrios. Queria calor. Logo, logo, acenderia o fogo. Ela só iria colher um pouco mais, fazer o fogo um pouco maior.

Presente

Nova York, 2017

O ESTÚDIO ESTÁ COBERTO COM veludo roxo, longos rolos cintilantes de veludo. Pelo visor da câmera, estão pendurados nas paredes, sobre o chão e sobre a cadeira. As ondas do tecido parecem água, macia e ondulante. A estilista e o assistente engatinham pelo chão, ajustando tudo, fazendo o tecido flutuar. Entre os rolos, eles arranjam flores cor-de-rosa. Rosa e roxo, o sonho de uma menininha. A criança está sentada à mesa de maquiagem. Não é qualquer criança. É uma verdadeira estrela mirim, com o agente supervisionando tudo o que o maquiador faz. Seu cabelo vermelho tem cachos espiralados. Seu rosto está coberto de pó de arroz. Cada vez mais, fica parecida com uma boneca de porcelana. Seus lábios, pintados de rosa-escuro, fazem um bico amuado. Ela estica a mão para que as unhas sejam pintadas de rosa-claro. Elin está atrás da cadeira e a analisa pelo espelho.

— Não coloca muito pó de arroz. Quero ver a textura da pele. Ela é só uma criança, precisa parecer de verdade.

A maquiadora olha para o agente e para Elin e de novo para o agente, confusa. Segura a esponja imóvel no ar. O agente acena para continuar.

— Deixe-a perfeita. Ela tem que estar perfeita — diz ele, com um tom decidido.

Vira-se para Elin.

— O que foi isso? De repente é você quem decide agora?

Elin se vira e sobe a escada em espiral.

— Faça o que quiser, costuma ficar bom. Está tudo armado e pronto para começar. Me chame quando *ela* estiver pronta. Me chame quando ela estiver... perfeita. — Ela hesita antes da última palavra, como se não tivesse certeza de que era a palavra correta.

No protetor de tela do computador, imagens de Alice se alternam. Sam está em uma delas também. Ele sorri para ela, sorri para a câmera, sorri para Alice. Ela clica no mouse para se livrar dele e abre a ferramenta de busca. Digita o nome Fredrik e aperta o *"enter"*, optando por ver apenas resultados em imagens. Milhares de homens de camisa e terno sorriem para ela. Ela desliza o cursor para baixo, não tem fim. São homens diferentes, mas, de alguma forma, os mesmos. Faz uma nova pesquisa, digita o sobrenome e segura o dedo no *"enter"*, sem apertar. Analisa as letras. Fredrik Grinde.

Ela deleta Fredrik e faz uma busca com Grinde. Dessa vez, aparecem apenas veleiros. Barcos com o nome dele.

Alguém a chama lá de baixo. Ela faz algumas respirações profundas e então desce. A menina está pronta na cadeira. Está com um vestido simples de algodão e com o queixo elevado. Tudo nela é falso. Construído, de cima a baixo. O cabelo parece uma fogueira acesa. Elin vai até a garota e arruma o rolo de tecido roxo ao redor dela. Passa a mão na superfície macia. A menina começa a ficar impaciente.

— Vai pra sua câmera — reclama ela. — *Eu* estou pronta.

Elin fica de pé e se vira para o agente.

— Não consigo fazer isso.

— O que você quer dizer?

— É doentio. Ela é só uma criança. Parece uma boneca.

— Mas é essa a intenção.

— Quem você está tentando enganar?

— O que você quer dizer?

— Por que ela não pode ser do jeito que ela é? Quero ver as sardas. Limpa toda essa maquiagem dela.

— Tudo bem, senhora fotógrafa, já deu. Nós é que estamos pagando aqui. Tira a foto e não tenta interferir na nossa estratégia. — O agente cruza os braços e a encara.

— Talvez a estratégia devesse ser dar a ela a melhor infância? No lugar dessa... aparência doentia.

A mãe da menina se levanta do sofá em que estava lendo, vai até o agente e sussurra alguma coisa. Ele a afasta para o lado.

— Tá tudo sob controle. Me deixa cuidar disso.

A mulher olha para Elin, que vira a cabeça. O agente se aproxima.

— A foto não deve ser *realista*. Não sei o que está acontecendo com você. Nunca a vi assim antes. O próximo filme dela vai estrear no mês que vem. Precisamos dessas fotos. Então aperta a porra desse botão e faça a sua mágica acontecer. Seja você!

Ao longo de toda a conversa, a garota fica imóvel, nenhum traço de emoção no rosto. Ainda está com o queixo erguido e o vestido exatamente do jeito que a estilista arrumou. Elin anda até ela. Começa bem de perto. Tira fotos que mostram nada além dos imensos olhos verdes da menina e, então, vai andando para trás devagar. O agente, a estilista e a maquiadora estão parados na frente do computador enquanto imagem atrás de imagem aparece na tela. Elin fica entretida com a incrível personalidade da menina e logo esquece o artifício.

Naquela noite, ela dorme com uma peça de veludo roxo contra o corpo. Isso a faz lembrar da coberta que um dia teve. A que a acalmou tanto quando a pele do seu rosto estava avermelhada e ardendo de dor.

Ela ouve o mar tão nitidamente. As ondas rugem em seu ouvido, quebrando sucessivamente na praia. Esquiva-se dos galhos enegrecidos e caminha entre os troncos das árvores. Está deserto e tudo foi queimado, tudo se foi, só sobraram restos carbonizados. Ela não encontra o mar, apesar de conseguir ouvi-lo. Procura por todos os lugares. O som vai ficando mais fraco e então mais forte. Ela corre. O chão é preto e coberto de cinzas, e, assim que ela pisa, hesitante, um pé depois do outro, ambos afundam nas cinzas, quentes e macias. As chamas lambem seus pés descalços e ela corre ainda mais rápido. As chamas sobem do chão, cada vez mais altas, alcançando-a. Ela desvia se jogando de um lado para o outro. O mar está perto de novo, ela consegue ouvi-lo nitidamente. A água espirra, ruge, murmura em seu ouvido. Ela olha para o alto. Acima dela, não há nada além de uma espessa fumaça cinza. Um tapete grosso borbulhante que a sufoca. Nenhum céu, nenhuma estrela. Uma voz distante sussurra:

— Estou aqui.

É ele, Fredrik. Ela grita o nome dele.

— Irmão, onde você está? Aparece.

Ela gira, procurando por ele. As chamas aumentam ao redor do seu corpo. Ela não sente dor.

— Fredrik, aparece.

As chamas estão chegando no rosto agora, tremulam diante dos seus olhos. A voz chega mais perto.

— A estrela. Perdi minha estrela — sussurra.

— Fredrik, tô te ouvindo. Vem até aqui! Estou aqui.

Ela estica os braços. Ele está ali, ela vê seu rosto através das chamas. Ele sorri. A água escorre do seu queixo. O fogo crepita ao redor dele. Seu cabelo está pegando fogo. Ela grita.

Elin abre os olhos de repente. Está encharcada de suor e o lençol de seda está gelado e grudado em seu corpo. Ainda é de noite. As plantas do terraço balançam com a brisa, produzindo sombras que dançam nas paredes. Seu coração está acelerado e ela respira como se estivesse correndo. Empurra o veludo roxo, agora molhado, para o lado. Ela tira a camisola e a larga na beirada da cama. Seu corpo está úmido e agitado. Ela puxa as cobertas do lado de Sam e acende a luz. Ainda não tinha as lavado, e a faxineira não teve permissão para entrar no quarto desde que ele foi embora. Ela ainda sente seu cheiro, mas a cada dia fica mais fraco.

Ela pega o caderno e folheia até chegar a uma página em branco. Começa a desenhar, rascunhando flores, e isso a acalma um pouco. Margarida, genciana, trevo. Faz um buquê. Reúne-as em um vaso, desenha os talos, linhas estreitas a lápis em cada uma das flores. Quando fica pronto, arranca a página e escreve em sueco:

Obrigada pela estrela. Aqui está um buquê de flores de verão para você.

Passado

Heivide, Gotland, 1982

O FOGO NÃO ACENDIA. Elin riscou fósforo atrás de fósforo na caixinha e jogou na fogueira; logo, todo o suprimento secreto de fósforos que eles tinham guardado acabou. A primeira chama na grama seca apagou rápido. Ela chutou a pedra, os galhos. Então, jogou a caixa de fósforos na fogueira.

Ela puxou a camiseta tentando esticá-la, mas mal chegou no cós da calcinha. Ela pegou a manta e a enrolou na cintura. Estava dura por causa da água salgada e da chuva, que secou sob o sol forte. Ela voltou para a estradinha, correndo com a manta voando atrás de si, as pernas nuas aparecendo pela fresta do tecido. Quando estava perto do mercado, saiu da estrada.

Gerd riu quando ela entrou pela porta de vidro.

— O que é isso? Uma nova moda?

Sem responder, Elin ficou parada do lado de dentro e só com o olhar procurou por fósforos. Achou-os na prateleira atrás da caixa registradora.

— Você está congelando. Quer chocolate quente? Vou fechar logo, mas dá tempo de bebermos um gole.

Elin concordou. Quando Gerd foi até a cozinha, ela rapidamente pegou algumas caixas de fósforo e escondeu sob a manta, com a mão que usava para mantê-la fechada.

— Pronto, engole isso. — Gerd entregou o copo fumegante e colocou um prato florido com biscoitos de baunilha no balcão. Agradecendo, ela pegou um biscoito e colocou inteiro na boca. Seu estômago estava doendo de fome depois de um dia inteiro sem comer.

— Quase tão bom quanto os de Aina — balbuciou, a boca cheia de farelos.

— Quase, tudo bem. Mas não tão bom. Não sei o que ela colocava naquela massa para deixá-los tão gostosos e crocantes. Procurei a receita pela casa toda.

— Aina nunca usava receita. Fazia meio do jeito que achava melhor, sabia de cor.

— É, acho que sim. Ela era mágica, não era?

— Você é mágica também. Seus biscoitos são tão bons quanto os dela. — Elin pegou o outro biscoito também. Dessa vez, deu uma mordidinha e deixou a doçura derreter na boca.

— Como vão as coisas na fazenda? Você está triste que Fredrik foi embora?

Elin não respondeu. Gerd continuou falando, como se já soubesse a resposta.

— Claro que sim. Vocês dois, vocês nasceram um para o outro. Fiquei com medo de que algo mudasse… sabe, quando… Mas vocês continuaram juntos igual a antes. A amizade precisa no mínimo ser forte como o amor.

— Amizade é amor também, não é? — Elin se virou para ela.

— Claro, acho que sim. Eles estão sendo legais com você? Marianne e Micke? Você tem que trabalhar muito?

Elin estendeu uma mão para ela, mostrou os calos na palma.

— Oh, Deus. Você sabe que sempre pode vir pra cá se quiser falar sobre alguma coisa.

Elin assentiu. Gerd continuou falando.

— Gosto tanto quando você vem, ilumina meu dia.

— É, mas agora tenho que ir embora outra vez. — Elin tomou um último gole de chocolate quente e se levantou.

— Vocês, jovens, estão sempre com tanta pressa. Fica um pouco mais e come mais alguns biscoitos. Tem de nozes também.

Gerd abriu a lata de biscoitos, mas Elin já estava indo embora. Gerd estendeu-lhe um biscoito.

— Leva.

Elin virou-se e pegou o biscoito. Colocou-o diretamente na boca, ainda com fome.

— Ouvi dizer que o Lasse saiu agora, já teve alguma notícia dele? Ele vai voltar?

Elin mexeu a cabeça.

— Vou fazer catorze anos em breve. Já não preciso de um pai. Nem Lasse nem Micke.

— Se você diz.

— Sim, eu me viro muito bem.

— Ele vai aparecer em breve, o teu pai, não acha? Deve sentir falta dele.

— Não sei. Tenho que ir. Por falar nisso… tem algum fluido de isqueiro?

— Quer isso pra quê?

— Micke pediu pra te perguntar, não sei pra quê — mentiu, evitando o olhar dela.

— Tenho meia garrafa, se tanto. Mas é dele se ele quiser.

Gerd desapareceu de novo, e Elin se debruçou rapidamente sobre a prateleira de doces. Dois pacotes de caramelos de menta e chocolate juntaram-se às caixas de fósforo sob a manta. Tomou um susto quando ouviu a voz de Gerd subindo as escadas do andar de baixo e puxou a manta em volta do corpo para esconder os bens roubados. Os pacotes fizeram barulho e volume. Ela arrumou a manta e apertou bem o braço contra a barriga.

— É bem antigo, não reconheço a marca. Mas diz etanol aqui — disse Gerd, espreitando o rótulo por cima dos óculos.

— Não importa, tenho certeza de que vai funcionar. — Elin tirou a garrafa da mão dela e rapidamente se dirigiu à porta de vidro.

— Estou fechando agora, posso te levar pra casa.

Gerd foi atrás dela com a chave na mão, mas Elin fingiu não ouvir e deixou a porta se fechar.

Através das árvores, ao anoitecer, ela viu uma luz tênue na casa de Aina. Havia alguém lá. Elin parou no caminho de cascalho, dura, incapaz de mover pernas ou braços. A manta estava arrastando pelo chão. Quem arrombaria a casa de uma pessoa morta? Deixou tudo empilhado no chão, a manta, as caixas de fósforo, os doces, o fluido de isqueiro, e rastejou até a cerca. A luz vinha da janela da sala de estar. Uma das cortinas de renda estava toda torta e camadas espessas de teias de aranha cintilavam como prata no brilho branco das lâmpadas fluorescentes do teto. As sombras tremeluziram para frente e para trás pelas paredes claras. Tinha alguém na casa. Ela olhou pela janela, ouvindo ruídos vindos de dentro. Alguém estava pegando as coisas deixadas na casa abandonada.

Um carro parou na calçada e Elin correu para trás da casa, se escondendo. Subiu sobre os móveis de jardim empilhados na parede lateral e espreitou. Ela pôde identificar o rosto por detrás das cortinas finas: Marianne. Ela estava andando confusamente pela sala com um cigarro na mão, havia uma nuvem de fumaça à sua volta. Com a outra mão, mexia nas gavetas e nos armários.

Marianne deu um pulo quando ouviu uma voz. Elin também, quase perdendo o equilíbrio, e teve que se agarrar no parapeito da janela para não cair no chão. Era Gerd, que também havia visto as luzes. Ela invadiu a sala de estar. Sua voz soava pequena e fraca filtrada pela vidraça.

— Marianne, o que você está fazendo? Pensei que fosse um ladrão.

Marianne e Gerd se encararam na sala iluminada. Os objetos estavam espalhados pelo chão: talheres de prata, vasos, porcelanas. Marianne parecia uma pintura abstrata retorcida. Suava na testa e no lábio superior, tinha lágrimas nos olhos, o cabelo estava desarrumado, o batom fora do contorno dos lábios, a blusa amassada e desabotoada caía de lado, expondo um dos ombros e sua camisola. Ela soltou o que tinha na mão, um vaso e uma colher de prata, e o vaso se espatifou. Elin estendeu a mão como reflexo. Era a jarra em que Aina sempre punha anêmonas azuis, a que ficava sobre a mesa da cozinha na primavera. Quando viu Gerd se abaixar para apanhar os cacos, Elin sentiu a pilha de móveis balançar sob seus pés.

— Precisamos limpar este lugar alguma hora. Não pode ficar assim abandonado, alguém tem que se mudar pra cá. O lugar está vazio demais. Temos que vender agora.

— O que você tava planejando fazer com tudo isto?

Gerd caminhou, olhando os objetos espalhados.

— Vender. A prata é de verdade, deve valer um pouco. E os copos de cristal. Também deve ter algumas joias, mas ainda não encontrei nenhuma.

— Joias? Aina só tinha coisas de fantasia.

— Como você sabe? Era cheia delas. Aquelas pedras grandes que usava no pescoço podem ser verdadeiras.

— Já procurou no porão?

Marianne assentiu com a cabeça. Gerd sentou-se no velho sofá de veludo azul, aquele no qual Aina nunca se sentou porque achava que era muito chique. Pedaços do estofado estavam caídos no chão, tufinhos cinzentos de espuma seca. Marianne sentou-se ao lado dela. Elin viu as duas cabeças aparecendo no encosto do sofá. Inclinaram-se uma na outra. Já não dava mais para ouvir o que diziam, estavam falando muito baixo. De repente, Marianne se levantou, parecendo zangada. Caminhou para as escadas, segurando o cigarro entre os dedos.

— Não me diga como viver a minha vida — gritou ela para Gerd. Depois, deixou cair a ponta do cigarro despreocupadamente na escada e desapareceu lá em cima.

Quando Elin saltou, uma cadeira escorregou no chão. Ela agarrou suas coisas e correu depressa em direção à praia, ao mar e à fogueira que não acendia sem Fredrik. As nuvens amontoavam-se no horizonte, rosadas ao sol poente. As ondas tinham se acalmado com a brisa leve da noite. Elin tremeu e esfregou as pernas para se manter aquecida.

Ela esguichou o fluido de isqueiro sobre os galhos, usando cada gota da garrafa até a madeira seca ficar escurecida. Depois, pegou as caixas de fósforo e acendeu um a um, deixando-os cair cuidadosamente no fundo da pilha. O fogo pegou, e as chamas subiram alto, em direção às árvores. Seu corpo ficou cercado de calor, o rosto, avermelhado. Ela se deitou, enrolada na manta, abraçou os joelhos perto do peito e encarou as chamas vermelhas até adormecer.

Presente

Nova York, 2017

Dez minutos atrasada, mas lá vem ela. Elin a vê desviando de poças na rua, um jornal sobre a cabeça para se proteger da chuva. A água espirra nas pernas, seu jeans claro fica marcado com a umidade. Ela a vê acenando, alegre, na portaria antes de desaparecer de vista. O estúdio está cheio de gente. Ela precisa de Alice para uma foto e a filha prometeu ajudar. Joe ri quando ela chega correndo pela porta.

— *Voilà*! Sua minissósia chegou finalmente — avisa ele. Elin e Alice se ofendem.

— Não me pareço com…

— Ela não se parece com…

As duas protestam simultaneamente, então riem.

— Parecem, sim, exceto pelas roupas, eu acho — diz ele.

Alice suspira.

— Não começa, Joe, minha mãe já me enche o suficiente. Roupas estilosas não são importantes pra mim.

— Não disse que você não era estilosa. O que quis dizer é que você é a estilosa. — Joe passa a mão no cabelo loiro e olha para Elin. Alice sorri, satisfeita.

— Obrigada, pelo menos tem alguém do meu lado.

Quando Elin vira de costas, Alice se inclina para ele.

— Minha mãe está ficando maluca, juro. Tem notado algo estranho?

Joe assente.

— Estou *ouvindo* vocês. — Elin se vira.

— Ela ficou perdida quando meu pai saiu de casa — continua Alice.

— Shh — reclama Elin.

Joe olha para uma e para outra.

— Sam? Ele saiu de casa? Como assim?

— Alice, estamos atrasadas e temos que trabalhar. Vamos começar agora. Joe não precisa saber disso.

Alice murmura para ele: "Ela não te contou?" Ele nega com a cabeça.

— Joe trabalha com você todo dia — diz Alice para Elin. — Como você não contou que se separou?

Ignorando-a, Elin sai andando, e Alice a segue pelo estúdio. Há homens de terno aguardando. Um enorme ramalhete de balões de hélio flutua próximo ao teto. Joe dá um pulo e o puxa para baixo. Ele vai até o fundo branco e acena para as modelos o seguirem. Elas ficam lado a lado, imóveis. Uma delas, na ponta, segura os balões. Alice tira a roupa que está usando, revelando por baixo o *collant* cor-de-rosa de balé. Ela se alonga com cuidado, aquecendo as pernas e os braços enrijecidos. Elin percorre o fundo e gesticula.

— Quero que vocês deem um salto na frente deles, alto, em um *grand jeté*, seus braços esticados com graciosidade e a cabeça inclinada para trás.

Ela se vira para os homens.

— E vocês ficam absolutamente parados. Tentem não se movimentar de modo algum, vão precisar quase segurar a respiração assim que elas pularem. Fiquem sérios. Você e você, olhem para o lado — ela aponta para dois deles. — Os outros, olhem direto para frente. Tudo bem?

As modelos concordam. Alice treina um salto. Ela aterrissa devagar, e Elin balança a cabeça em aprovação.

— Minha princesa, vai ficar perfeito.

* * *

Alice e Joe estão deitados no sofá. A sessão terminou e as modelos foram embora. Elin senta-se com o computador sobre as pernas e marca as melhores fotos. De vez em quando, vira o computador para mostrar para eles. Ela está feliz.

— Alice, você pode subir e pegar meu caderno de rascunho? Quero te mostrar. Ficou exatamente como o rascunho, quase melhor.

Alice caminha até a escada. Ela ainda está de sapatilha e tropeça, balançando-se. O tutu de tule flutua com a corrente de ar. Ela dá alguns passos de dança com a música calma que sai dos alto-falantes, faz uma pirueta, rodopiando sem parar.

Elin senta-se no lugar dela no sofá. Espreguiça-se, as costas estão doendo depois de tantas horas com o peso da câmera. Assim que fecha os olhos, sente um pedaço de papel cair no rosto. Seus olhos se abrem e encontram os de Alice.

— Isto é seu? — pergunta.

Elin o pega e olha. É a página arrancada do caderno de anotações. Dobra duas vezes rapidamente e coloca sobre o teclado do computador. E, então, fecha a tampa.

— Em que língua você estava escrevendo?

Elin encolhe os ombros.

— Deve ser de alguém que deixou aqui.

— Para com isso. Eu reconheceria suas flores em qualquer lugar. O que diz?

Alice faz menção de pegar o computador, mas Elin o tira do alcance dela.

— Não sei. Pare de perguntar.

— Você não sabe? Você é tão ridícula. — Alice ergue as sobrancelhas e suspira.

— Não, não sei.

— Você escreveu, é sua letra. Mas você não sabe o que quer dizer?

Joe limpa a garganta, sem graça, e se senta ereto. Alice senta-se ao lado dele. Ela bate a mão na perna dele.

— Viu? Maluca. Agora ela começou a falar uma língua que não consegue nem sequer entender. Estranho, hein?

Joe dá de ombros e se levanta para começar a desmontar o equipamento. Alice se aproxima de Elin.

— Apenas deixa isso pra lá. — A voz de Elin é firme.

— Vai, me conta. Fredrik? É um nome, isso eu entendo.

Elin rasga o papel. Transforma-o em pedacinhos e joga tudo paro o alto. Eles voam devagar e pousam no chão como confete.

— Por que você fez isso? Quem é Fredrik? Se você encontrou alguém, pode me contar. Quero que você seja feliz — argumenta Alice, inclinando a cabeça para o lado.

— Outro dia, quem sabe. Agora não. Quero ir para casa, preciso dormir. — Elin fica em pé, abraçando o computador bem apertado junto de sua barriga.

— Tem alguma coisa a ver com o seu projeto? O que é isso que você está fazendo? — Alice não vai desistir.

— Só estou sentindo falta da natureza, me lembra de algo que perdi.

— Você sempre detestou a natureza.

Elin balança a cabeça negativamente.

— Faço várias caminhadas no Central Park. E gosto de ir à praia.

— O parque não tem nada a ver com o campo, é asfalto, você ouve o barulho dos carros. E, quando vamos à praia, você fica deitada do lado da piscina enquanto papai e eu nadamos no mar.

— Deixa isso pra lá agora, estou pedindo. Por favor.

Elin sai andando, acena para Joe, que a segue subindo para o escritório, deixando Alice sozinha no sofá. Ela fica de pé e pega a mochila.

— Você não esqueceu nosso jantar amanhã, né? O lugar de sempre, às oito — grita.

Elin para na escada, sem expressão.

— Mãe!

— Ah, sim, claro. Dia 20, seu aniversário.

— Sim. Papai vai estar lá. Você vai?

— Sim, claro! Nunca perderia seu aniversário.

— Você já perdeu. Quando teve um trabalho superimportante. Não lembra?

— Mas não vou perder este. Prometo.

Elin sopra um beijo para Alice. Ela o pega.

— Te amo — diz Alice com o beijo preso nas mãos.

Elin sorri para ela e acena.

— Idem — sussurra de volta.

Elin aguarda um pouco na entrada do dormitório de Alice. Jovens entram e saem. Alice está certa. São todos como ela, de jeans e tênis velhos. Curiosa, ela anda em direção ao dormitório, mas é parada pelo porteiro.

— Apenas moradores podem entrar.

— Vou visitar minha filha.

Ele olha para ela.

— Você tem idade suficiente para ter uma filha morando aqui? — Ele sorri.

Ela assente e mostra a carteira de motorista. Ele faz o registro e ela pega o elevador. Só esteve ali uma vez, quando levaram as malas e caixas de Alice para o pequeno quarto vazio.

A porta está entreaberta. Do lado de fora, meninas vão de quarto em quarto. O corredor é cheio de música, conversas e risadas. Elin para na porta de entrada. As paredes estão cobertas de páginas tiradas de revistas, a maioria com fotos de bailarinos. Um balão de hélio em formato de coração está preso na cama e ela fica imaginando quem o deu para Alice. A roupa de cama está amarrotada, com uma pilha de vestidos em cima. Alice está olhando seu próprio reflexo. Ela é tão jovem. Elin olha para o relógio e toma um susto. Apenas cinco minutos. Faltam cinco minutos para os dezessete anos. Ela põe a mão na barriga se lembrando.

O cabelo encaracolado de Alice está cuidadosamente penteado e preso em um coque na base da nuca. No pescoço, ela pôs a corrente com o coração de ouro que ganhou quando nasceu, que usa em todo aniversário desde os dez anos. O rosto está suavemente maquiado e ela está de batom. Pôs um vestido azul-turquesa. O decote drapeado é justo no busto, e sob ele, o tecido diáfano cai, formando uma saia que vai até a altura do tornozelo.

— Feliz aniversário — sussurra Elin quando o ponteiro dos minutos se mexe.

Alice se vira.

— Já chegou? Íamos nos encontrar...

— Achei que poderíamos andar até lá juntas, nós duas. Você parece um sonho.

Ela beija seu rosto com cuidado para não estragar o cabelo e a maquiagem. Alice dá um passo para trás.

— E você parece... totalmente normal. — Ela ri e corre para lhe dar um abraço forte e apertado. O coque desmancha um pouco, um fio de cabelo escapa. Elin o pega e, com cuidado, prende de novo.

— Estou tentando — sussurra ela.

De braços dados, elas caminham para o restaurante. Elin está tensa, o olhar procurando por Sam. Ela o vê lá longe, de terno preto, sozinho e apressado, como se estivesse atrasado para uma reunião importante. Passa pelas pessoas na calçada. Quando as vê, para e anda normalmente os últimos passos, os olhos fixos em Alice. A testa está com gotas de suor, e o cabelo, escorrido na cabeça.

— Desculpa o atraso. — Ele beija Alice no rosto e faz um sinal seco para Elin. Ela sente uma pontada de ansiedade na barriga.

— Se estiver atrasado — continua ele, girando o braço para ver as horas no relógio. — Ah, não, não estou, por que estou me desculpando?

Sam coloca o braço nos ombros de Alice e a puxa para perto. Elin fica para trás. Ela os vê inclinados um no outro com intimidade. Ele diz alguma coisa, Alice ri. Sempre foram próximos, sempre conversaram de um jeito que ela nunca entendeu.

Eles se sentam em um canto do restaurante, em uma mesa redonda. Sam e Elin acabam ficando um ao lado do outro. Elin puxa a cadeira para mais perto de Alice. Eles ficam em silêncio.

— É meu aniversário... — implora Alice.

— Talvez possamos falar sobre o tempo — sugere Sam, tentando ser bem-humorado.

Elin fecha os olhos e respira fundo.

— Podemos apenas pedir. E comer. E terminar logo com isso — diz Elin, com tristeza.

— Terminar logo com isso? Mãe! — Alice olha para ela.

— Elin, é aniversário da Alice — Sam a repreende, balançando a cabeça.

— Não tive essa intenção — Elin sussurra. — Por favor, sem brigar.

Alice tenta mudar de assunto.

— Pode contar pra gente sobre o seu novo projeto, mãe? Sobre o caderno de anotações e todas as fotos?

Sam se inclina sobre a mesa.

— Ah, então você começou? Conta! — diz ele.

Elin suspira.

— Não é nada, apenas algumas imagens e um pouco de texto.

Alice olha para um e para outro.

— Começou? Você sabe o que ela tá fazendo, pai? Não é só foto, é como um mundo totalmente diferente, uma fazenda, vida selvagem.

Sam balança a cabeça e olha para Elin. Ela fica envergonhada.

— Para, Alice, não era pra você ter visto. É íntimo. Parem, vocês dois.

Elin fica de pé rápido, tão rápido que a cadeira cai para trás. Ela a segura. Os outros clientes do pequeno restaurante italiano ficam em silêncio e vários pares de olhos se viram naquela direção.

— Me desculpem. — Ela endireita a cadeira, envergonhada, lágrimas queimando nos olhos. — Preciso ir ao banheiro.

Ela ouve Alice sussurrar para Sam, em alto e bom som, como se estivesse gritando as palavras no ouvido dela.

— Ela está completamente perdida, você precisa realmente voltar pra casa.

A chuva cai forte quando finalmente eles saem do restaurante após um jantar tenso e silencioso. Sam vai embora depois de dar um abraço rápido nas duas. Os táxis passam um após o outro, mas nenhum para ao sinal de Elin. No final, ela dá um passo para trás.

— Acho que podemos andar. Juntas. Para a sua casa e depois eu vou andando pra minha.

— Mãe, é do outro lado da cidade e a mais de setenta quarteirões da sua casa. E está chovendo.

— Quero te levar pra casa de qualquer modo. Pego um táxi depois — insiste Elin.

— Não tenho doze anos.

— Não, nossa. Você tem dezessete. Sabe o que eu estava fazendo com dezessete anos?

— Deixa eu adivinhar. Você já era uma estrela, ganhando mais do que o PIB da Gâmbia — diz Alice.

— Deus do céu, você tem que transformar tudo em política? — Elin para. — Queria te contar sobre o meu primeiro amor, mas se você prefere falar de política, vamos lá.

— Amor. Como você pode pensar nisso depois dessa noite? Obrigada por destruir meu aniversário, ano que vem acho que vou celebrar sozinha.

Os olhos de Alice começam a brilhar, lágrimas se formam e rolam do canto de um deles. Ela se vira e começa a andar em outra direção, rápido, como se estivesse tentando escapar de algo. Elin fica parada, olhando-a desaparecer no meio das pessoas, encurvada por causa da chuva. Seu vestido azul reluz lindamente. Ela a vê puxando o cabelo para fora do coque enquanto caminha, o cabelo encaracolado fica armado de novo como uma auréola ao redor da cabeça, superfrisado por causa da umidade. Elin sorri quando vê a sola dos tênis brancos de academia que ela estava escondendo sob o lindo vestido a noite inteira.

— Espera! — Elin vai atrás, mas ela está longe, longe demais já. Começa a correr. As sandálias pretas fazem os pés doerem a cada passo. No último trecho, ela vai mancando, mas consegue por fim segurar o ombro de Alice.

— Ei, desculpa! É seu aniversário. Podemos começar de novo, por favor? Alice vira para ela, os braços esticados ao longo do corpo.

— Agora? Estamos no meio da noite. É tarde demais. Este aniversário já era e foi arruinado. Às vezes, fico desejando não ter família. É melhor celebrar com amigos.

Elin balança a cabeça. Agora as duas estão com lágrimas nos olhos, uma, de tristeza, e a outra, de angústia.

— Não diga isso. Nunca diga isso. Sempre seremos sua família, você nunca vai nos perder — diz Elin.

Alice chora. Ela olha para Elin com resignação.

— Na verdade, estou feliz de ter me mudado para a escola — retruca Alice, com um tom de voz cada vez mais grave.

— Por favor, meu amor, vem pra casa comigo. Você pode dormir em casa esta noite. Vou te fazer um chocolate quente, chocolate de mãe, por favor!

Alice não responde por um tempo.

— Só se me prometer uma coisa — diz ela, finalmente.

— O quê?

— Que me conta o que está planejando. Sobre o caderno de anotações. Tem algo estranho sobre ele e quero saber o que está acontecendo. E preciso de uma resposta honesta.

Elin respira fundo e solta o ar de novo. Fecha os olhos. O chão se mexe sob seus pés.

— Mãe, promete — continua Alice.

Elin concorda, quase sem perceber.

— Prometo — diz baixinho.

No elevador, subindo para o apartamento, elas se chacoalham como se fossem cachorros. O vestido de Alice está tão molhado, que os mamilos estão visíveis sob o tecido fino. Ela os cobre com as mãos, horrorizada, quando vê seu reflexo no espelho. As duas caem na risada no corredor quando a porta do elevador se abre. Estão encharcadas e absolutamente desgrenhadas depois de uma longa caminhada e, então, uma viagem de táxi pelos últimos quarteirões. Alice aponta para o espelho no hall.

— Olha, não estamos lindas? Totalmente naturais.

— Algumas mais do que outras — Elin dá uma risadinha, enquanto Alice se contorce, tirando o vestido molhado e o deixando cair no chão.

— Totalmente natural. — Ela dá risada.

— Achei que era somente na minha época que queimávamos o sutiã.

— Tente colocar sutiã debaixo deste vestido, eu não consegui respirar a noite toda. Não entendo como você consegue usar roupas chiques o dia inteiro, todo dia. Quando vai trabalhar. Realmente, você deveria tentar usar jeans e camiseta. Não tem nada melhor.

Elin pega um roupão e entrega para ela.

— Eu já fui jovem também. Pode acreditar. Ia para casa de noite, descalça, depois de nadar no mar.

Alice afunda no sofá cinza-azulado. Cruza as pernas sob o corpo e se enrola em uma manta.

— Você, descalça, nadando de noite... Só acredito vendo. — Ela passa a mão no assento ao lado dela. — Vem sentar aqui. E me conta. Por que você tá tão obcecada com tratores e fazendas?

Elin hesita. Ela fica quieta, pensando.

— Você é a pessoa mais teimosa que conheço — resmunga, enfim. Alice assente com expectativa.

Elin está com um nó na garganta. Engole em seco, vai até a escrivaninha e pega o caderno preto de anotações. Alisando a capa com o dedo indicador, ela abre a primeira página com cuidado. Senta-se ao lado de Alice, o caderno no colo, e começa a falar. As palavras que saem da sua boca são sussurros. Alice se vira para ela e ouve.

— Essa porta, a azul... — Ela para e olha para a imagem por um longo tempo.

— Sim, o que tem essa porta? Parece podre, como se fosse de um barraco.

— E era, essa. Mas não a verdadeira, a que eu lembro. Cresci bem longe de Nova York.

— Sim, em Paris. Você contou. Sobre sua carreira de modelo e o apartamento chique com vista para a Torre Eiffel. E a livraria da sua mãe Anne, rica e avoada. Que pena que ela morreu. Acho que eu gostaria dela.

Elin balança a cabeça. Pigarreia, a garganta arranha, o coração bate rápido. Quando começa a falar, a voz falha.

— Atrás dessa porta, morava minha verdadeira mãe.

— Como assim, verdadeira?

— Eu cresci na Suécia. Em uma ilha, no campo. Em uma fazenda, pra falar a verdade.

— Como assim?

— Essas imagens são minhas memórias. A língua que você viu no desenho é sueco. Estava escrevendo para um amigo. Desenhei as flores para ele, flores que nascem onde morávamos.

— Suécia? — Alice balança a cabeça sem compreender.

— Tantas memórias estão ressurgindo. Não consigo mais fugir delas. É como se a Suécia tivesse vindo para cá. Não consigo parar.

208 *Sofia Lundberg*

Alice respira fundo.

— Você mentiu para mim a vida toda? E pro meu pai durante toda a relação de vocês? E Paris? Fomos pra lá e você conhecia tudo.

Elin fecha os olhos e aperta a mão de Alice. Alice fica de pé e olha do alto para Elin.

— Eu precisei — fala Elin, baixinho.

— Ninguém é obrigado a mentir, mãe. Você mesma me disse isso.

— Eu precisei. Porque fugi de lá e resolvi nunca mais voltar.

— Mas ninguém nunca procurou por você? Sua mãe?

— Eu fugi para a casa do meu pai e ela descobriu. Para Estocolmo. Então, fui para Paris, não muito tempo depois. Fui descoberta na rua em Estocolmo. As garotas suecas eram populares em Paris, eu consegui um agente e arranjaram um lugar para mim. Trabalhei duro, engoli todas as lágrimas e a dor. E, então, foi tudo exatamente como te contei.

— Menos sobre sua mãe.

— Sim, mas ela existe, ela era uma amiga. Talvez eu sonhasse em tê-la como mãe.

— Então, sou metade sueca, e não metade francesa — diz Alice.

— Sim, você é metade sueca. Mas não vou lá desde os dezesseis anos.

— A minha idade agora.

— Você tem dezessete. Ou esqueceu?

Alice sorri, mas logo sua expressão volta a ficar séria.

— Por que você nunca contou nada? O que tem de tão horrível em sua vida sueca?

— Não tem nada horrível sobre isso. Só foi há muito tempo. A França virou minha casa nova, eu tinha uma vida totalmente diferente quando conheci seu pai. Tinha tanto medo de perdê-lo.

— Mas você não entende? Você mantém a gente, as pessoas mais próximas de você, tão distante da verdade, que é impossível pra gente te amar. Para você amar a gente.

— Como assim?

— Você é uma grande interrogação. Pra nós e pra você. Um ponto de interrogação é sempre metade de um coração, já pensou nisso? Não dá para amar alguém cujo coração está cheio de segredos. Simplesmente não dá.

Lágrimas escorrem pelo rosto de Elin. Ela folheia o caderno de anotações para frente e para trás.

— Eu deveria ter te contado.

— Sim, você deveria ter contado pra nós. Por que não contou? Por que tantas mentiras?

— Não era fácil, muitas coisas não eram boas. Éramos pobres, acho que tinha vergonha. Tinha medo de que ele me deixasse se soubesse como as coisas eram de verdade. Eu o amava tanto, estava tão apaixonada, ele fazia com que me sentisse segura.

— Então, você fingiu ser perfeita por causa dele. Todos esses anos, seu casamento inteiro. Isso é doentio, mãe, doentio.

Elin anda lentamente para frente e para trás na sala com os dedos na boca. Está roendo suas unhas cor-de-rosa pálido e ouvindo a chuva pela porta aberta do terraço. A chuva está tão forte, que ela ouve as gotas tamborilando nos móveis do pátio. Ao longe, há um retumbar, talvez trovões, mas em Nova York nunca dá para ter certeza de quais sons são da natureza e quais são artificiais. Ela fecha as portas, silenciando a tempestade.

— Trovão — diz.

— Hmm, os anjos estão se divertindo de novo — responde Alice.

Ela ainda está sentada no sofá, o caderno de anotações no colo. Ela o folheou, mas, agora, está fechado. Passa a mão sobre ele.

— Realmente não entendo nada. São só fotografias. Não significam nada pra mim.

— Eu sei. Mas significam muito pra mim.

Alice começa a folhear de novo, e Elin a deixa ali e vai até o armário de roupas. Precisa se vestir, pentear o cabelo, pintar o rosto. Recompor-se. Escolhe um vestido longo cinza que comprou uma vez em Paris. É confortável e desliza suavemente em seu corpo magro.

Paris. É uma história tão bonita, que, mais do que qualquer coisa, ela quer se agarrar a ela, não quer largar. Uma mãe que a amava mais que tudo. Que apesar de não ser perfeita, era um gênio criativo. Que sabia tudo o que uma ávida leitora deveria saber, que tinha lido todos os clássicos e que tinha discussões diárias com todos os artistas, autores e filósofos que visitavam sua livraria e iam aos seus jantares. Elin tinha dado a Alice muitos livros de lá, livros que ela guardou e que nunca a forçou a ler. Livros que existiam de verdade.

Mas a mãe não existe, nunca existiu. Era só a mulher de uma livraria. E Elin era apenas uma das várias clientes que viraram suas amigas íntimas. Ela contou tantas mentiras. Ela esfrega com força os olhos, os restos do seu rímel deixam linhas pretas no rosto.

— Pode me contar mais?

Ela dá um pulo com a voz de Alice, estremece, desconfortável ao pensar na verdade.

— Não conta nada pro Sam. Por favor.

— Você precisa contar pra ele também.

— Eu vou. Mas preciso pensar em como vou contar. Por favor, entenda.

— Só se me contar.

Elin concorda e pega o caderno. Alice indica uma palavra.

— É sueco?

Elin assente. Alice pronuncia a palavra desajeitadamente.

— *Mar-tall*. O que é isso?

— É uma árvore. Um pinheiro, mas atrofiado por causa do vento.

— Ventava muito na ilha?

Elin concorda e passa a mão no cabelo.

— Durante todo o outono e o inverno. O cabelo ficava sempre bagunçado.

— É por isso que você gosta que fique tão arrumado?

Elin encolhe os ombros.

— Não sei. Nunca pensei nisso.

Alice aponta a fotografia de um carro. É um Volvo azul, enferrujado. Há pedaços marrons no chassi, como se alguém tivesse mordiscado a pintura. Uma das portas está torta, pendurada. O carro parece um chapéu visto de lado, o capô tão comprido quanto o porta-malas e um buraco no meio para os passageiros.

— De quem era esse carro?

— De todo mundo. Na minha infância, quase todos os carros eram Volvos. Mudavam de forma e de cor só.

— Sua mãe de verdade tinha um Volvo?

Elin assente.

— Humm, e meu padrasto. O dele era o melhor, azul e brilhante.

— E seu pai de verdade?

— Ele andou em um Volvo somente para ir até a prisão.

— O quê? Ele foi preso?

— Era branco e preto. Com letras grandes dos lados. Prefiro esquecer aquele Volvo. O barulho quando a porta se fechou. E o olhar que ele me deu pela janela. Seus olhos encarando os meus. As luzes azuis piscando.

— Por que ele foi preso? Onde ele está agora?

— Ele fez uma coisa, roubou alguém, eu acho. Morreu, ele morreu cedo, um ano, ou um pouco mais, depois que fui para Paris.

Alice continua a virar as páginas e para em uma foto da parte interna de um estábulo. Através dos buracos nas tábuas, faixas de luz dançam no chão gasto. Um passarinho voou para dentro, o movimento de suas asas está desfocado.

— O que tinha no estábulo? Você tinha animais?

— Ovelhas. E gado. E cabras. Tinha um monte de estábulos, em lugares diferentes. Era sempre tão quente lá dentro, os animais geram calor. E fedia, o cheiro impregnava na roupa e no cabelo, avisava para todo mundo que éramos fazendeiros.

Alice ri.

— Não consigo te imaginar como fazendeira. Impossível.

— Bem, eu não era de verdade. Eu era criança. Uma criança em uma fazenda.

— Sua mãe está viva?

Elin tira o caderno de anotações das mãos de Alice. Ela põe o dedo em uma imagem e segue devagar o caminho que ela mostra.

— Tinha estradinhas pra todo lugar. Sulcos profundos que cortavam as terras depois de anos de uso. Eram circundadas por milhares de margaridas na primavera. Pontos brancos e rosas na grama. Eu andava descalça.

Alice a interrompe, brava.

— Você não respondeu à minha pergunta. Quero saber sobre as pessoas. Não entendo por que você foi forçada a me fazer acreditar que minha avó era uma mulher criativa, intelectual. Quando, na verdade, era fazendeira. Até me disse que eu era parecida com ela. Você está mentindo. Tudo é uma mentira.

— Mas você lembra.

— Mas ela não existe!

— Não, mas você é intelectual e criativa. Você se transformou no que eu descrevi. Tão intensa e questionadora quanto.

— Socialização — murmura Alice.

— Hã?

— Lemos sobre isso na escola. Incorporei seus valores, suas regras, suas fantasias sobre mim, sem ter influência genética nenhuma. Me tornei sua mentira.

— Por favor, não briga comigo.

— Você me deve a verdade. Como pôde mentir para a própria filha? Me conta sobre sua família.

Elin fica em silêncio. Lágrimas correm pelo seu rosto. Ela as seca várias vezes, mas não param de cair.

— Eu os matei — sussurra, enfim.

Passado

Heivide, Gotland, 1982

O BARULHO A ACORDOU. Ela o sentiu pressionando suas costas. O vento soprava direto para a ilha, e as ondas tinham aumentado durante a noite. Mas não era de onde o barulho vinha. Uma nuvem de fumaça a fez tossir, e ela abriu os olhos e examinou o fogo. A enorme fogueira ardeu até o fim, sobraram apenas brasas, algumas descascadas e brancas, outras brilhando fracas na noite. O estrondo vinha de trás dela, como se o mar e a floresta, durante uma tempestade misteriosa, tivessem trocado de lugar.

A floresta. Um inferno. Estava queimando alto, estava tudo queimando, e o céu da noite era laranja e vermelho. Flocos de cinzas pretas voavam na frente de Elin e, quando ela as pegava nas mãos, viravam poeira. Ela correu em direção às chamas, gritando. Sua barriga estava revirada, como se precisasse vomitar ou fazer cocô, não tinha certeza do quê. Ela parou e se curvou tentando vomitar, mas não veio nada. Continuou correndo. As casas estavam pegando fogo. A casa de Gerd e a de Aina também. Chamas da grama seca lambiam suas pernas. Ela tirou a camiseta e colocou na boca. Tinha fogo em todo lugar. Gritou pedindo ajuda. O fogo que acendeu para se aquecer havia se espalhado.

— Acorda! Acorda! Gerd! Fogo! Acorda!

Gritou através do pano fino da camiseta, mas a voz estava sufocada pelo rugido ameaçador do fogo, e as palavras saíam como um sussurro.

Ela correu o mais rápido que conseguiu. Bem longe, as construções da fazenda Grinde, ao fundo, se erguiam como sombras negras na noite. A avenida já estava em chamas. Ela seguiu em direção aos campos, onde o fogo não conseguiria se alastrar. Andou com dificuldade pela terra porosa que queimava seus pés e deixava vestígios grossos e pegajosos entre os dedos.

— Edvin! Erik! Mãe!

Gritou seus nomes. Gritou até a voz falhar. A floresta ao redor da fazenda estava em chamas. O fogo rugia. A luz das chamas era como um trem iluminando o caminho pelos trilhos. Como dez trens. Estava tudo tão seco, se alastrou tão rápido. Ela se aproximou das construções, que pareciam ainda não terem sido destruídas. Ela seria capaz de salvá-los. Correu, seus pés voavam.

Ela bateu forte em todas as portas e gritou continuamente. Na escada, encontrou Marianne sonolenta, tinha acabado de sair da cama. Ela vestiu o roupão e as duas se encararam.

— O que quer dizer tudo isso? Por que você tá gritando? É de madrugada ainda — resmungou ela.

— Não tá sentindo o cheiro de fumaça? Tá pegando fogo. Tá tudo pegando fogo. A floresta toda, o estábulo tá pegando fogo.

Ela afastou Marianne e continuou gritando. Correu para o quarto de Erik e Edvin, mas as camas estavam vazias. Gritou seus nomes de novo, puxando as roupas de cama na luz fraca da noite.

— Erik! Onde eles estão? Edvin! Erik! Edvin!

Marianne apareceu e a empurrou para o lado.

— Deixa eu ver.

Apalpou com as mãos. Não tinha criança nenhuma ali.

— Crianças infernais, apareçam! — gritou ela. — Onde vocês estão?

Elin já tinha saído do quarto. Correu para o pátio da fazenda. Marianne estava logo atrás. O fogo havia engolido o celeiro: metade do telhado estava em chamas, chamas que lambiam o céu. As portas estavam totalmente abertas e as cabras andavam de um lado para o outro no cascalho, nervosas. Micke estava embaixo, jogando baldes de água dos galões de chuva. O fogo chiava baixinho, como se estivesse rindo da minúscula quantidade de água que ele estava tentando jogar.

— As crianças sumiram! — berrou ela. Ele continuou jogando baldes de água, indo para mais perto do fogo. As chamas consumiam as paredes, e, quando as vigas, junto com os restos do enorme telhado, caíram no chão, houve um grande estrondo. Uma viga em chamas caiu exatamente sobre Micke. Ele andou para trás e se protegeu com as mãos, mas não conseguiu escapar. Marianne gritou e correu em direção a ele. A viga estava caída sobre suas costas. De um machucado enorme atrás da cabeça, escorria sangue. Marianne tentou puxar a madeira quente para o lado. Jogou baldes de água sobre ele. Micke gemia de dor.

— Me ajuda! — gritava Marianne. Elin correu para o galpão do trator para verificar o esconderijo. Uma das paredes estava pegando fogo, e a construção inteira, cheia de fumaça. Ela tossiu e gritou o nome dos irmãos assim que conseguiu passar pelo trator e pela colheitadeira. Usava a camiseta para tampar o nariz e a boca.

Do pátio da fazenda, ela ouviu o rugido de uma ira sem fim e, em seguida, um gemido prolongado e ganidos nervosos dos animais.

Elin foi para o fundo do galpão. As chamas queimavam acima da sua cabeça. Mais adiante, em sua cama de pneu de trator, ela viu pezinhos nus para fora, atrás do tambor de óleo. Eram de Edvin. Ela os puxou.

— Acorda, Edvin, acorda, vamos — disse ela, chacoalhando seu corpo mole. Erik estava deitado ao lado, igualmente inerte. Ela o chutou enquanto erguia o corpo de Edvin nos braços.

— Erik, acorda! Você tem que andar por conta própria. Você precisa sair.

Ele reclamou um pouco, e ela viu uma faixa branca quando uma de suas pálpebras se abriu alguns milímetros. Ele estava vivo. Os dois estavam vivos. Ela carregou Edvin e correu com ele. Em direção ao campo. Em direção ao campo aberto, onde o fogo não chegaria. Ele olhou para ela, tonto, um braço pendurado batendo nas costas dela. Ela beijou seu rosto sem parar.

Um ponto de interrogação é metade de um coração 217

— Você precisa ser corajoso agora. Promete.

Ele murmurou fraquinho, sem palavras, ela não conseguiu ouvir o que ele dizia.

— Você consegue sentir o cheiro da fumaça, ver o fogo? Tá tudo em chamas. Tá tudo queimando. Temos que sair daqui rápido. Temos que chegar no mar, na água, ficaremos a salvo lá.

Ele concordou. Colocou os pés descalços em um dos sulcos no campo, mas as pernas não aguentaram o corpo. Caiu desmilinguido, as mãos apertando o rosto como se estivesse com cãibra. Ele balançava para frente e para trás. O rosto estava pálido como o de um cadáver, os lábios trêmulos e azuis.

— Só vou buscar o Erik. Volto logo. Toma, segura a camiseta sobre a boca. Respira o mínimo possível.

Ela deu sua camiseta a ele. Agora, estava nua de novo, só de calcinha. Mas a noite não estava mais fria. O fogo atroz espalhava calor, o tipo de calor que ela nunca tinha visto. Quando voltou, estava tudo em chamas. O celeiro, a casa do trator, a casa da fazenda. Não via Marianne. Não via Erik. Não via Micke. Só chamas e fumaça e escuridão.

— Erik! — Elin gritou seu nome, gritou, só gritou. Mas era tarde demais. Estava queimando, tudo estava queimando, e restos carbonizados caíam no chão como uma chuva de brasas em fogo. Ela voltou para onde Edvin estava. Ele fungava.

— Tá tudo queimando, Elin. Tá queimando tanto, por que tá queimando tanto? — Ele fungou.

— Shh, não fala nada, não gasta energia. — Ela acariciou a testa dele.

— Não dá pra ir a lugar algum, tamos presos aqui. Não consegue ver?

— O chão não vai queimar. Não tem árvores aqui, não tem grama. Estamos no campo mais amplo. Estamos a salvo aqui. Não vamos pegar fogo. Vamos ficar aqui por enquanto, vem, meu amor. Ouça, os bombeiros estão vindo, vamos ser resgatados logo.

Ela o deixou descansar em seu colo. Da estrada principal, soavam as sirenes. Um helicóptero zunia acima da cabeça deles, aproximava-se rapidamente. Ela passou a mão no cabelo e na testa dele devagar. Ele resmungou quando ela tocou seu rosto, que estava queimado. Os olhos de Elin ardiam por causa da fumaça. Pernas e braços estavam suando. O calor e a falta de oxigênio deixaram sua visão turva. Ela tossia. Puxou a camiseta de Edvin e apertou-a contra a boca. Seus olhos vermelhos de sangue olhavam para ela em súplica.

Nuvens de faíscas vermelhas das árvores se espalhavam no céu. Logo, as chamas explodiram as janelas da cozinha e engoliram a frente da casa com suas línguas compridas. Edvin tentou ficar em pé, queria correr, mas ela o segurou. Ele gritou e colocou as mãos nos ouvidos enquanto ela o abraçava apertado.

— Não olha, Edvin, não olha. Só deita, sem se mexer. Shh, não olha.

— Onde a gente vai morar? Para onde a gente vai? — Edvin fungava em desespero.

Elin fechou os olhos e deitou ao lado dele. O chão estava duro e irregular. Edvin estava macio e quente. Ela o segurou perto dela, abraçou-o apertado. Fechou os olhos até que o corpo dele ficou pesado e inerte.

— Sinto muito — sussurrou ela, mal dando para ouvir, então ela o largou.

A luz das casas queimando iluminava o céu, deixando-o laranja, enquanto Elin ficou no meio do campo e viu um carro de bombeiro e uma ambulância chegarem. Viu homens de preto pulando do carro e correndo pelo campo da fazenda, chamando uns aos outros enquanto dois deles desenrolavam a mangueira. Ela ouviu ao longe as sirenes de outros carros de bombeiros, ainda distantes. O helicóptero voava entre o mar e o fogo, derramando a água de contêineres sobre a floresta. Elin acenou com os braços esticados para o alto, sobre a cabeça, e gritou, mas sua voz não foi muito longe. A distância, ela os viu tentando puxar a viga que cobria o corpo carbonizado de Micke até que um bombeiro levantou a mão, parando os outros. Micke estava morto. Elin mal conseguia respirar. O pai de Fredrik, morto. Caiu de joelhos, sussurrando o nome de Erik. Ninguém procurou no galpão do trator. Ela sabia que era tarde demais, a construção já tinha queimado inteira, mas não conseguia parar de sussurrar o nome dele. O telhado de zinco tinha caído sobre uma pilha de tábuas em brasa, que estavam penduradas sobre as máquinas do lado de dentro. Tudo colapsou. E, embaixo, estava Erik. Sozinho.

Elin viu o bombeiro tentando colocar uma manta sobre os ombros da mãe, mas ela a arrancou e movimentou os braços, agitada, apontando para a casa. Elin acenou para ela, mas não conseguia se mover; seus pés pareciam estar presos na terra. Tudo o que estava acontecendo era um pesadelo, como se estivesse em um filme de terror.

Agora Marianne estava correndo para a casa, seu roupão aberto esvoaçava. O bombeiro a parou, segurando em seus ombros e a forçando em direção à ambulância, erguendo seus pés do chão. Os paramédicos vieram ao encontro deles com uma maca e a colocaram nela.

Elin não conseguia mais respirar. O ar era pesado e denso, o cheiro tão forte, que as narinas doíam. Os bombeiros usavam máscaras, e Marianne recebeu uma. Elin esticou os braços para eles, mas seu corpo paralisou e ela caiu de cara no chão.

Quando a ambulância deu ré para dar a volta, as lanternas iluminaram o campo. O carro brecou de repente, e os paramédicos pularam para fora e correram na direção de Elin, cujos braços ainda estavam esticados em súplica. Sua boca estava seca e cheia de terra e ela enxergou os homens como borrões oscilantes caminhando até ela. Viu os rostos se aproximarem, mas não conseguia ouvir as palavras que eles diziam. Ela sussurrou o nome de Edvin, queria mostrar atrás dela, mas o braço não se mexia. Os paramédicos colocaram o ouvido bem próximo da sua boca, tentando entender as palavras. Eles a carregaram para a ambulância, seus passos irregulares a sacudiam. Tudo escureceu.

O preto virou branco. Elin estava deitada na cama, as cobertas puxadas até o queixo. Piscava os olhos por causa da luz desconfortavelmente forte. Do seu braço saía um tubo que conduzia ao soro preso no suporte ao lado dela. Ao movimentar o braço, a agulha na parte interna do cotovelo se deslocou. Alguém veio ajudá-la, e ela fechou os olhos de novo ao sentir uma mão fria na testa.

— Você está acordada?

Ela murmurou e apertou os olhos. A enfermeira loira com permanente estava inclinada sobre ela, com o rosto bem perto.

— Você é um anjo? — perguntou Elin, com a voz suave.

— Você está no hospital. Não se preocupe. Sabe o que aconteceu? Consegue se lembrar?

— Mamãe? — balbuciou Elin, a última sílaba saiu arrastada, trêmula.

— Sua mãe está aqui também, em outra enfermaria.

— Quero ver ela.

— Agora não, você precisa esperar um pouco. Primeiro, você tem que ficar mais forte. — A enfermeira sentou-se ao lado da cama dela e pegou sua mão. — Você está fraca, mas teve sorte. Só teve algumas queimaduras nas pernas, nada mais.

Elin olhou para ela. Os olhos se encheram de água. Lembrou.

— Estava queimando tanto — sussurrou ela.

— Você ficou presa em um incêndio florestal. Ainda está queimando lá.

— Erik? Edvin?

— Quem são eles?

— Meus irmãos. Edvin estava lá comigo. No campo. Estava deitado no chão. Ele adormeceu. — Era difícil pronunciar as palavras. Sua voz saía falhada e rouca por causa da fumaça inalada.

A enfermeira largou a mão dela, levantou-se rápido e saiu correndo. Elin ouviu vozes no corredor, elevadas pela agitação. Lágrimas corriam pelo seu rosto.

— Mamãe! — gritou ela, o mais alto que conseguiu.

A enfermeira voltou. Segurou a mão dela de novo e acariciou sua testa.

— Estamos em contato com os bombeiros, eles vão encontrar seu irmão.

Elin balançou a cabeça.

— Estava quente demais, tinha fumaça demais.

— Eles conseguiram apagar uma boa parte, tenho certeza de que ele sobreviveu, não faz muito tempo.

— E Erik?

— O que aconteceu com Erik?

— Ele estava no galpão do trator. Que desmoronou.

A enfermeira chegou mais perto, colocou as pernas sobre a cama e o braço ao redor de Elin. Sua mão fria acariciou o rosto dela.

— Mamãe está brava? Ela não quer me ver?

— O pulmão dela não está muito bem, ela está na UTI. Quando ela melhorar, você vai poder vê-la. Precisamos deixá-la lá por enquanto.

— Tem mais alguém aqui? Quem sobreviveu?

A enfermeira balançou a cabeça com cautela. Seus olhos também estavam brilhando com lágrimas.

— Dorme agora, querida. Dorme e, quando acordar, vai se sentir melhor.

Elin fechou os olhos. A enfermeira saiu da cama e a deixou sozinha. Elin entreabriu os olhos quando ela saiu e a viu enxugar as lágrimas discretamente.

Um som depois do outro chamou sua atenção. Bipes e cliques, passos no corredor. Não havia um relógio, ela não tinha como saber se haviam se passado minutos ou horas. Toda vez que uma enfermeira entrava, ela perguntava por Edvin. Toda vez, elas balançavam a cabeça.

Micke. Gerd. Ove. Erik. Edvin.

Não podia ser verdade.

Ela se ergueu e se sentou. As mãos estavam bem, pareciam fortes. Ela abriu e fechou os punhos. Suas pernas também pareciam bem, mas os tornozelos estavam enfaixados com gaze branca. Doía colocar os pés no chão, mas ficou em pé. O tubo do braço a acompanhava, entao ela segurou o suporte e o arrastou junto com ela para o banheiro, com passos pequenos e cuidadosos. Ficou tonta, o chão balançava, e a roupa de hospital era fina demais, ela estava tremendo e se abraçou com o outro braço. No banheiro, bebeu água direto da torneira, engolindo o líquido frio avidamente. Então, encheu as mãos com água de novo para enxaguar o rosto. Como o cabelo ainda cheirava a fumaça, ela colocou a cabeça inteira debaixo da torneira para enxaguá-lo.

No quarto de Elin, tinha uma menina na outra cama, dormindo tranquilamente por trás da cortina. Elin a observou através de uma fenda. A menina tinha uma gaze enrolada na cabeça e os braços estavam descansando sobre a barriga. O cabelo era escorrido e oleoso. As roupas dela estavam penduradas em um armário aberto, perto da cama: roupas normais, jeans e uma camiseta de escola. Na parte inferior do armário tinha um par de sapatos de lona preta. Elin tirou o tubo do braço e uma gota escura de sangue escorreu na pele. Ela lambeu, sugando bem forte, sentindo o gosto de metal na boca. Apertou o dedão com força sobre a veia para estancar o sangue.

A menina se mexeu, agitada em seu sono, mas logo se aquietou de novo. Sorrateiramente, Elin foi até o armário, segurando a respiração, e tirou as roupas dos cabides. Eram grandes demais para ela, mas vestiu-as assim mesmo, o jeans escorregando dos quadris. O inverso aconteceu com os sapatos, que eram pequenos demais e os dedos ficaram espremidos na ponta. Ela se olhou no espelho uma última vez, enxugou as lágrimas e arrumou o cabelo molhado. Então, segurando o cós do jeans com uma das mãos, saiu com cuidado do quarto e correu para fora do hospital.

Presente

Nova York, 2017

ALICE GRITA E CORRE PARA o terraço na chuva. Elin vai atrás dela, tenta tocá-la, mas Alice se debate e empurra suas mãos, ainda gemendo. Afasta-se da mãe e encosta no parapeito do terraço.

— Não toca em mim. Não toca em mim — esbraveja ela.

— Teve um incêndio. Deixa eu explicar o que aconteceu. Por favor, entra.

Alice chacoalha a cabeça. Está embrulhada na manta, o cabelo molhado por causa da chuva. Está tremendo.

— Você assassinou sua família inteira?

Elin balança a cabeça. Pega a mão dela de novo.

— Por favor, venha. Não sou o que você está pensando de jeito nenhum. Vou te contar. Quero te contar.

Alice aceita a mão com relutância, a expressão ainda séria, recriminadora. Elin se senta em uma das poltronas de vime, e a umidade do assento passa para o tecido fino de seu vestido. Ela treme. Alice larga a mão dela e afunda na cadeira ao lado da mãe, dobrando os joelhos até o queixo. As gotas de chuva pingam sobre suas cabeças e escorrem pelo rosto.

— Micke, Edvin, Erik, Gerd, Ove — diz Elin, enfim, sem olhar para cima.

Alice a encara.

— O que você fez com eles? Quem é você? — sussurra ela.

— Eu sou a Elin — responde. — Sou sua mãe.

— Não sei se quero ouvir. — Alice se levanta e entra, e Elin a acompanha enquanto ela se move apaticamente de cômodo em cômodo.

— Mas quero te contar agora — suplica.

De repente, Elin põe tudo para fora, todas as lembranças. Conta sobre a casa em que morava com Marianne e Lasse, sobre seus irmãos, sobre o mercado e Gerd, sobre a pobreza e, então, a prosperidade, Aina, Micke, a briga, o tapa.

No fim, Alice está quieta no sofá com as mãos no colo e a boca semiaberta. Elin está perto dela, contando a história sem parar.

— Fiz uma fogueira numa noite, na praia. E dormi na frente dela. O fogo se alastrou. Tudo se incendiou.

— Como assim, tudo? — Alice coloca as mãos no rosto.

— Não sobrou nada. Tudo queimou. As árvores, as casas. E todos morreram. Todos, menos eu e minha mãe.

— Não entendo, o que aconteceu depois? Onde está sua mãe agora?

— Não sei. Fugi do hospital onde nós duas estávamos em tratamento e, desde então, nunca mais ouvi falar dela.

Alice franze o cenho, confusa.

— Mas com certeza ela sentiu sua falta! Para onde você fugiu?

— Para a casa do Lasse, meu pai. Ele estava morando em Estocolmo naquela época, eu sabia seu endereço porque recebemos uma carta dele dizendo que tinha saído da prisão e o endereço estava no envelope. Minha mãe recebeu a carta.

— Mas ninguém foi te procurar?

— Não. Meu pai contou que eu estava lá. Ninguém queria saber dele depois do que ele fez. E acho que ninguém queria saber de mim também. Matei o novo marido da minha mãe, meus irmãos, nossos vizinhos…

Elin estava com dificuldade de respirar, a respiração chia em seu peito. Ela arfa em busca de ar, o nariz entope, os olhos incham.

— Mas sua mãe talvez ainda esteja viva, minha avó. Talvez ela tenha sentido saudades, imaginando o que aconteceu. Foi um acidente, não foi?

Lágrimas correm pelo rosto de Elin. Ela sacode e soluça.

— Edvin era tão doce, meu irmão menor. Tinha olhos cor de avelã que brilhavam quando ele sorria e o cabelo loiro encaracolado. Eu o resgatei das chamas, mas ele foi deixado lá, eles o deixaram para trás quando me resgataram no campo.

— Ele estava vivo quando você o deixou?

Elin assente.

— Mas tinha tanta fumaça. É a fumaça que mata.

Elin para. Respira fundo, como se não conseguisse ar suficiente.

— Como você veio parar aqui? Em Nova York? — pergunta Alice.

— Isso você já sabe.

— Paris é só uma mentira?

— Não, Paris não é uma mentira, de jeito nenhum. Apenas a parte sobre minha mãe. Morei lá, como te contei. Fui descoberta na rua em Estocolmo, como modelo, e fui morar e trabalhar lá. Te contei isso. Meu pai não era nada especial, então fugi de novo.

— Como assim, nada especial? Como você pode dizer uma coisa dessas sobre seu próprio pai? — Alice balança a cabeça.

— Sei que é difícil de entender, pra mim também é. Ele tentou, ele tentou. Me deu roupas e tudo de que eu precisava para a escola. Mas bebia muito. Gostava de álcool mais do que de mim.

— Que horrível.

— Sim, não era uma situação para a qual eu tinha vontade de voltar. Paris me salvou. Aprendi a fotografar enquanto estava lá e fui muito mais feliz atrás do que na frente de uma câmera. E, depois de um tempo, conheci seu pai. A mulher da livraria existia realmente, era uma amiga. E era exatamente como a descrevi. Só não era minha mãe de verdade. Sempre desejei que fosse. Ela era tão inteligente, me ensinou sobre a vida, acreditava em mim. Ninguém tinha sido assim comigo antes.

— Como vou confiar em você agora? Você mentiu tanto, minha vida inteira.

— Apenas sobre os primeiros treze anos, o resto é tudo verdade.

— Só os primeiros treze anos… Mãe, você consegue perceber o quão doido isso soa?

Pela janela, a madrugada entra no apartamento, desenhando faixas pálidas sobre o piso branco. Elin e Alice estão quietas, cercadas por memórias reprimidas de Elin e por todos os pensamentos que as atormentam. Os sons da rua aumentam; caminhões param para descarregar, táxis buzinam. Alice segura a mão de Elin, entrelaçando seus dedos aos de sua mãe.

—Ah, mãe, quero ir lá. Quero ir à Suécia com você. Você precisa ir pra casa de novo — diz ela.

Passado

Estocolmo, 1982

Os caminhões já estavam alinhados no porto, protegidos por uma cerca alta e barreiras de homens. Um ou dois carros subiram, os motoristas mostraram os bilhetes e se juntaram à fila para a balsa. Elin estava perto da cerca. Tinha arame farpado no ponto em que se encontrava com o mar, mas, se ela subisse contornando a beira do cais, conseguiria passar por baixo. Se ao menos não precisasse segurar o jeans. Ela atravessou o asfalto até um grupo de contêineres de transporte e encontrou uma fita de material plástico no chão, que enfiou no passante da calça. A superfície lisa não amarrava, então ela desfiou as pontas e deu um nó nelas. O jeans ficou preso. Ela correu de volta para a cerca e olhou em todas as direções — ninguém a viu. Ela se abaixou, segurando-se firmemente nos pequenos blocos de pedra que se projetavam na ponta do cais, e escalou com cuidado, um passo por vez. Logo, ela havia conseguido passar rapidamente por baixo das grossas espirais de arame farpado, levantou-se e correu até um dos caminhões. Escolheu um azul-escuro, a mesma cor de suas roupas, e se esgueirou no espaço entre a cabine do motorista e a carreta. Do esconderijo, viu os marinheiros de colete amarelo cruzando o porto e orientando os veículos enquanto a fila ficava cada vez mais longa.

* * *

Ela se equilibrou no engate pesado do reboque quando o veículo finalmente começou a se movimentar. O asfalto tremeluzia abaixo dos seus pés; ela se segurou com tanta força para salvar sua vida, que os nós dos seus dedos ficaram esbranquiçados, mesmo assim seu corpo ainda balançava de um lado a outro.

O caminhão chacoalhou ao subir a rampa, fazendo os encaixes de metal rangerem. Um dos joelhos de Elin se dobrou e ela perdeu o equilíbrio, segurando-se apenas com as mãos por um segundo de terror até conseguir um lugar para pôr os pés e subir de novo com a ajuda das amarras da carga. O asfalto preto sob as rodas tinha sido substituído por uma tinta metálica verde pintada com faixas amarelas que identificavam as pistas, e o caminhão diminuiu a velocidade. Elin prendeu a respiração, permanecendo no espaço estreito, grudando o corpo na carreta. Ninguém a viu. Ouviu a cabine do motorista se abrir e fechar. Tudo vibrava. Então, houve silêncio.

Ela não se mexeu. Só saiu do esconderijo depois que todos os veículos desligaram os motores, quando não havia mais portas batendo e quando o ronco baixo dos motores do barco preencheu cada fenda e canto da balsa. A pele queimada ao redor dos seus tornozelos ardeu e doeu.

Ela se engasgou e instintivamente se abaixou ao se dar conta de que ainda havia gente no carro ao lado. Mas não a viram; os assentos estavam reclinados e eles estavam dormindo.

Limpou o pó e os resíduos de sujeira da calça e da blusa e caminhou ereta, como se tivesse saído de algum carro. Agora ela estava a bordo, e a balsa já havia deixado o porto, não precisava mais se esconder ou ter medo.

O saguão do deck superior estava cheio, pessoas sentadas em poltronas nas mesas redondas. Famílias com crianças que escalavam as cadeiras e engatinhavam pelo carpete, casais com garrafas térmicas e sanduíches caseiros, jovens rindo e brindando com cervejas. Passou por eles caminhando em direção às grandes janelas. Ficou ali por muito tempo, olhando para fora. Não tinha uma coroa no bolso, sua única bagagem eram as roupas que vestia. Recitava na cabeça o endereço em Farsta, para o qual iria assim que o barco atracasse em Nynäshamn.

230 *Sofia Lundberg*

Calmamente, ela olhou para o lugar que a embarcação deixava para trás. As torres e os campanários de Visby brilhavam sob o sol, e os rochedos cintilavam esbranquiçados contra o fundo escuro da floresta. A costa foi ficando cada vez mais distante e cada vez menor. No final, desapareceu completamente no horizonte, e não havia nada além do mar.

Os passageiros saíram da balsa em um fluxo contínuo. Elin os seguiu, mancando. Os pés estavam doendo por causa dos sapatos apertados e ela estava com frio. Do lado de fora do terminal, havia uma longa fila de pessoas aguardando o ônibus para Estocolmo. Outros continuavam descendo a rua. Talvez morassem em Nynäshamn ou, quem sabe, estivessem indo a outro lugar. Elin parou e ficou observando a cena. Alguns poucos carros estavam estacionados na área de desembarque e as pessoas desapareciam da calçada uma a uma, como se fossem gravetos num jogo de pegar gravetos. Ela e Fredrik costumavam brincar com os gravetos que pegavam na floresta. Talvez nunca mais jogassem juntos. O pensamento a deixou com mais frio ainda, calafrios se espalharam por seu corpo. Ele sentiria falta dela, procuraria por ela? Encolhendo os ombros, abraçou-se.

Seus companheiros de viagem sumiram um por um até que sobraram apenas ela e um carro solitário. Ninguém apareceu para entrar nele; parecia estar esperando em vão.

Elin armou-se de coragem e bateu na janela, duas batidinhas suaves. O homem dentro do carro esticou o braço acima do assento do passageiro e abriu a janela. O carro estava cheio de fumaça, que saiu pela abertura. Elin tossiu e deu um passo para trás.

— Você está perdida?

O homem ergueu as sobrancelhas.

— Um pouco — admitiu, cruzando os braços contra o peito.

O homem acenou para o assento ao lado dele.

— Entra, se quiser, posso te levar até o trem intermunicipal.

Elin hesitou.

— Você não está esperando alguém?

O homem riu.

— Sempre. Estou esperando pelo amor da minha vida, sabe.

Elin sorriu e colocou a mão na maçaneta do carro.

— Talvez seja você — continuou o homem, rindo de novo, e a risada se transformou em tosse. Ele pôs a mão na boca, o peito chiava.

Elin imediatamente largou a maçaneta e se afastou, balançando a cabeça.

— Vou andando, é melhor.

— Melhor para você talvez, não para mim. — O homem deu uma risadinha.

A voz dele provocou um sentimento estranho nela. Ele se esticou sobre o assento e abriu a porta, empurrando-a, e passou a mão no assento para encorajá-la. Uma nuvem de poeira subiu da superfície de plush.

— Vamos, querida. Te levo até o trem. Meninas novas como você não deveriam estar fora de casa tão tarde.

Elin se distanciou sem falar nada. Escolheu a mesma direção para a qual vira o fluxo de pessoas se encaminhar. Não sabia ao certo o que seria um trem intermunicipal, já que não havia trens em Gotland. Mas talvez a levasse até Estocolmo? Era fácil andar de trem sem passagem, tinha visto em filmes.

Não muito tempo depois, o homem do carro apareceu de novo, dirigindo devagar ao lado dela. Se ela apressava o passo, ele acelerava. A luz dos postes da rua formava suaves círculos amarelos no chão, e entre eles a rua era vazia e ameaçadoramente escura. Ela começou a correr o mais rápido que conseguiu, e o homem dirigiu ao lado dela o caminho inteiro. De repente, buzinou e gritou alguma coisa pela janela. Ela não conseguiu ouvir o que ele disse, mas ele repetiu.

— É ali, vira à direita. Vou ficar aqui até você entrar na plataforma. Precisa de dinheiro para a passagem?

Elin ficou olhando para ele.

— Como você sabe? — perguntou.

— Conheço uma fugitiva quando vejo uma. Tenho certeza de que você tem seus motivos. Não vou perguntar. Toma! — Ele deu a ela uma nota de dez coroas.

— Obrigada — disse ela.

— Corre, o trem vai partir logo e é o último. — Ele pegou no pulso dela com força. — E entra em contato com o seu pessoal em casa. Não faça nada estúpido.

Elin assentiu e puxou o braço. Seu pulso doía, como um lembrete do que ele tinha acabado de dizer.

— Vou ver meu pai agora, não é nada estúpido — sussurrou ela.

Virou sem se despedir e correu para a plataforma. O trem estava lá, e, assim que ela entrou, as portas se fecharam. Pela janela, ela viu o homem no carro, dirigindo devagar, a fumaça do escapamento deixando um rastro atrás dele.

O vagão estava cheio de gente com bagagem; ela reconheceu algumas delas da balsa. Todos tinham a expressão vazia e cansada. Elin escolheu um assento vazio, encostou na parede fria e observou a estação rapidamente ficar para trás. Quando o condutor apareceu, ela lhe deu a nota de dez coroas e olhou nos olhos dele.

— Farsta, por favor — arriscou.

— Você vai até Södertörns Villastad, então — respondeu ele, devolvendo uma pilha de moedas como troco, contando-as na palma da mão dela.

Elin fechou os dedos sobre as moedas e apertou-as forte pelo resto da viagem. O trem parava de vez em quando, e ela lia cada placa com atenção.

Por fim, chegou. A placa que estava esperando pela viagem toda: Södertörns Villastad. Ela desceu e se viu sozinha na plataforma deserta.

Blocos de apartamentos marrons se alinhavam em fileiras compridas e retangulares, como gigantescas caixas de sapato. Janelas perfiladas, em simetria perfeita. Portas numeradas e iluminadas por lâmpadas fracas. Elin finalmente chegou ali depois de andar horas por ruas vazias, após pedir orientações para um bêbado em um banco de praça em Hökarängen. E aqui estava ela, andando em direção a Tobaksvägen. Parou e olhou para o alto, para as janelas, impressionada com o fato de que tanta gente pudesse viver em um prédio. Em algum lugar, atrás de uma dessas vidraças, seu pai estava dormindo. E logo acordaria.

Trinta e oito. O número que ela tinha guardado de memória desde que o vira escrito na carta enviada a Marianne. A porta rangeu um pouco quando ela a abriu, produzindo um eco fraco na escada em espiral, e um cachorro latiu alto atrás de alguma porta. Ficou parada um pouco, esperando o latido cessar. Estava tão cansada, que cambaleava. Carregava os sapatos de lona nas mãos; seus dedos do pé doíam tanto que preferiu andar descalça nas últimas horas. Como o resto do seu corpo, os dedos estavam gelados, e as solas enegrecidas latejavam. Subiu as escadas na ponta dos pés, lendo os nomes nas portas com atenção até se ver diante do próprio sobrenome. Apertou a campainha sem hesitar, esfregando o cansaço dos olhos enquanto esperava alguém abrir a porta. Demorou. Ela tocou a campainha de novo. Por fim, ouviu alguém se movimentando do outro lado. Prendeu a respiração quando a porta se abriu um pouco.

— Número Um, é você? — Os olhos que fitaram os dela estavam surpresos, e a porta foi aberta. Elin sorriu quando o pai acariciou sua bochecha com a enorme mão quente.

Ele estava vestindo apenas um calção branco e largo. A barriga pesava sobre o cós, coberta de pelos pretos encaracolados. O queixo estava escondido atrás da barba, o cabelo bagunçado. Ficaram se olhando, nenhum deles sabia o que dizer. Por fim, Lasse deu um passo para o lado e falou para ela entrar. Movimentou-se rápido pelo corredor até a única sala, desculpando-se.

— Ainda não arrumei direito. — Ele pegou garrafas, lixo e latas de cerveja até que os braços ficaram cheios. Então, depois de passar por ela, entrou na pequena cozinha e jogou tudo dentro de um saco plástico. O barulho dissonante ecoou na noite silenciosa.

Elin deu alguns passos para dentro da sala e olhou ao redor. Havia uma cama estreita com lençóis velhos e uma mesinha com a tv. Do outro lado do quarto, tinha uma poltrona marrom, virada para a janela, e uma mesinha de centro grande. As paredes estavam nuas, a janela não tinha cortina e não havia plantas no parapeito, apenas mais latas de cerveja.

Lasse voltou para a sala de novo. Tinha encontrado uma camisa em algum lugar, mas abotoou-a errado, então o lado esquerdo do colarinho estava levantado perto da orelha.

— Sua mãe te mandou aqui? — Ele passou a mão na cabeça, arrumando o cabelo grosso.

Elin assentiu.

— Posso ficar aqui por um tempo?

— Como assim? — Lasse afundou na cama.

— Bem, morar aqui.

Os olhos de Lasse passearam pelo quarto. Levantou-se, tenso, e olhou para ela.

— Você? Aqui?

Quando Elin acordou, o quarto cheirava a produto de limpeza. Lasse lhe ofereceu a cama, e ela adormeceu no minuto em que a cabeça encostou no travesseiro, exausta da viagem. Agora, a luz do sol inundava o quarto. A cabeça de Lasse estava para fora da poltrona. Suas pernas estavam esticadas, com os pés apoiados no parapeito. Tinha suco, pão e queijo sobre a mesinha, esperando por ela.

Elin se aproximou dele e se sentou no chão, encostada na parede. Agora não eram só as queimaduras nos tornozelos que doíam, mas as solas dos pés estavam feridas de tanto andar descalça.

Os olhos de Lasse estavam fechados, e o barulho da sua respiração era familiar. Seu cheiro a lembrava de tudo o que ela ansiava. Olhou ao redor de si. Tudo havia sido limpo: as roupas empilhadas, o peitoril da janela sem as latas de cerveja, os jornais jogados fora. Ela sorriu enquanto olhava o pai, que vestia uma calça e uma camisa apropriada, abotoada até o queixo. Quando finalmente ele abriu os olhos, piscou várias vezes.

— Número Um, você está realmente aqui?

— Você limpou tudo tão bem. Ficou acordado a noite toda?

— Sim, se você vai viver aqui, o lugar tem que ficar um pouco mais arrumado. Tentei telefonar para sua mãe, mas não havia ninguém registrado nesse número. Ela não pagou a conta?

Elin encolheu os ombros e desviou o olhar.

— Enviei uma carta, em todo o caso, quando fui ao mercado. Escrevi que você tinha chegado bem. Então, agora ela sabe que você está aqui — continuou ele, virando a cadeira e ficando de frente para a mesa e para a bandeja.

Elin pegou uma fatia de pão e engoliu-a em poucas dentadas, sem nada.

— Está com tanta fome assim? — Lasse cortou um pedaço grosso de queijo com a faca de cozinha, passou-o para ela e a observou enfiando o queijo na boca direto.

— Não tinha dinheiro comigo na balsa. Não comi nada por um século.

— O que aconteceu com suas pernas? — Lasse fez um gesto para os curativos brancos, agora sujos.

— Eu me queimei, houve um incêndio... — Elin gaguejou e não sabia como explicar.

Lasse a interrompeu:

— Sim, merda, ouvi falar. Eles telefonaram. Sabia que...?

— Sim, não quero falar sobre isso. Nunca. — Elin o interrompeu. Não queria pensar no que tinha acabado de acontecer, só queria esquecer para sempre.

Pegou o suco e serviu em dois copos. Depois, fez dois sanduíches, um para ela e outro para o pai. Lasse não fez nenhuma tentativa de forçá-la a falar, apenas deu uma bela dentada no sanduíche.

— Veja só, consegui uma ajudante no acordo. Vai dar tudo certo, vai sim — murmurou ele com a boca cheia.

— Então, posso ficar?

Lasse pôs as mãos quentes nas bochechas dela e mexeu sua cabeça de um lado para o outro.

— Bem, sim, minha joaninha. Vou te tratar como uma princesa. Amanhã, vamos encontrar uma escola pra você. Hoje, vamos arranjar um colchão. Vou dormir nele, pode ficar com a cama, e vou comprar para você a colcha mais adorável que existe. E ursinhos.

— Mas, papai, estou velha demais pra ursinhos de pelúcia! — Elin suspirou.

Presente

Nova York, 2017

Fredrik Grinde: Elin digita o nome inteiro na ferramenta de busca e pressiona rápido o *"enter"*. Aparece um endereço em Visby no terceiro resultado, um endereço comercial, e algumas matérias em que o nome dele é mencionado, as quais ela não lê com atenção. Ele aparece, também, na tabela de resultados de uma meia-maratona. Mas não há fotos para mostrar como ele está. Ela continua rolando a barra para baixo.

Ele existe. Está vivo. Ela prende a respiração e, então, fecha o computador.

Durante a primavera, o rosto dele era tão sardento, salpicado de pintinhas como uma galinha pintada, como ela costumava dizer. Fica imaginando se ainda é assim, se ainda é desse jeito. Ela se lembra de um menino sempre feliz, sempre inteligente. Mas, agora, é um homem, um homem de meia-idade.

Olhando para frente sem esperança, ela está sentada na grande poltrona marrom de Sam. O cabelo está sujo e ela está com um agasalho largo de treino, sem maquiagem. Faz uma semana que se senta ali todos os dias. Cancelou todos os trabalhos. Disse que estava doente e até agora sua agente preferiu acreditar. O apartamento está silencioso e tranquilo. Ela não se animou nem a colocar alguma música. Os únicos barulhos são os ruídos da rua e o zumbido da geladeira.

Sobre a mesa em frente, o mapa estelar está aberto. Tem olhado tanto para ele, que os cantos ficaram gastos. As dobras ficaram esbranquiçadas e molengas, criando desenhos sobre o fundo preto. Talvez ela possa comprar uma estrela exatamente ao lado dessa e nomeá-la Fredrik, assim elas ficariam juntas no céu e brilhariam eternamente, ou, pelo menos, até uma delas sumir. Ela ouve o barulho do elevador se movimentando pelo prédio, o som se aproxima cada vez mais, passando o vizinho de baixo. Rapidamente, arruma o cabelo num nó alto, dobra o mapa estelar e o guarda na contracapa do caderno de anotações. Então, começa a tirar o lixo da mesa, mas só dá tempo de reunir algumas caixas até a porta do elevador se abrir e Alice entrar. Ela está feliz e ainda vestida com roupa de dança.

— Vim direto da aula pra cá. — Ela se joga no sofá e geme alto. — Que difícil. Onde fui me meter?

— Você está na Juilliard School porque é uma estrela. Apenas estrelas entram. É o buraco da agulha.

— Não me sinto uma estrela. Mais como uma desengonçada. Você deveria ver os outros, são tão bons. Não chego aos pés.

Elin não responde. Afunda na poltrona marrom de novo, pega o laptop e reexamina os resultados da pesquisa. Alice fica deitada inerte, de olhos fechados, esticada no sofá.

Então, ela geme de novo.

— Ah, é, esqueci. Trouxe comida. Aposto que você ainda não comeu nada hoje, né? Mas estou sem forças pra levantar.

Mas levanta-se mesmo assim e põe recipientes de plástico com comida sobre a mesa. Três tipos de salada, tomates frescos, frango, abacate e cenouras marinadas da lanchonete da rua Broome. O molho da salada fica de um lado, junto com a garrafa de água e duas Cocas. Os olhos de Elin piscam ao ver as latas vermelhas, e Alice abre uma delas e dá um longo gole.

— Humm... — ela diz, com entusiasmo exagerado.

— Essa coisa te mata por dentro — resmunga Elin.

— Ué, tudo mata, não é? — diz Alice. — Segredos, por exemplo. — Elin faz uma careta para ela, mas Alice continua. — Para de fazer comentário chato. Vou beber o que eu quiser. É gostoso e me faz feliz. Você não deveria subestimar isso. Trouxe uma pra você também.

Alice pega o celular e o balança para a mãe.

— Olha, achei montanhas de vídeos sobre sua ilha. É tão bonito lá.

Elin pega o celular dela e assiste a alguns clipes.

— É ainda mais bonito na vida real. Quem faz esses filmes? Que horríveis!

— O YouTube é cheio deles. E as pessoas assistem. Nem todo mundo liga pra qualidade.

— É estranho — comenta Elin.

— O que é estranho?

— Como as coisas bonitas são muito melhores.

— Do que o quê?

— Do que as coisas feias, claro.

— O que é bonito e feio com certeza tem a ver com o observador.

— Verdade.

— Quero que a gente vá pra lá.

— O quê? Você é louca.

— Sou? Não gostaria que eu voltasse se eu tivesse fugido?

Elin olha para ela.

— Você nunca fugiria. Fugiria?

— Não, acho que não, mas hipoteticamente falando. Se eu tivesse fugido. Você não gostaria que eu voltasse?

— Devotaria a vida inteira a te procurar. Procuraria em cada milímetro da Terra. Do universo, se precisasse. — Elin sorri.

— Como você sabe que ela não pensa do mesmo jeito?

— Quem?

— Alô? Sua mãe. Minha avó — Alice suspira.

— Ela não ergueu um dedo pra me procurar. Sabia exatamente onde eu estava. Poderia ter ido me ver, poderia ter me levado de volta pra casa. Poderia ter pegado o telefone e me ligado a qualquer hora. Mas ela não fez isso. Isso diz tudo.

— É tão estranho, tudo isso. Não entendo. — Alice balança o celular para ela de novo. — De qualquer modo, vi voos pra nós. Pra amanhã.

— Amanhã? Você tá louca. Impossível. Estou lotada de trabalho.

— Não, não está. Você cancelou tudo porque tá "doente". Falei com sua agente ontem e tirei uma folga da escola.

— Você não falou nada pra ela, né? Se falou, o mundo inteiro vai saber daqui a pouco.

— Mãe, o mundo não vai acabar se você cancelar alguns trabalhos. E ela não liga para seus segredos. Ela e o resto do mundo têm problemas suficientes. Te asseguro.

— Se isso sai...

— Sim?

— Então...

— Então o quê?

— Ninguém pode saber.

— Não seja paranoica. Mesmo que sua agente soubesse, dificilmente faria alguma coisa pra te prejudicar. Ela está do seu lado, vocês são do mesmo time.

Elin pega o celular e estuda o itinerário.

— Voo direto — diz ela.

— Sim, pra Estocolmo, e então voo nacional pra Gotland. Aluguei um carro também, pra gente dirigir por lá. E um hotel, o melhor da ilha.

As mãos de Elin começam a tremer. Ela aperta a barriga com força para fazer a tremedeira parar.

— Ela sabe que... ela sabe que estamos indo?

Alice balança a cabeça.

— Eu nem sequer sei o nome da vovó, não sei como se chama o vilarejo. Não sei de nada. Apenas sei que temos que ir pra lá.

— Talvez ela nem esteja viva, provavelmente não está. — Elin fica paralisada, o corpo inteiro treme, e ela põe o celular de Alice na mesa, dobra as pernas para cima e encosta a testa nos joelhos.

— Mas as árvores estão vivas, e os campos, e o mar.

— Não sobrou nada. As casas se incendiaram, tantas casas, uma boa parte da floresta. Quem iria querer morar lá? Vamos chegar lá e vai estar deserto.

Alice suspira.

— É assim apenas na sua cabeça, na sua lembrança. Me dá seu notebook. — Ela o pega. — Senha?

Elin o pega de novo.

— Eu mesma coloco a senha.

— Por que tanto segredo?

Alice se apoia nos ombros dela enquanto ela pressiona as teclas, que formam: SaudadesdeAlice.

— Oh, mãe, eu consegui ler — sussurrou ela.

Ela pega o notebook de volta e abre o mapa.

— Me diz o nome do vilarejo.

Elin hesita.

— Eu tinha uma pessoa querida lá também.

— Qual era o nome dela? Talvez ela ainda esteja morando lá. Ou ela morreu no incêndio?

Elin balança a cabeça.

— Ele tava na casa da mãe, em Visby. Senti falta dele todos esses anos. O nome dele é Fredrik, foi para ele que desenhei as flores.

—Ah, certo, tá resolvido, então. Vamos. Aposto que Fredrik ainda mora lá. Me dá seu cartão. Vou comprar as passagens.

— Parece que você consegue fazer tudo, mesmo sendo uma criancinha.

Alice joga uma almofada nela.

—Ah, fica quieta. Sou mais velha do que você era quando fugiu.

— O vilarejo se chama Heivide.

Alice fica em silêncio. Ouve enquanto ela repete.

— Pode soletrar? Que nome estranho.

— Você não tem que ir pra casa arrumar a mala? — pergunta Elin. — Se vamos viajar?

Alice concorda, vira a tela para ela e mostra uma imagem de satélite. Elin se inclina para frente e examina as árvores.

— Elas cresceram de novo.

— Feridas se curam.

Elin olha para a filha. Ela é tão inteligente. Olha fundo nos olhos dela, que são cor de avelã com as bordas cinzas. Não são os olhos de Elin ou de Sam — são de Marianne. São um presente da avó de Alice, um traço físico que Elin vinha tentando sufocar. Ela não tinha pensado sobre isso antes, mas Marianne nunca a deixou completamente. Está lá, em Alice. Ela vai perceber isso quando se conhecerem?

Alice está aninhada sob uma manta grossa com o celular. Está acordada, verificando cada milímetro da superfície de Gotland com imensa curiosidade. As imagens confusas de satélite são difíceis de entender, mas ela serpenteia pela floresta, passando por casas isoladas e fazendas. Elin está ao seu lado. A luz está apagada e ela fecha os olhos de vez em quando, mas não consegue pegar no sono, como se seus pensamentos fossem uma grande nuvem negra ao redor do seu corpo. Ela acompanha à distância a viagem de Alice pelo campo, vê-a dar zoom em lugares dos quais, instintivamente, conhece os nomes. As malas delas estão arrumadas e prontas no corredor, o alarme está ligado, as passagens foram compradas. Estarão lá amanhã, o lugar que até meses atrás era uma memória secreta, suprimida. Ela se senta e Alice toca em seu braço.

— Não consegue dormir? Me conta mais. Me conta sobre a vovó, como ela era?

Elin põe a mão no rosto.

— Tudo o que não sou.

— Como assim?

— Não sei.

— Me conta.

— Mal consigo me lembrar. Ela era... calada, triste, ausente.

Alice ri alto.

— Ausente! Você acha que não é ausente?

— Não como ela. Ela não tinha trabalho, estava quase sempre em casa. Mas raramente ria, raramente falava. Estava lá fisicamente, mesmo assim era distante.

— Deprimida?

— Talvez. Não era algo que se conversasse naquela época. Ela também ficaria brava, muito brava.

— Não parece muito divertido.

— Não era.

— E seus irmãos?

— Eram tão adoráveis. Eu acordava os dois, fazia o café da manhã.

— Vocês eram próximos?

— Sim.

— Você deve ter sentido muito a falta deles.

— Estão mortos. Não penso neles faz muito tempo. Mas claro que por muitos anos fiquei triste, pensava neles todos os dias.

— Quem sabe haja um túmulo que possamos visitar. Assim, você teria a chance de se despedir.

— Você é tão inteligente, Alice. Como ficou tão inteligente?

— Tenho uma boa mãe.

— Uma mãe ausente.

— Não desse jeito. Você sabe que esteve presente. Você gosta do seu trabalho um pouco demais, só isso.

Alice se levanta da cama e vai até o banheiro, onde Elin vê a silhueta dela se mexendo. Ela liga o chuveiro, e o barulho da água caindo leva Elin para outro lugar. Ela se deita e fecha os olhos.

Passado

Estocolmo, 1984

A PAREDE EM FRENTE A Elin estava cheia de óculos escuros em cores extravagantes. Ela vestia jeans largo desbotado e uma jaqueta jeans combinando, com as mangas dobradas, e uma blusa rosa sob a jaqueta que combinava com a bandana em seu cabelo com permanente. Ela mastigava um chiclete freneticamente e de vez em quando olhava para a saída, onde um rapaz de casaco de couro preto esperava por ela: John, um cara da escola por quem ela *talvez* estivesse apaixonada. Não tinha se decidido ainda. Ele gesticulou com impaciência para ela. Quase não havia clientes na loja e o ajudante de vendas na caixa registradora estava olhando para o outro lado, então Elin pegou os óculos escuros e os enfiou dentro do casaco, no espaço atrás do bolso. Seu coração estava acelerado. Ficou onde estava e pegou outro, virando-o de um lado e de outro como se estivesse considerando comprá-lo. Então, devolveu-o à prateleira e, devagar, encaminhou-se para a saída, recebendo uma palmadinha no ombro como saudação. Os dois continuaram andando pelo shopping como se nada tivesse acontecido.

Ela estava prestes a colocar os óculos, que eram rosa para combinar com sua roupa, quando um homem parou na frente dela, bloqueando sua passagem. Ele tinha cabelo preto curto e uma câmera Polaroid presa a uma tira ao redor do pescoço. Ele a olhou de cima a baixo, e Elin abaixou a mão segurando os óculos.

— O que você tá fazendo? Sai da frente — disse ela, com audácia, tentando empurrá-lo para passar.

— Espera um pouco. Posso tirar uma foto sua? — perguntou ele, levantando a câmera até os olhos.

Elin recuou.

— Nojento — murmurou ela, seguindo em frente.

— Não, não, não quis dizer isso, trabalho para uma agência de modelos. Você sabe o que é isso? — O homem correu atrás e deu uma volta parando na frente dela de novo.

— Sim, e?

— Você é fantástica.

John, que tinha continuado a andar sem Elin, deu meia-volta e ficou olhando para o homem. Elin se arrumou.

— Tá bem, corre então, tira a foto — disse ela, rabugenta, e depois encarou a câmera com um olhar intenso.

— Você pode tirar o casaco? — pediu ele.

Elin concordou e deu o casaco para John, posando com uma mão na cintura.

— Sorria um pouco, aposto que seu sorriso é lindo.

Da câmera, o homem puxou uma foto completamente em branco e a aqueceu entre as mãos.

— Espera só um minuto, deixa eu ver se ficou boa.

Elin ficou olhando com curiosidade enquanto a imagem se formava devagar na superfície brilhante. Finalmente, ela estava ali, sorrindo, seus olhos radiantes. O homem assentiu com satisfação e lhe deu uma caneta.

— Ficou muito boa. Pode escrever seu nome e o número de telefone na faixa branca?

Elin escreveu com cuidado as informações na foto como ele pediu, e o homem colocou-a no bolso antes de desaparecer na multidão. Elin o acompanhou com o olhar enquanto ele caminhava, analisando atentamente as jovens meninas que encontrava.

— Que legal — falou John, e colocou o braço ao redor do ombro dela. — Modelo, hein? Eu sabia que você era bonita, mas, imagina, talvez você fique famosa agora.

Elin se afastou. De repente, os óculos ficaram pesados na sua mão e ela os colocou no bolso e pegou um cigarro.

— Preciso ir agora — murmurou ela, com o cigarro apagado no canto da boca.

John ergueu as sobrancelhas, mas assentiu.

— Tudo bem, tchau — disse ele, enfiando as duas mãos no bolso do jeans.

— Pode ficar se quiser — respondeu ela.

E lhe entregou o cigarro. Então, deu as costas para ele e correu pela calçada, descendo as escadas para a praça Sergel. Pouco antes de chegar à catraca da estação de metrô, pegou o maço de cigarro do bolso e o jogou no lixo.

O apartamento estava escuro quando ela chegou. As persianas estavam fechadas e, no colchão do chão, Lasse dormia, encolhido como uma criança. Sua calça tinha escorregado, expondo a comissura entre as nádegas. Ele roncava profundamente, e o som ecoava na sala vazia. Elin recolheu as garrafas do chão e as colocou no lixo depois de esvaziá-las na pia. A sala cheirava a cerveja e álcool, então ela abriu a torneira e deixou a água correr por bastante tempo para se livrar do fedor.

Eles não tinham mais tv, estava quebrada. E não tinham rádio. Era sempre silencioso. Às vezes, ela ouvia os vizinhos gritando uns com os outros, mas parecia que estavam se dando melhor ultimamente. Ela se sentou na poltrona e acendeu a luz. Sobre a mesa, havia uma pilha de livros da biblioteca, e ela pegou o que estava por último, mas as palavras ficaram desfocadas, e ela não quis mais ler. Não tinha acabado de ler um livro sequer desde que passou a morar em Estocolmo. Só alguns parágrafos aqui e ali, dependendo do humor. Aina costumava dizer que ler era o segredo, que, se lesse o suficiente, tudo iria se arranjar no final. Tudo daria certo.

Pôs o livro no colo, inclinou a cabeça para trás e fechou os olhos. Ela ainda não havia encontrado um lugar em que pudesse ficar em paz e apenas pensar. Nenhum como o lugar atrás da sua casa quando era pequena, ou como o que ela e Fredrik tinham na praia. Ela sempre se perguntava se ele ainda ia lá, se olhava para as estrelas sozinho ou com alguém.

O apartamento era tão pequeno e apertado, que muitas vezes ela se sentia aprisionada, como um animal em uma jaula. Quando Lasse estava em casa, cheirava a suor e bebida. E, fora de casa, nunca estava realmente sozinha. Havia carros, pessoas, barulhos em todo lugar.

Ela não aguentava mais. No bolso, tinha uma longa carta que começara a escrever, uma carta para Fredrik. Não terminava nunca, sempre havia mais alguma coisa para contar. Mas agora teria que terminar, ela ia enviá-la, pedir o perdão dele por causa do incêndio, pedir ajuda, pedir para ele levá-la para casa.

Era tarde da noite e ela tinha escola no dia seguinte. Mesmo assim, ela foi para o corredor e colocou os sapatos de novo com a intenção de conseguir um selo com alguém. Quem sabe conseguisse comprar de algum bêbado na praça, os que ficavam por ali nos bancos.

Quando estava prestes a abrir a porta, ouviu a voz rouca de Lasse.

— Você não vai sair de novo, vai? Está escuro — balbuciou.

Elin revirou os olhos, saiu e bateu a porta atrás de si, um pouco forte demais. Desceu as escadas correndo, segurando no corrimão e girando o corpo a cada patamar. Lá no alto, a porta se abriu de novo, e ela ouviu a tosse rouca de Lasse ecoando.

— Elin! Alguém te procurou mais cedo — gritou ele. Não estava falando tão enrolado agora, a voz estava clara, mais sóbria.

Elin parou, esperando que ele terminasse.

— Elin, volta, sei que você está aí embaixo — chamou. Agora a voz estava forte e firme.

Ela respirou fundo.

— Volto logo, só preciso fazer uma coisa — respondeu ela, já com a mão na maçaneta.

Os sapatos de Lasse estalaram com força na escada. O barulho foi chegando perto. Ela não ousou abrir a porta. Quando ele desceu, ela ainda estava parada na entrada.

— A mulher que ligou disse que você era a menina mais linda que ela já tinha visto. Que iriam fazer de você uma estrela. O que você andou aprontando agora, Número Um?

Ele não estava bravo. Ao contrário. Sorria abertamente e riu tanto, que o peito chiou. Então, pôs suas enormes mãos quentes em seus ombros.

— Modelo! Acredita nisso?

Presente

Nova York, 2017

Fazia tempo que ela não dormia uma noite inteira, mas a manhã tinha chegado, e ela ainda estava acordada. Alice dorme profundamente ao seu lado. As cobertas escorregaram e a camiseta subiu, deixando o umbigo à mostra. Elin cobre o corpo dela com ternura.

É de madrugada, e os pequenos tufos de nuvens do céu estão riscados de rosa. Da cama, ela enxerga a ponta do Empire State, tão bonito, brilhando na manhã ensolarada. Elin se levanta, em silêncio e com cuidado, e Alice se mexe um pouco, mas não acorda. Elin fica parada, olhando para o rosto tranquilo da filha. A cama está como deveria, desfeita e cheia de amor. Alice sempre dormia com ela e com Sam quando era pequena. Por tempo demais, de acordo com Sam, mas Elin sempre lhe dizia que um pouco mais de proximidade só poderia ser bom. Eles costumavam brigar bastante por causa disso, mas as manhãs preguiçosas de domingo juntos eram tão divertidas, que logo se reconciliavam de novo. Ela queria que ele estivesse aqui agora, que os três estivessem na cama e que o quarto se enchesse de risadas quando Alice acordasse.

Mas ele não está. Ela está ali sozinha, no meio de um pesadelo, lembrando-se de como era. Lembrando apenas os bons tempos.

A tubulação das paredes faz barulho, e os vizinhos começam a acordar, os sons da cidade ficam mais intensos. Ela põe um roupão e vai até o terraço, pega as folhas murchas das plantas e as joga além do parapeito para que ganhem velocidade com o vento e flutuem. Como o presente de Fredrik fez. Fica pensando em que revista ele a viu, se lia revistas americanas e, se sim, quais. Ela sempre aparece na página dos colaboradores, com uma foto e uma frase sobre ela, geralmente uma resposta a uma pergunta boba. Talvez ele a tenha visto nas fotos de alguma festa ou lançamento. Quer perguntar a ele, conversar sobre aquilo e sobre tudo o que aconteceu desde que se viram pela última vez.

Nenhum jornalista havia escrito ainda sobre sua separação de Sam, ninguém sabe sobre isso. O pensamento a faz fechar os olhos e engolir em seco. Haverá manchetes, ela sabe. Nada vende melhor do que a vida trágica das celebridades. Nunca pensou em si mesma e em Sam como celebridades, mas os jornais não ligam para o que ela pensa. Ao longo dos anos, eles se tornaram nomes de interesse. Ela cria retratos da era moderna, alguém que valida narcisistas. Ele é um homem de negócios de sucesso.

Quando Alice acorda, Elin está sentada no sofá. Seu rosto está cuidadosamente maquiado, o inchaço ao redor dos olhos melhorou devido a uma compressa fria. Seu cabelo é encaracolado, caindo com um brilho bonito sobre os ombros. Veste-se com um terno preto austero, com uma camiseta polo por baixo. Alice põe jeans largo e uma camiseta simples. Elin a inspeciona.

— Já tomou banho?

— Tomei banho ontem à noite, é suficiente.

Ela ergue a mão no ar, como uma placa de "Pare".

— Sem comentários sobre a minha roupa, obrigada — continua ela.

— Eu não disse nada.

— Mas pensou.

— Talvez. Mas pensar é de graça. Não é isso que você sempre diz?

Ela detecta um sorriso nos lábios de Alice.

— Vamos.

— Estamos mesmo indo?

— Sim, estamos mesmo indo. Mesmo.

Elin esconde os olhos atrás de grandes óculos escuros com a armação cravejada de *strass*.

— Você vai usar isso?

— Sem comentários sobre as minhas roupas, obrigada.

— *Touché*. — Alice sorri e puxa um capuz enorme sobre a cabeça.

— Você está parecendo um rapper — comenta Elin.

— Sem comentários, você diz? Sério, como isso vai funcionar?

Elas vão de classe executiva, então os assentos são macios e espaçosos. Elin se inclina totalmente para trás, ainda de óculos escuros e as mãos cruzadas no colo. Alice se inclina ao lado dela, com duas almofadas sob a cabeça e os pés no assento. Dançar a deixou elástica como uma boneca de borracha. Ela tira os fones de ouvido e os dá para Elin.

— Ouve, tem filmes suecos. Eles falam de forma tão estranha, *hoppety-hoppety-hop*. Você consegue falar assim?

Elin pega os fones e os coloca nos ouvidos. A sintaxe familiar a faz sorrir, e ela acompanha o filme na tela de Alice com curiosidade. Alice pega um dos fones.

— Diz alguma coisa em sueco.

— O que devo falar?

— Diz: Oi, vovó, prazer em te conhecer.

Elin não diz nada.

— Não lembro.

— Não consegue falar mais?

— Sim, claro que sim. É minha língua materna. Ainda ouço um pouco de sueco, há um monte de suecos em Manhattan. Fotografei várias estrelas suecas.

— E o que você fazia, então? Fingia que não falava sueco, que não entendia o que eles falavam?

Elin assente e ri.

— É *hej mormor, fint att få träffa dig* — diz ela.

Alice não consegue acompanhar.

— De novo, devagar.

— *Hej mormor.*

Alice repete o cumprimento, tropeçando nos "r"s arredondados. Elin continua.

— *Fint att få träffa dig.*

— *Hej mormor, fint att få träffa dig.*

— Excelente, é isso. Você consegue dizer agora.

— Eles disseram alguma coisa idiota achando que você não iria entender?

— Quem?

— As estrelas suecas.

Elin ri.

— Sim, na verdade era muito engraçado, eles achando que eu não entendia.

— Quero aprender sueco, você pode me ensinar mais um pouco? Por favor?

— Mais tarde, talvez. Preciso descansar agora. Mal dormi a noite passada. Termina de assistir ao seu filme.

— Não, por favor, não podemos falar um pouquinho mais? Quero saber o que devo dizer para a vovó quando a conhecer. Quero saber como ela é.

— Mas não sei como ela é agora. Não a conheço mais. Apenas sei que se chama Marianne Eriksson e a última coisa que ouvi dizer é que estava morando em Heivide, onde eu cresci.

Um nó se forma na garganta de Elin e ela tosse, com dificuldade para engolir. Alice se levanta e chama a aeromoça.

— Água, pode nos dar um pouco de água?

A aeromoça vem correndo com um copo de água. Elin toma dois goles grandes e fecha os olhos enquanto Alice passa a mão em suas costas.

— Podemos descansar agora? — suplica Elin. A voz soa rouca, fraca, como se estivesse prestes a falhar.

Alice concorda e volta para seu filme. Mas não há como Elin relaxar. Ela olha para frente. As lembranças passam de novo na sua cabeça, uma atrás da outra. Fredrik está sempre lá, ao seu lado, seu porto seguro. Talvez ela esteja atrás disso, talvez a questão principal seja vê-lo novamente.

Passado

Estocolmo, 1984

A MALA ESTAVA PRONTA NO CORREDOR. Tinha colocado todas as suas roupas dentro, e, mesmo assim, estava apenas meio cheia. Dois jeans. Algumas camisetas. Um par extra de sapatos de lona branca, a parte de cima tão gasta que, no dedão, o tecido havia rasgado. Seu passaporte estava no bolso, novo, sem nenhum carimbo, emitido apenas alguns dias antes. Lasse reclamou do preço das fotos e ela prometeu reembolsá-lo.

— Quando você for famosa — disse ele, rindo.

As fotos que sobraram estavam pregadas na geladeira com um ímã azul ao lado dos cupons de desconto de alguma loja. Ela olhava para a câmera, inexpressiva, com um leve sorriso.

No colchão, Lasse ainda dormia. Ao lado dele havia uma garrafa pela metade, sem tampa.

Os roncos eram altos e contínuos. Eles tinham se tornado quase uma espécie de porto seguro, como um metrônomo marcando os segundos que passavam no vácuo da casa. Elin ficou ouvindo por algum tempo, acompanhando cada respiração e cada ronco. Fechou os olhos, respirou fundo e, então, pegou a mala e saiu para a escada sem olhar para trás. Parou por um segundo do lado de fora da porta fechada, checando os bolsos. Estava tudo ali. O passaporte, as passagens, as notas de duzentas coroas que a agência de modelos lhe havia dado para pequenas despesas. Todo o resto estava pago, prometeram. O bilhete de metrô, que ainda estava válido mesmo com o final das aulas dias antes, a levaria para a estação central e para o ônibus do aeroporto.

Lasse tinha acompanhado Elin até o hotel Strand semanas antes, onde a "agente-mãe" francesa estava se reunindo com as adolescentes promissoras. Ela estava em uma poltrona no saguão, com assistentes dos dois lados. Não perguntou nada, apenas examinou todas, de cima a baixo. Algumas foram mandadas embora, outras tiveram que preencher formulários, outras foram enviadas direto para outro conjunto de sofás. Elin foi uma das escolhidas que foram conduzidas aos sofás imediatamente. Lasse, sorrindo de orgulho, recostou-se ao lado dela. Tinha se vestido para a ocasião com camisa e gravata e um velho sapato de bico fino de couro com salto quadrado, resquícios dos anos 1970. Ele estendeu os braços no encosto do sofá atrás dela, e o cheiro doce e enjoativo da colônia irritou seu nariz.

— Se ao menos sua mãe soubesse. Nossa menininha. — Lasse riu um pouco alto demais, fazendo Elin se encolher de vergonha. — Você provavelmente deveria ligar e contar pra ela.

Elin assentiu distraidamente. Os sofás ao redor deles estavam ocupados com mais meninas, e todas as outras estavam acompanhadas das mães. Lasse ainda estava jogando conversa fora, mas ela não estava ouvindo. Mantinha os olhos na orla do lado de fora da janela, apreciando o ir e vir dos barcos, deixando os passageiros no cais, e as gaivotas flutuando no vento.

A água era a única coisa que os separava.

Em Farsta, não havia água. Foi difícil carregar a mala por Tobaksvägen até o ponto de ônibus. Tinha uma bolsa jeans pendurada nos ombros, e dentro estavam os óculos de sol cor-de-rosa. Ficou imaginando se o sol em Paris estaria brilhando e se as estrelas reluziriam tão lindas de noite. Iria entender o que outros falassem?

Um avião atravessou o ar acima do ponto de ônibus, deixando um rastro de vapor como uma trilha de bolhas no céu azul-escuro. Ela havia visto vários desses antes, da praia em Gotland, e Fredrik lhe ensinou tudo o que sabia sobre aviões. Mas nenhum dos dois havia voado em um, e ela mal sabia o que era um aeroporto.

Ela desdobrou o pedaço de papel que lhe deram. As orientações estavam em inglês, separadas em itens, com as horas exatas. Pegaria o ônibus para o aeroporto de Arlanda, então voaria para Paris e, no aeroporto Charles de Gaulle, alguém a estaria esperando com uma placa com o nome dela.

Quando o ônibus chegou, Elin estava lendo as orientações repetidamente, o coração martelando no peito. Olhou ao fundo, para o número 38 e para o apartamento de Lasse. O sol estava forte demais para que pudesse distinguir algo, mas talvez ele estivesse parado ali, olhando-a subir no ônibus. Ou talvez ainda estivesse roncando.

A porta do ônibus se abriu e o motorista gesticulou para a mala dela e sorriu.

— Ah, férias — disse ele.

Elin se espreguiçou e sorriu hesitante. Seria só um período de teste de duas semanas. Provavelmente, voltaria logo.

— Sim, estou indo para o aeropoto de Arlanda — informou ela.

Presente

Visby, 2017

Ela sente o cheiro familiar assim que sai do avião. O cheiro de terra, mar e chuva. E o vento forte no rosto. Ela para subitamente e respira fundo. O caos se instala, Alice tropeça em sua mala de mão, alguém atrás colide com Alice. Mas Elin é incapaz de dar mais um passo, como se ela tivesse se enraizado no degrau mais alto da escada de metal. Desculpando-se, Alice empurra Elin para perto do corrimão, dando passagem aos outros.

— Mãe, você precisa descer — sussurra ela.

— Acho que vou desmaiar.

— É só uma caminhada curta, dá pra ver o terminal do outro lado. Vamos nos sentar assim que chegarmos lá. Não temos pressa.

Alice segura a mão de Elin e desce os degraus na frente dela. Devagar, Elin a segue.

O corredor de chegada é espartano, apenas uma sala pequena e a esteira de bagagem. Não há cadeiras. Elas ficam ali, junto com os demais, esperando pacientemente pelas malas. Todos estão em silêncio.

— Por que ninguém fala? — sussurra Alice. — Tem algum tipo de voto de silêncio nacional?

Elin sorri para ela.

— Menina de cidade — diz ela.

Um casal em frente a elas está se beijando apaixonadamente, o estalo da saliva ecoa no espaço pequeno. Alice começa a cantar, e Elin dá uma cotovelada em sua costela.

— O quê? — sussurra. —Alguém tem que fazer alguma coisa. É muito silencioso aqui. Vou ficar maluca.

Alice para de cantar, mas os quadris ainda se mexem num ritmo, e Elin percebe seus lábios se movendo. Ela é sempre musical, sempre alegre.

Finalmente, elas estão dentro do carro alugado, com toda a bagagem guardada no porta-malas. Alice encosta na janela, examinando a paisagem que passa: as cercas atrás das quais algumas ovelhas estão pastando na terra nua, as árvores, os pequenos pinheiros tortos de que Elin tinha falado. As casas, poucas e distantes umas das outras, cercadas por áreas grandes de floresta. Elin sabe exatamente para onde está indo, as estradas não mudaram nada. Quando chegam à rotatória em Norrgatt, ela vira para Norderport, e Alice grita e aponta ao ver o belo muro da cidade. As construções ali dentro parecem casas de brinquedo, de uma outra época.

—As pessoas de fato vivem aqui? — pergunta a garota, impressionada, fazendo Elin rir.

— Provavelmente, foi bom a gente ter vindo pra cá, pra você ver alguma coisa diferente de arranha-céus. Sim, as pessoas moram nessas casas.

Não são nem três da tarde, mas a escuridão já está caindo. Floquinhos de neve flutuam no ar sob a iluminação das ruas. Elin segue por ruas estreitas entre o porto e o hotel. Dentro de seu corpo, suas entranhas estão pesadas e reviradas, e, ao sentir uma onda de enjoo, para o carro repentinamente, deitando a cabeça no volante. Alice tira o cinto de segurança e abre a porta.

— Não, ainda não chegamos — diz Elin.

— Por que você parou, então?

— Por que estamos aqui?

— Porque você precisa fazer isso.

— Não quero. Eu realmente não quero.

260 *Sofia Lundberg*

O vento empurra a porta do carro, escancarando-a. Alice segura a porta e a fecha, embora não antes que o interior se enchesse de ar frio e cheiro de mar.

— Dirige. Vamos chegar logo no hotel e descansar um pouco.

— Ele mora aqui, eu acho. A apenas algumas ruas daqui.

— Quem?

— Fredrik.

— Me conta sobre ele. Era seu namorado?

— Só amigo. Quase um irmão.

— Podemos parar e bater na porta dele se quiser.

Elin liga de novo o motor e sai, os pneus rodam em falso nos paralelepípedos escorregadios.

— Você tá louca? Claro que não quero.

Pelo resto do caminho, elas ficam em silêncio. Só avistam um punhado de pessoas, curvadas contra o vento congelante, com casacos grossos, cachecóis e chapéus enterrados sobre os rostos pálidos. Este é o lugar onde vivem suas vidas, este é o lugar onde realizam suas tarefas diárias. Ela fica se perguntando o que Fredrik faz no dia a dia, qual é o trabalho dele. Ele ainda mora na ilha, então não virou um astronauta como queria quando criança. Talvez tenha mulher e filhos. Ela fica imaginando se ele pensa nela com frequência, se sentiu saudades quando ela desapareceu ou se estava bravo por ela ser responsável pela morte do pai dele.

O pensamento a faz estremecer.

— Elin. *Är det du?*

Elas estão no lobby do hotel, cercadas de malas, quando uma funcionária de repente para em frente a elas. Elin olha para ela com curiosidade.

— É você, não é? Elin Eriksson? Nunca pensei que fosse ver você de novo.

A mulher parece ter visto um fantasma. Elin coloca os óculos de sol de volta, mas Alice estende a mão e os tira dela.

— Sim, sou a Elin — diz ela em inglês e assente para a mulher. — Quem é você?

Ela começa hesitante em inglês, mas muda para sueco.

— Malin, não se lembra de mim? Estávamos na mesma turma. Bem, até você se mudar depois do incêndio. Que adorável ver você na ilha depois de todos esses anos. Sempre me perguntava para onde você tinha ido. Nunca ninguém nos contou. — Malin pende a cabeça de lado e examina Elin. — Você está igualzinha e, mesmo assim, diferente.

O rosto de Elin fica tenso, ruguinhas se formam ao redor da boca. Ela evita olhar nos olhos da mulher e faz menção de pegar a bagagem.

— Desculpa, não lembro, você deve estar enganada — murmura ela, em sueco.

Alice a cutuca.

— O que você está dizendo, quem é ela? Não pode falar em inglês pra eu poder entender?

— Não sei, não conheço ela. Deixa pra lá.

Elin leva a mala para a recepção, mas Malin e Alice não se movem. Ela ouve as duas conversando, mas não consegue entender o que estão dizendo. Ela faz o check-in, ansiosa para ir para a cama.

— Mãe, você precisa parar de fugir agora. Fala com ela, vocês estavam na mesma turma na escola, você deve se lembrar dela. Não seja tão rude — resmunga Alice quando consegue, enfim, alcançá-la.

Elin segura a chave e vira as costas para Alice.

— Toma, você tem seu próprio quarto. Faça o que quiser, peça serviço de quarto se estiver com fome. Preciso descansar um pouco, ficar sozinha.

Ela deixa as luzes apagadas no quarto e se senta no sofá. É difícil desligar e descansar quando todos os sons e cheiros são tão familiares. Rajadas de ar fresco do mar entram por uma janela entreaberta. Cheira a sal e algas marinhas. É tão silencioso.

Malin. Claro que se lembra dela. Era uma menina quieta e doce que costumava olhar com interesse para Fredrik de vez em quando. Quantos rostos mais do passado ela verá durante esses dias na ilha? Moram todos aqui ainda? São todos amigos?

Um calafrio trespassa seu corpo, ela vira-se de lado e se enrodilha em posição fetal.

Alguém bate à porta, e Elin tenta alcançar o celular, aturdida. Apenas meia hora se passou, mesmo assim ela dormiu profundamente. Alice já deve ter perdido a chave extra. Ela suspira enquanto desce a escada em espiral da suíte duplex para abrir a porta. Ela se assusta ao ver quem está à porta. É Malin. Tem uma bandeja nas mãos, com uma xícara de café e um prato com panquecas douradas de açafrão.

— Achei que você provavelmente estaria com fome e cansada depois da viagem. — Ela sorri, estendendo a bandeja.

Elin hesita.

— Você me reconheceu, não foi? — diz Malin.

Elin assente e em seguida pega a bandeja.

— É muita gentileza sua — diz ela, calmamente.

— Quero que você se sinta bem-vinda, todo mundo sentiu sua falta depois que você partiu. Foi horrível o que aconteceu e ainda mais horrível que ela tenha te mandado embora.

Elin balançou a cabeça.

— Quem? Minha mãe? Não, não foi o que aconteceu, ela não me mandou embora — explica Elin.

— Havia rumores de que você vivia no sótão, que ficou tão queimada, que ela te escondia! — conta Malin.

Elin balança a cabeça novamente e ri.

— Meu Deus, não, claro que não foi isso o que aconteceu. Fui morar com meu pai.

Malin ri também.

— Sim, acho que sabíamos disso. Mas sabe como as crianças falam. Nunca soubemos de nada, então nossa imaginação correu solta.

Ninguém diz nada, e elas ficam ali por algum tempo até que Malin encolhe os ombros.

— Bem, acho que vou indo. Só queria ver como você estava, ter certeza de que estava bem.

— Obrigada, é muito gentil da sua parte — repete Elin.

Malin hesita, como se esperasse Elin convidá-la para entrar. Mas nada acontece. Ela fecha a porta devagar e, quando está apenas com uma fresta aberta, levanta a mão em um aceno.

— Espero te ver logo — diz Elin.

Malin inclina o pescoço para vê-la pela abertura.

— Posso convidar algumas pessoas para a minha casa se quiser, podemos fazer uma reunião. Seria divertido, não?

Elin balança a cabeça veementemente e fecha a porta, afundando-se de costas contra ela, o coração acelerado.

Ainda é noite. Mesmo que o relógio insista que já é de manhã. Elin mal dormiu e desistiu de tentar. Acima, o céu escuro parece pressioná-la contra o chão de paralelepípedos enquanto ela caminha. Fazia tempo que não pensava sobre a escuridão, tinha esquecido como tudo poderia ser tão escuro aqui. Todas as vezes em que caminhou na estrada principal, indo da escola para casa, na escuridão e em meio a tempestades, com uma lanterna fraca nas mãos, tendo como únicos companheiros o frio e o vento. Entravam em cada fibra de roupa, do casaco, que era sempre tão leve, da calça, que ficava dura por causa do frio, e dos sapatos, com solado fino demais para protegê-la do gelo. Lembra-se dos dedos brancos das mãos e dos pés que precisavam ser descongelados devagar na frente do fogão. À medida que esquentavam, sentia pontadas de dor, e às vezes doía tanto que ela chorava.

No porto, o ancoradouro está vazio e uma camada fina de gelo flutua na superfície inerte, protegida das ondas pelo quebra-mar mais à frente. Ela caminha para o parque em Almedalen, passando por casas que nunca tinha visto antes. Novas construções, bela arquitetura com enormes janelas reluzentes. Está completamente deserto e as luzes das ruas distribuídas esparsamente não iluminam o suficiente. Ela sente o frio atravessar os sapatos de couro e ela mexe os dedos na tentativa de esquentá-los. O casaco longo e grosso a mantém aquecida, e ela só gostaria de ter algo assim quente para os pés.

Elin caminha pelo calçadão. As luzes começam a filtrar o horizonte: a aurora está chegando. O vento a domina, e ela precisa inclinar o corpo bem à frente das pernas. O mar está estriado, com ondas grandes, e as gaivotas brincam no contravento. Ela as observa parar de bater as asas e voltar planando, e então batem as asas de novo. Como uma dança sem fim.

Ela respira, devagar, respirações profundas. O ar fresco enche seus pulmões. O cheiro é exatamente como ela se lembra. Já se passaram mais de trinta anos desde a última vez em que esteve aqui, e ainda assim tudo parece igual.

Ela entra através Portão do Amor, a pequena abertura para o mar. Ela para e encosta no muro. Sorri com a lembrança da época em que ficava ali com Fredrik, como brincavam sobre se casar um dia.

Se nenhum de nós estiver casado aos cinquenta anos, então nos casamos. Você e eu. Vamos nos casar ao pôr do sol.

Ele falava assim, exatamente assim, e ela ria dele. Parece que foi há tanto tempo. Não se lembra de terem apertado as mãos, firmado um acordo. Mas agora estavam perto dos cinquenta. Fredrik, em um ano, e Elin, em dois.

Fredrik. Ela se afasta do portão, mas o rosto dele não sai do pensamento. Ela visualiza suas sardas, os grandes dentes da frente, seu sorriso. Os dentes da frente faziam seus lábios virarem para cima quando ele ria.

Ela puxa o chapéu sobre as orelhas e assobia uma melodia, a melodia deles. Lembra-se de cada nota, e seu coração acelera ao ser inundada por essas lembranças. Eles estavam sempre correndo, para qualquer lugar que fossem. Corriam rápido e descalços sobre pedras e raízes.

Ela começa a correr, sentindo o vento quase arrancar seu chapéu. Corre rápido ao longo da praia, como se estivesse sendo perseguida. Perde o controle dos braços e deixa que se movam livremente. Corre até que o muro termine e seja substituído por trincheiras profundas, e passa correndo pelo grande campo que fica atrás delas. No píer perto do hospital, ela para. O píer comprido e horroroso, onde diziam que, um dia, os dejetos do hospital tingiram as águas de vermelho-sangue. Ela se equilibra nele com cuidado. A superfície está coberta por uma camada fina de gelo, e cada passo requer concentração total. Quando as ondas quebram, lançam pequenos borrifos de água do mar sobre o píer. Tudo ao seu redor balança. A superfície do mar é negra e ameaçadora. Ela se senta bem na ponta, e o infinito a envolve.

O celular vibra em seu bolso, mas ela o deixa tocar. Sua calça está molhada e ela sente tanto frio, que lábios e ombros estão tremendo.

Como seria fácil cair para um lado. Deixar a beirada do casaco ficar molhada e pesada e carregá-la, junto com todas as memórias, para o fundo do oceano. Para deixar sua alma e seu corpo descansarem.

Um homem grita para ela, mas o rugido das ondas e do vento abafam suas palavras. Ela o ouve, mas não o escuta. Sua calça está totalmente molhada agora, o casaco também. Ela treme de frio. O lugar em que está sentada é escorregadio e inóspito. Ela não se atreve a se virar, não ousa ficar em pé, com medo de escorregar.

Ela sente uma mão em um ombro e, então, no outro.

— Você não pode ficar aqui, vai congelar até morrer — diz ele, gentilmente.

As mãos passam por baixo dos seus braços e a puxam com cuidado até ela ficar em pé. Chorando, ela anda devagar para trás, conduzida por ele. Ele parece forte, e ela se sente segura. Quando chegam à terra, e a água dos dois lados do píer fica rasa, ela se vira e desmaia em seus braços. Ele a segura e acaricia suas costas suavemente. Ela se dá conta de que ele é um policial, de uniforme, com o carro estacionado na beira da estrada e o colega aguardando na praia.

— Isso poderia ter acabado bem mal — diz ele, com um tom severo, afastando-a.

— Só achei... Só queria... — Ela se atrapalha com o idioma não familiar; não consegue achar a explicação certa.

— Você está completamente encharcada. Onde você mora? Talvez seja melhor nós a levarmos para casa.

Ela concorda e o acompanha até o carro. O colega põe uma mão protetora na sua cabeça enquanto ela se abaixa para entrar no banco de trás. É um Volvo. Ela passa a mão no assento do carro.

— Meu padrasto tinha um Volvo — murmura ela, mas os policiais agem como se não a tivessem ouvido.

Querem saber para onde ela está indo e, quando conta que está no Visby Hotel, eles riem como se ela fosse de outro planeta.

— Chique — diz um deles.

— Durante o verão, temos nossa cota de turistas loucos aqui, mas não é tão comum no inverno. — O outro ri.

— Não estou bêbada, eu juro, você pode me testar. Só precisava respirar um pouco — protesta Elin.

Eles a acompanham até o lobby. Seus lábios estão azuis, e seu rosto, pálido. Sua calça está grudada nas pernas e escorre água no chão de pedra, deixando um pequeno rastro atrás dela. Os sapatos rangem por causa da água. Ela vê Alice, que grita tão alto, que ecoa pelo lobby.

— Onde você estava?

Ela olha para os policiais esperando uma resposta, seus olhos suplicam. Eles soltam o braço de Elin e a deixam andar por conta própria.

— Ela diz que está bem, mas não temos certeza. Quer que a gente a leve para o hospital em vez disso? — pergunta um deles em inglês, com sotaque.

Alice sacode a cabeça, Elin encosta nela.

— Estou com tanto frio, podemos subir agora? — sussurra ela.

— O que você fez, mãe?

O policial que tinha falado em inglês rapidamente a tranquiliza:

— Ela não fez nada. Nós a encontramos na beirada do píer perto do hospital. As ondas estavam batendo nas pernas dela, há uma tempestade lá fora. Ela teria congelado se não a tivéssemos trazido.

— Obrigada — diz Alice, com veemência.

Elin vai até o elevador sem dizer obrigada ou se despedir dos policiais. Alice pede desculpas a eles e, então, corre atrás dela. Elin está encostada na parede, olhando para o celular.

— Por que o Sam me ligou tantas vezes? Ele nunca me liga.

Ela mostra o celular. Há oito chamadas perdidas dele. Alice encolhe os ombros e olha para outro lado.

— Você poderia ter morrido, mãe, o que você tava fazendo lá?

A porta do elevador se abre.

— Você não falou com ele, falou? — Elin entra, respondendo à pergunta de Alice com outra pergunta. Suas mãos estão tão frias, que o celular escorrega e cai no chão de pedra, rachando a tela. Ela xinga alto, agacha-se e estende a mão do lado de fora do elevador para pegá-lo, lutando para segurá-lo por causa dos dedos congelados.

— Sim, ele ligou de manhã — diz Alice. — Queria saber onde eu estava.

— Ele já percebeu que você não está lá?

— Ele foi até a escola para dar um "oi" e disseram que eu tinha tirado alguns dias de folga por causa de uma emergência familiar. Isso o assustou.

— Você não contou para ele?

— Contei que estávamos aqui.

— Mas não o porquê?

— Disse que estava te ajudando com um projeto. Ele já sabia que você tinha nascido aqui. Como ele sabia?

— Não dá pra esconder tudo. Ele soube quando nos casamos. Contei que meus pais estavam de férias e que aconteceu de eu nascer aqui.

A porta se fecha e o elevador sobe. Elin treme de frio, e Alice tira o próprio casaco e o coloca sobre os ombros de sua mãe. Elin ri.

— O que você tá fazendo? Vai ficar molhado. Olha como eu estou.

— A lã te deixa quente mesmo se estiver molhada. Você tá congelada, tá tremendo inteira.

— Você é tão doce, me ajuda tanto.

As duas vão para a cama, debaixo de um edredom grosso. As paredes ocre da suíte de Elin curiosamente a acalmam. Alice telefona para o serviço de quarto e pede chocolate quente e biscoitos.

— Me conta mais sobre o incêndio, mãe, o que aconteceu?

Elin resmunga e esconde o rosto no edredom.

— Vi o corpo — diz ela e, então, fica em silêncio.

— O corpo de quem?

— Edvin estava comigo, atrás de mim, estava deitado lá, no campo. Vi Micke, ele estava morto. E mamãe gritava, vociferava. Estava de joelhos no pátio da fazenda, e eu ainda posso ouvir os barulhos que ela fazia.

— Essa foi a última vez que a viu?

— Sim, estávamos no mesmo hospital, mas não a vi lá.

— Mas por que você disse que foi sua culpa? Ainda não consigo entender.

— Como eu te disse antes, sempre fazíamos uma fogueira na praia, Fredrik e eu. Naquela tarde, eu estava sozinha, ele tinha voltado pra casa da mãe, em Visby. Fiz um fogo muito alto e então adormeci. Não deveria ter adormecido.

— E o fogo se espalhou — completou Alice.

Elin assentiu, a voz ficando mais grossa e as lágrimas enchendo seus olhos.

— Erik estava no esconderijo deles. A construção inteira desabou sobre ele. Eu podia ter salvado ele, mas não dei conta dos dois, eram pesados demais, então carreguei Edvin primeiro.

— Por que você fugiu?

— Todo mundo que eu amava tinha morrido e era minha culpa.

— Mas sua mãe...

— Você não entende, nunca vai entender. Ela me mataria, ela costumava ficar com muita raiva.

— Não posso imaginar a vida sem você. Nada vai me fazer te deixar.

— Era diferente naquela época. Ela era jovem quando eu nasci, nunca me amou.

— Como você pode saber isso? Sobre uma mãe e uma filha? Claro que ela te amava.

— Não, era desse jeito. Nunca a ouvi dizer isso. As palavras. Nem uma única vez.

— Que ela te amava?

Elin assente e se vira para Alice, aconchega-se e passa a mão em seu cabelo. Ela não diz nada.

— Você não fala pra mim também — diz Alice.

Elin se assusta e tira a mão.

— Claro que digo.

— Não diz, não, você quase sempre diz "idem".

Elin não responde. Vira-se de novo, então se deita de costas. Elas estão inertes, lado a lado, Elin acompanhando com o olhar a forma do teto, a confusão de padrões que alguém entalhou à mão.

— Me abandonaria também? Se você tivesse feito algo errado?

A pergunta abrupta de Alice a assusta. Ela está prestes a falar alguma coisa, quando é salva por uma batida forte na porta. Alice desaparece no andar de baixo, e Elin a espera voltar com o chocolate quente, mas ela volta com as mãos vazias e corre para a cama.

— Tem um homem lá fora que quer te ver — diz ela.

Elin se senta rapidamente.

— Você deixou um homem estranho entrar?

Alice balança a cabeça ansiosamente, os cachos desgrenhados de seu cabelo encaracolado caem sobre seu rosto.

— Ele está do lado de fora, esperando. Vá logo.

Passado

Paris, 1984

A MAIORIA DOS DIAS ERA razoável, mas não os domingos. Os domingos eram sempre piores. Era o dia em que a solidão e a saudade batiam. Duas semanas em Paris se transformaram em quatro meses, as fotos para os testes tornaram-se trabalhos de verdade, e a montanha de notas que ela ganhou só crescia no bolso interno da sua mala, onde ela escondia o dinheiro para que suas colegas de quarto não o encontrassem. Elin aprendeu rapidamente a como olhar para a câmera e realçar seus melhores traços, como dar uma piscadinha com a pálpebra inferior e empurrar o nariz para baixo para deixar os lábios mais cheios. As roupas surradas que tinha trazido de Farsta foram substituídas por novas.

Não havia brisa do mar em Paris — era tão asfixiante e lotado quanto em Farsta. Todos os prédios e o asfalto. Ela ia ao parque de vez em quando, o Bois de Boulogne, mas lá mal tinha flores silvestres, só canteiros plantados e gramados bem aparados. E alguém havia lhe dito que era perigoso, que o bosque era cheio de prostitutas e seus clientes.

Ela sempre caminhava à beira do Sena. Os barcos deixavam a água agitada, e os sons da água batendo a faziam se lembrar de tudo o que ela desejava. Mas tinha um cheiro azedo, e montes de lixo se acumulavam nas margens.

Nesse domingo, ela estava sentada em um banco, escondida atrás dos óculos de sol cor-de-rosa que a lembravam de sua vida antiga. O sol de outono não estava mais quente, a brisa de repente esfriou. Ela estava tão cansada.

As pessoas caminhavam pela calçada à sua frente. Ninguém estava sozinho; andavam em pares ou em família. De mãos dadas, de braços dados. Ela ouvia risadas e conversas que não entendia. O francês ainda era um mistério para ela. Conseguia dizer "oi" e "tchau", frases simples. Mas nada além disso. Os fotógrafos falavam inglês, com fortes sotaques como o dela. Ela ansiava por ouvir sueco, ansiava pela praia e por Fredrik. Por Edvin e Erik. Por uma chance de deixar o cabelo despenteado e de não ser constantemente olhada.

Pensar em seus irmãos fez algo estalar dentro dela e, de repente, lágrimas pelo que ela havia perdido encharcaram seu rosto. Tinha moedas nos bolsos. Usava-as uma vez por semana, quando ligava para Lasse. Foi ele quem avisou à escola que ela não voltaria, quem deu permissão para que ela ficasse lá. Quando ligava, em geral ele estava bêbado, murmurando, sem ouvir. Talvez devesse ligar para *ela*, para Marianne. Talvez no próximo domingo. Brincou com as moedas. Pensar na mãe a fez chorar ainda mais e ela se curvou, tremendo e soluçando. Respirava em espasmos. Mais do que qualquer coisa, queria falar com Fredrik, ouvir a voz dele. Mas o que iria falar? Desculpa, talvez.

Desculpa, eu matei seu pai.

Não percebeu a mulher chegar, só sentiu o solavanco quando ela se sentou no banco. Sentou-se em silêncio absoluto, mas sua respiração profunda e regular transmitia alguma calma. Ela usava um vestido verde de lã grossa. As mãos descansavam sobre os joelhos, que eram nodosos e enrugados.

Ela disse algo em francês. Mas Elin só balançou a cabeça. Então, ela passou para o inglês.

— Já vi você sentada aqui soluçando vezes demais. Por que está chorando com tanta amargura? O que pode ser tão terrível?

Elin não respondeu, mas a pergunta a fez chorar de novo. Então, a mulher ficou em pé e a pegou pela mão, puxando-a para cima.

— Venha comigo, não posso mais deixar você ficar aqui sozinha. Já chega.

Elin olhou para cima e se deparou com olhos verdes intensos e cabelos vermelhos encaracolados. A pele sob os olhos sem maquiagem era inchada, e, quando a mulher sorriu, um leque de rugas se formou no canto de cada olho.

— Meu nome é Anne — sussurrou ela, com o braço ao redor dos ombros de Elin. Ela apontou para o prédio em frente. — E aquela é minha livraria, e lá dentro há livros e chocolate quente. Estou convencida de que você precisa de ambos.

As paredes eram cobertas com prateleiras embutidas de madeira escura do chão ao teto, cheias de livros. Era preciso uma escada para alcançar as prateleiras mais altas. No chão entre elas, havia mesas com mais pilhas de livros, e Elin deslizou a mão sobre eles. O nariz ainda estava inchado por causa do choro, e ela fungava de vez em quando. Todos os livros eram em francês. Ela pronunciou os títulos em silêncio sem entender o que diziam.

— Há livros em inglês também. — Anne sorriu e apontou para uma prateleira no fundo da loja. — Mas, se quiser aprender francês, recomendo que comece com livros para crianças e um dicionário. Não tem jeito melhor de aprender uma língua.

Ela se afastou rapidamente, a ampla saia balançando nos quadris, e voltou com um livro fino nas mãos.

— Aqui, começa com este, você vai adorar. *O pequeno príncipe.*

Ela entregou o livro para Elin. A capa era amarelada, cheia de estrelinhas, e um príncipe com o cabelo amarelo dourado se equilibrava sobre um pequenino planeta. Estrelas! Elin apertou-o contra o peito.

— Aqui você pode ler de graça — disse Anne. — Pode ler o que quiser na minha livraria. E pode me perguntar qualquer coisa.

Elin assentiu e abriu a primeira página. Correu os dedos sobre o príncipe, os pássaros e as estrelas, e uma lágrima escorreu em seu rosto. Anne ficou quieta, olhando para ela. Elin olhou para cima e limpou o rosto com as costas das mãos.

— Como você sabia? — disse ela.

— Sabia o que, minha querida? — Anne não entendeu a pergunta. Segurou no braço dela e a levou para uma poltrona. Na mesa ao lado, havia um dicionário. De francês para inglês.

— Você tem de francês para sueco? — perguntou Elin, com a voz rouca.

Anne assentiu e subiu em uma das escadas. Segurou no ar um livrinho bem manuseado, a lombada estragada e algumas das páginas estavam com orelhas.

— Este já teve dias melhores, mas vai servir. Nem tudo nesta livraria é novo. — Ela riu tanto, que tossiu, e desceu da escada com algum esforço.

A poltrona era supermacia. Elin afundou nela e começou a trabalhar nas frases iniciais. Procurou o significado de cada palavra, aprendendo a dizer chapéu, elefante e jiboia. Anne pôs uma xícara de chocolate quente ao lado dela, e a bebida quente a aqueceu por dentro. Anne estendeu uma manta sobre os joelhos dela, envolvendo todo o seu corpo.

— Você vai ficar melhor aqui do que lá fora naquele banco frio. E pode aprender uma ou duas coisas também. Promete que vai vir aqui da próxima vez, e não ficar lá fora chorando. Ninguém merece isso.

Anne continuou falando consigo. Elin parou de responder, e a voz se tornou mais um murmúrio ao fundo. Clientes entravam e saíam. Alguns ficavam, sentavam-se nas poltronas e folheavam os livros.

Havia uma placa sobre a caixa registradora. Estava escrito:

"Uma casa sem livros é como um corpo sem alma."

Presente

Visby, 2017

UMA PEÇA ATRÁS DA OUTRA cai no chão enquanto Elin remexe suas roupas na mala. Alice está atrás dela.

— Pega qualquer coisa, sério.

No fim, ela puxa um vestido preto pela cabeça. As pernas estão nuas, os pés, descalços, e os dedos ainda estão azulados, uma lembrança do que tinha acabado de acontecer.

— Mas quem é?

— Não sei. Ele está esperando, vamos. Não entendi o que ele disse. Seu nome e, então, um monte de palavras. Ele parece legal.

— Como ele é?

— Não sei, normal, mais ou menos. Sorriso grande.

Elin para. Segura a respiração.

— Ele vai ter que esperar um pouco mais — diz ela por fim e, então, entra no banheiro.

Penteia o cabelo, prendendo-o com cuidado em um coque. Passa pó no rosto, com movimentos circulares, e um pouco de cor nas bochechas com blush. Alice anda nervosamente na entrada da porta, acompanhando cada movimento com os olhos. Quando finalmente desce as escadas, Alice está bem atrás dela. Há outra batida, e Elin abre a porta e quase derruba o garçom que está em pé do lado de fora com uma bandeja. Sobre ela, há duas canecas fumegantes e um prato de biscoitos no meio.

— Não poderia ter pegado sozinha? Por que precisei levantar? — diz ela irritada, seu coração batendo forte no peito. O nervosismo é substituído por raiva.

Alice põe os dedos em seus lábios, fazendo-a ficar quieta. Pega a bandeja do garçom e, então, faz um gesto com a cabeça na direção do corredor.

— Não era ele, era aquele cara — sussurra ela.

Elin olha para fora e lá está ele, encostado na parede, de jeans e uma jaqueta velha de couro marrom. Não é sardento, e seu cabelo não é descolorido pelo sol nem desgrenhado: na verdade, não sobrou nada daquilo, o couro cabeludo é careca e brilhante, e seu queixo é coberto por uma barba espessa. Mas ele olha para ela com os mesmos olhos, e, quando sorri, não há sombra de dúvida de quem seja.

Os sons param, os pensamentos silenciam. A distância entre eles se transforma em um túnel. Eles se encaram.

— Então, esse é o valor de um pacto de sangue e promessas — diz ele calmamente, com um aceno.

Os dois ficam se olhando até que, finalmente, ele dá um passo para frente e estende os braços. Então, Elin se joga em seu abraço. Não é um abraço reservado e educado. Não é suave e reconfortante. É como se ele tivesse acabado de voltar dos mortos. Ela voa para ele, agarra-o como se agarrasse a própria vida, com os dois braços e as duas pernas.

— Não achei que fosse ver você de novo — sussurra ela em seu ouvido.

— Minha esquisitinha, por que você desapareceu? — respondeu ele com uma risada e acariciou as costas dela. Ele respira fundo. — Quem diria, você aqui. Finalmente.

Elin não o larga. Enterra o rosto em seu peito, sentindo nas bochechas o batimento do seu coração. Seu cheiro continua igual, mesmo após tantos anos. Ela o aspira profundamente.

Por fim, ele a afasta. Os dois se olham quando ele segura o rosto dela entre as mãos e a examina.

— Por que você nunca fez contato? — pergunta ele. Então a solta e se encosta na parede de novo.

Em vez de responder, Elin diz:

— Como você me encontrou? — Ela estende a mão para tocar seu rosto, mas ele pega a mão dela e entrelaça seus dedos nos dela.

— Vi seu retrato numa revista no cabeleireiro. Foi uma coincidência. Então, comecei a pesquisar sobre você no Google. Elin Boals. Famosa. Exatamente como você disse que seria.

— Eu quis dizer agora. Como você soube que eu estava aqui?

— Ah, Visby é pequena. Malin telefonou e contou que você estava aqui. Acho que todo mundo já deve saber agora. — Ele olha para ela de cima a baixo. — Você parece uma estrela de Hollywood — elogia ele.

— Mas não sou.

— Bem, agora você é uma estrela lá no alto, de qualquer maneira. — Ele faz um gesto em direção ao teto.

— Obrigada, foi tão gentil você fazer isso. Mas não dá pra comprar uma estrela, dá? Não dá pra ter tudo. Você não costumava dizer que as estrelas pertenciam a todos?

— Verdade. Mas queria te mandar alguma coisa, e essa foi a melhor em que consegui pensar.

— De qualquer maneira, sempre vivemos sob as mesmas estrelas, você e eu.

— Não exatamente. Como você foi parar tão longe?

— Desculpa — sussurra ela.

— Desculpa por quê? Estou feliz que esteja aqui. Senti sua falta.

— Pelo incêndio.

— Como assim?

— Por ter começado... Por... ter matado todos, todo mundo.

Elin encolhe os ombros. Ela se depara com seu olhar de incompreensão, e ele dá um passo para trás.

— O quê? Foi você que colocou fogo na casa de Aina? Por que você faria isso?

Ela balança a cabeça veementemente. Alice põe a cabeça para fora da porta e Elin, aflita, olha ansiosa para os dois.

— Não vai me apresentar? — Fredrik se vira para Alice, a mão estendida.

— Sim, desculpa — diz Elin mudando para o inglês. — Alice, esse é Fredrik, meu amigo de infância. E essa é Alice, minha filha.

— Por que vocês não entram e se sentam? Tem chocolate quente. Fredrik, você pode ficar com o meu.

Elin a silencia com um gesto sem tirar os olhos de Fredrik.

— Não coloquei fogo na casa de ninguém, por que faria isso? Fiz uma enorme fogueira na praia, e o fogo se alastrou.

Ele riu.

— Nossa fogueirinha, você acha que ela começou tudo? Não, não, o fogo começou na casa de Aina e então se alastrou para a floresta e para a casa de Gerd e Ove. Não tinha ninguém em casa para acionar o alarme, então logo virou um rio de chamas que devorou tudo pelo caminho. Bem, você viu, você estava lá. As três fazendas estavam alinhadas na direção do vento.

Elin afunda no chão, colocando a mão na parede para se apoiar. As lembranças aparecem em frente aos seus olhos.

— Eles não estavam em casa? — sussurra ela.

— Não, estavam jantando em algum lugar, tinham saído cedo naquela tarde. Quando voltaram, estava tudo destruído. As motos de Ove estavam totalmente arruinadas e a casa era só cinzas. Horrível.

— As motos? Mas não entendo… eles ainda estão vivos?

— Não, não mais. Morreram recentemente, alguns anos atrás. Ove teve um enfarte, e Gerd morreu um pouco depois. Ela, provavelmente, não conseguiria viver sem ele. Você sabe como eles eram, sempre juntos.

Elin arqueja tentando respirar, a garganta apertada, não consegue falar nada. Alice se curva ao lado dela, passa a mão nas suas costas tentando confortá-la.

— O que foi, mãe, o que ele está dizendo? Sobre o que vocês estão falando? Vovó morreu? O que aconteceu?

Alice olha para os dois, suplicando que expliquem para ela. Fredrik se curva e engancha seus braços sob os de Elin, suspendendo-a com cuidado.

— Vem. É melhor nos sentarmos — diz ele em um inglês macarrônico.

Eles se sentam no sofá, Alice segurando a mão de Elin. O chocolate quente e os biscoitos estão sobre a mesa, e Fredrik sorri quando os vê.

— Não tem biscoitos na América?

Elin olha, sem expressão, para frente.

— Mesmo assim, muitos morreram — diz ela.

Fredrik balança a cabeça.

— Não, Edvin não, ele não morreu. Apenas Micke e Erik. Mas eu provavelmente não deveria dizer "apenas".

— Eles encontraram Edvin? — A voz de Elin é quase inaudível.

— Sim.

Ele está vivo. Edvin está vivo. Elin mal consegue absorver as palavras. Há tantos pensamentos passando por sua cabeça. Seu irmão caçula. Todos esses anos. Lasse devia saber, por que ele não contou? Por que a deixou achar que estavam todos mortos?

— Ele deve ser um adulto agora?

Fredrik ri, mudando para sueco.

— Sim, não é mais aquele menininho medroso com olhos de esquilo que você lembra.

Elin sorri. Ela se vira para Alice.

— Tenho um irmão — diz ela, orgulhosa.

— Eles ainda moram lá, em Heivide. Na sua antiga casa — explica Fredrik.

— Eles?

— Sim, Marianne e Edvin.

— Mas Edvin é... ele não mora sozinho?

Fredrik pega o celular, destrava a tela e percorre os contatos.

— Não, não, você não pode ligar pra ela, não conta que estou aqui. Não agora, não ainda. Em vez disso, me conta sobre eles, quero saber mais.

Elin tenta pegar o celular, mas Fredrik se desvencilha.

— Mas você precisa vê-la enquanto estiver aqui. Sabe disso, certo? Ela nunca deixou de falar de você.

Elin sente lágrimas se formarem e correrem pelas bochechas. Fredrik estende a mão para secá-las, passando os dedos com cuidado em seu rosto. Suas mãos são grossas e ásperas, mas quentes. Ele cheira a trabalho, exatamente como Lasse costumava cheirar, a madeira e óleo. Ela fecha os olhos.

— Você está igualzinha. Doce como açúcar — diz ele.

— Como você sabe que o fogo começou na casa de Aina? Não tinha ninguém morando lá. — Os olhos de Elin se abrem completamente. Fredrik encolhe os ombros e pausa, mantendo o olhar, suas almas em uma espécie de abraço.

— A investigação sobre o incêndio provou, aparentemente conseguiram identificar. Saiu nos jornais. As árvores perto da praia não foram incendiadas. Então, absolutamente, não foi sua culpa. Sei disso com certeza.

— Sempre achei...

— Errado. Você pensou errado... Meu deus, foi por isso que você desapareceu por tanto tempo? — Ele aumentou a voz, estressado.

— Eu achava que tinha matado seu pai e que você não iria querer me ver nunca mais.

Fredrik suspira e coça a barba. Ele se contorce como se o sofá de repente tivesse ficado desconfortável.

— Nunca senti muita falta do meu pai. Você sentiu? — pergunta ele.

— Faz tanto tempo. Mal lembro dele, só da raiva.

— Pois é, a raiva. — Fredrik a puxa para perto dele. — Você foi a mais difícil de perder, o que você e eu tínhamos era muito melhor do que nossos pais. Não acha?

Ela encosta a cabeça no ombro dele. Alice, que tinha desistido de tentar entender, está concentrada em seu celular em uma das poltronas. O quarto está em silêncio. Fredrik descansa a bochecha na cabeça dela.

— Achei que nunca mais iria te ver — murmura ele, passando a mão no cabelo dela com ternura.

Mãe e filha permanecem sentadas quando Fredrik vai embora. Alice abaixa o celular ao ouvir a porta se fechar e olha acusativa para Elin.

— Vocês vão ficar juntos agora? — diz ela, brava.

Elin recua e se endireita no sofá, a cabeça erguida. Alisa com cuidado os vincos em seu vestido.

— Ele era meu melhor amigo quando eu era pequena, quase como um irmão. Ou pode-se dizer que ele *era* meu irmão... é complicado.

Alice assente com a expressão ainda séria.

— Claro, vocês dois realmente pareciam grandes *amigos* — resmunga ela.

Elin fica em pé e vai para o banheiro.

— Preciso de ar.

— Nunca vi você com essa intimidade com o papai.

Elin para de repente, vira-se e diz irritada:

— Agora, presta atenção! Se fosse minha escolha, eu estaria com o seu pai, não aqui. Foi você que me trouxe aqui.

Alice abre bem os olhos, assustada com a raiva repentina de Elin.

— Mãe! — protesta ela.

Elin não diz nada. Alice se aproxima e a abraça, mas os braços de Elin ficam pendurados ao longo do corpo. Ela está respirando rápido.

— Mãe, desculpa, só pensei que...

— Ele era meu melhor amigo quando eu era pequena. Apenas meu melhor amigo.

Elin se desvencilha do abraço de Alice e continua em direção ao banheiro.

— Temos tempo para uma caminhada antes de encontrar Fredrik em Heivide, você quer vir? Preciso sair, não consigo respirar aqui — diz ela, já de saída.

Alice aparece no espelho ao lado de Elin e concorda. Elin para de pentear o cabelo.

— Vá para o seu quarto se arrumar, então — pede ela, bruscamente, mas Alice ergue as sobrancelhas sem compreender.

— Estou pronta! Estou vestida, não estou?

Elin acaricia a cabeça da filha, colocando alguns cachos atrás das orelhas dela, mas Alice sacode a cabeça para soltá-los.

— Gosto que fique bagunçado. É como eu sou. Não vou ser quem não sou.

— Você não pode ser quem você não é — repete Elin baixinho e passa a mão no próprio cabelo. Está arrumado e elegante, mas ela puxa a tiara e balança a cabeça para soltá-lo.

— Me conta mais sobre seu pai — diz Alice. — Por que ele não morava aqui?

— Meu pai?

— É, você disse que ele morava em Estocolmo antes de você ir para Paris.

— Não sei por onde começar. — Elin passa por ela e veste o casaco.

As duas saem do hotel em silêncio, Alice alguns passos atrás da mãe. Elin sente-se agitada, ela tem o desejo de continuar andando, de se afastar.

O sol aparece entre as nuvens, e ela aperta os olhos. Em Donners Plats, dois homens estão deitados em um dos bancos. Vestem casacos grossos e sapatos maltrapilhos, com os chapéus de lã enfiados na cabeça quase até a barba. Entre eles, há uma bolsa de plástico. Elin para e olha para eles, e Alice chega por trás e coloca o queixo no ombro dela.

— O que você tá fazendo? Por que parou? — pergunta ela.

— Era *assim* que meu pai de verdade era — diz Elin acenando com a cabeça para o banco.

Ela caminha de novo, rápido, então Alice precisa correr para alcançá-la.

— Como assim? Ele era morador de rua?

— Não, mas era alcoólatra, já te contei. Morava aqui na ilha, era carpinteiro. Passava tempos em Visby às vezes, nesses bancos, bebendo tudo o que ganhava. Um dia, pegou uma arma e roubou um mercado. Bêbado como um gambá. Ele atirou acidentalmente em uma vendedora. Foi assim que ele saiu da ilha e nos deixou. Em uma van da prisão, para cumprir a pena em Estocolmo. E acabou ficando por lá.

Elin para de novo e se vira para olhar para a filha.

— Tem mais alguma coisa que você queira saber?

— Sim — diz Alice, com sinceridade. — Ele era legal?

Elin se surpreende.

— Que tipo de pergunta é essa?

— Uma pergunta simples. Ele era legal?

Elin pensa um pouco.

— Ele tinha mãos quentes e dava abraços apertados. Me chamava de Número Um, como se eu fosse a coisa mais importante do mundo.

— Talvez você fosse?

— Não. Beber era mais importante. Sempre a bebida, por mais que ele tentasse. E, então, não era gentil.

— Mas não entendo. Vocês não se falavam? Ele não falava com a sua mãe? Ele deve ter descoberto o que aconteceu com as crianças, com seus irmãos.

Elin suspira. Aproxima-se de Alice, segura-a forte e beija seu rosto.

282 *Sofia Lundberg*

— Não sei, Alice, não lembro. Imagino que soubesse, mas ele não era do tipo que falava sobre as coisas. Ele não falava. Tem tanta coisa que eu não entendo.

— Podemos perguntar para a vovó quando a virmos.

— Não sei se quero. Não aguento mais. Quero ir pra casa, quero tudo de volta ao normal. Quero tirar fotos de novo, voltar ao trabalho.

Alice se desvencilha.

— Voltar ao normal? Você quer dizer que quer voltar para a sua vida de mentira?

Passado

Paris, 1986

ELIN CORRIA PELA RUA COM o envelope em uma das mãos e a bolsa pendurada na outra. Estava sem fôlego e brotavam gotas de suor na testa. Não conseguia parar de sorrir e, quando chegou na livraria, atirou-se nos braços de Anne, fazendo-a cambalear alguns passos para trás, rindo. Elin tirou um pedaço de papel do envelope e balançou na frente dela.

— Consegui um emprego. — Ela resfolegou, apoiando-se no balcão com uma das mãos.

Anne não entendeu.

— Mas você trabalha o tempo todo, não trabalha? O que é tão especial agora?

— Como assistente! — Ela sorriu.

— Assistente de quem?

— Vou ser fotógrafa. Nunca mais vou ficar na frente da câmera novamente, somente atrás. — Ela sorriu orgulhosa.

Anne pegou as duas mãos de Elin.

— Mas você não adora livros? Achei que iria te convencer a estudar.

— Sim, mas adoro mais a luz, a luz mágica. A luz é para o fotógrafo o que as ideias são para os autores, você sabe disso, né? E pretendo passar o resto da minha vida em busca da luz, da luz perfeita.

Elin falava com tanta animação, que parecia cantarolar. Seu francês estava mais ou menos fluente a essa altura. Anne riu dela.

— Você fala com tanta paixão! Isso é muito bom, paixão é a coisa mais importante. Acredito em você, sempre vou acreditar. Contanto que prometa continuar vindo aqui pra eu poder encher sua paciência, você é quase uma filha pra mim.

A expressão de Elin se desfez quando Anne se virou e começou a arrumar automaticamente os livros na mesa atrás dela. Ela os organizava em pilhas perfeitas.

— E você é como uma mãe pra mim — respondeu Elin, quase inaudível. Anne não respondeu. Como sempre fazia ao trabalhar, começou a falar consigo mesma de novo. Seu cabelo vermelho começava a ficar grisalho, e ela o usava em um coque na base da nuca. Andou por entre as estantes, arrumando e mudando os livros de lugar.

Elin afundou em uma das poltronas com um livro grosso, que já tinha lido até a metade, nas mãos. As outras poltronas estavam ocupadas. O que era especial na livraria de Anne é que funcionava como uma espécie de biblioteca também. Ela não ligava muito para as vendas e nunca parecia estressada com dinheiro. Ela grudou pequenos lembretes escritos à mão sobre os livros de que mais gostava. Ajudava os estudantes com as tarefas. Tinha leituras de autores à noite. E servia chocolate quente com marshmallows e uma gota de essência de menta quando você mais precisava. Mas, nessa tarde, ela não levou uma caneca para Elin. Em vez disso, tinha uma pilha pesada de livros nos braços.

— Se vai ser fotógrafa, precisa fazer do jeito certo — anunciou ela, colocando a pilha inteira na mesa ao lado de Elin.

— Aqui você tem um pouco sobre a história da fotografia. Leia todos. E aqui tem uma lista dos fotógrafos que você precisa conhecer. Estude a luz... ou o que quer que seja importante.

Entregou-lhe uma anotação escrita à mão. Elin leu os nomes, encantada com o entusiasmo de Anne.

— Dá para aprender a maioria das coisas lendo, mas não tudo — disse ela, rindo.

Anne olhou para ela sem compreender.

— O que você quer dizer?

— Quero ter o meu próprio estilo, ser única.

Anne assentiu, satisfeita.

— Que bom, é assim que tem que ser.

Pelo menos nesse domingo, ela tinha algo para compartilhar. Telefonava todo domingo, mas se ele estivesse enrolando muito a língua, desligaria sem falar nada. A primeira cabine em que entrou fedia à urina, o cheiro forte a fez abrir a porta e ir até outra, mais adiante na rua. Nunca telefonava de casa, sempre de uma cabine telefônica. Tinha quase se tornado um ritual.

Tocou, mas ninguém atendeu. Ela desligou, mas ficou onde estava. Outro número passou por sua cabeça, o da sua antiga casa na fazenda. Começou a discar, mas parou na metade e tentou o número de Lasse de novo.

— Alô!

A voz que atendeu não era familiar.

— Quem é? — perguntou ela.

— Aqui é Janne, quem é?

— É Elin, filha do Lasse. Ele está?

Silêncio.

— Alô, você está aí ainda? — disse Elin. Ouviu-o limpando a garganta. — Onde está meu pai?

— Você não soube?

Elin ficou confusa. O que ela deveria saber?

— Ele se mudou? — perguntou ela.

O homem limpou a garganta de novo. Não dava para saber se estava bêbado ou não. Se era amigo ou intruso.

— Ele se foi — murmurou.

— Como assim?

— Bem, ele morreu.

Elin perdeu a fala. Morto. Ele se foi. Sem mais telefonemas, sem mais perguntas. Eles nunca mais se veriam. Ela engoliu o nó que estava crescendo em sua garganta e, lentamente, colocou o fone no gancho, sem dizer nada.

Alguns raios de sol irromperam por trás das nuvens sobre a cabine telefônica. Ela olhou para o alto e acenou. As luzes de Deus. Como Lasse costumava chamá-los.

— Tchau, pai — sussurrou ela.

PRESENTE

VISBY, 2017

ELIN GIRA DEVAGAR VÁRIAS VEZES, olhando o mar e o muro da cidade desaparecer e reaparecer, sentindo o vento no rosto. Alice está sentada à sua frente na praia, brincando com as pedras. Depois de um tempo, Elin senta-se ao lado dela. Está tonta e com as bochechas rosadas. Alice segura um seixo e mostra para ela. É liso e branco.

— Olha, tem a forma de um coração. — Ela sorri.

Elin pega o seixo da mão dela e coloca na palma da sua própria mão, fechando os dedos sobre ele.

— Sabia que foi uma pedra exatamente como essa que fez eu me apaixonar por seu pai?

Alice ergue as sobrancelhas.

— Como assim? Ele nunca esteve aqui, esteve?

— Não, não aqui. Mas ele se curvou e pegou uma pedra com o formato de um coração em nossa primeira caminhada juntos. Quando ele a deu para mim, eu soube.

— Soube o quê?

— Ah, nada.

Alice pega a pedra de volta e coloca no bolso.

— Mas por que você mentiu para ele?

— Não era assim simples, não menti inicialmente. Ele teve a impressão errada desde o início, e acabei nunca contando a ele como as coisas eram de fato. Eu tinha tanto medo de perdê-lo, ficava tão preocupada de ele ficar bravo comigo. Os meses e os anos se passaram. Nos tornamos uma família, e o resto deixou de ter importância.

Elin fica de pé e coloca os braços ao redor de Alice e as duas começam a caminhar devagar.

— Desculpa, mãe — diz Alice, encostando a cabeça no ombro de Elin. — É duro pra você, e eu fico aqui perguntando essas coisas difíceis.

Elin parece realmente triste.

— Você tem que entender como a minha vida era quando conheci seu pai. Eu tinha a Anne, minha carreira, minha vida cotidiana em Paris. Isso aqui era tão distante. Mas acho que é assim que acontece, a verdade sempre te alcança. — Elin se apoia no braço de um banco da praça e desaba nele, curvando os ombros e cruzando os braços.

Alice senta-se ao lado dela o mais próximo possível. Elas se sentam quietas, olhando os patos nadando na margem de um pequeno lago do parque. O som do mar é tranquilizante. Não tem barulho de tráfego, está tudo inerte.

— Sam me lembra de tudo isso de algum jeito — diz Elin, enfim.

— O quê? De Gotland? Você costumava dizer que ele era um garoto de cidade autêntico.

— Sim, mas ele é tão pé no chão de algum jeito. Tão calmo. Prestava atenção em todos os detalhes da natureza.

Ela estende a mão em direção ao bolso de Alice.

— Me dá a pedra — pede ela.

Alice sente a pedra no bolso e a tira. Talvez se pareça mais com um triângulo do que um coração, mas a reentrância está ali, suave, e os cantos são levemente arredondados. Elin a segura e pega o celular, tira uma foto de perto e a envia para Sam.

— Me pergunto se ele também lembra — diz ela.

* * *

O carro segue bem devagar nas curvas da estreita estrada rural. Uma fila de três carros impacientes se forma atrás delas. O sol de novembro está baixo no horizonte, a luz, dourada. Apesar da estação do ano, tem bastante verde, os pinheiros ainda crescem densamente nas florestas pelas quais passam. Elin de repente se lembra das viagens de infância entre o campo e a cidade, de como costumava fingir segurar uma faca que cortava as árvores pelas quais eles passavam. Elas caíam invisíveis atrás dela, e ela nunca ousava se virar com medo de que a ilusão evaporasse.

A estrada fica reta, e os carros atrás delas aceleram, um após o outro. Elin pisa no freio e vai ainda mais devagar. As mãos seguram o volante tão forte, que as juntas dos dedos estão esbranquiçadas. Estaciona no acostamento de cascalho branco, a meio metro do asfalto. Um denso silêncio se propaga quando o ruído do motor cessa. Nenhum barulho de fora entra no carro. Só os estalos abafados do morto esfriando.

Elin gira as chaves de novo, volta para a estrada estreita e dá meia-volta.

— O que você tá fazendo? Fredrik está esperando pela gente — diz Alice, alerta de repente.

Elin entra na estrada e acelera na direção oposta. Alice a manda parar, em um tom decidido, e ela obedece, no meio da estrada. O carro atrás, forçado a desviar, buzina bem alto assim que passa por elas.

— Não consigo fazer isso, não hoje.

— Você precisa.

— Precisa ser no meu ritmo. É a única coisa que não posso mudar.

Elin se vira para Alice, que estende as mãos e tira os óculos escuros da mãe. Elin deixa uma lágrima cair e a recolhe com o dedo indicador.

— Não vai ser mais fácil amanhã — argumenta Alice. — Você só está protelando. Ela não vai ficar brava, vai ficar feliz. Tudo bem esperar aqui um pouco, mas depois temos que dar a volta. Você precisa.

Elin se deita no banco e fecha os olhos. Sua respiração gradualmente se torna mais profunda e calma. Finalmente, senta-se de novo e coloca as duas mãos na direção.

— Você consegue, mãe — sussurra Alice.

***

O carro parte novamente, desta vez na direção certa. Quanto mais perto, mais Elin reconhece as casas e consegue até lembrar os nomes das pessoas que vivem por ali, ou viviam. Thomas, da escola; Anna; sua professora Kerstin. Logo, elas verão as construções da fazenda Grinde se elevando além dos campos. Ou, em vez disso, o que quer que estivesse no lugar da fazenda que se incendiou.

— Imagina se ela acha que foi minha culpa — murmura ela, desacelerando.

— Não foi sua culpa. Ninguém acha isso. Você não entende?

— É o que Fredrik diz, eu sei, mas faíscas viajam longe. E eu fiz um fogo enorme.

— Ele está certo, eu acho. Você deve estar lembrando errado, você era só uma menina.

— Ela estava apaixonada por ele.

— Quem estava? Por quem?

— Minha mãe, por Micke, o pai de Fredrik. Ela o venerava, mesmo que a vida com ele fosse dura.

— E você? O que achava dele?

— Ele era complicado. Até me bateu. Ainda lembro das enormes palmas das suas mãos. Apenas recentemente me ocorreu que nem todo mundo sabe o que é apanhar.

— Como assim?

— Que nem todo mundo sabe como a pele reage, a sensação latejante do impacto. Que a sensação permanece com você, às vezes por vários minutos. Não é todo mundo que sabe como o golpe se espalha pelos ossos e que a dor reverbera no corpo inteiro, não apenas no local atingido.

—Ah, mãe, que horrível.

—Aqueles de nós que sabem, que conhecem essa sensação, acabam no mesmo lugar sombrio. Completamente alheios uns aos outros.

— Fredrik sabe?

Elin assente.

— Fredrik sabe, claro, com ele era muito pior. Ele disse que não sentia falta dele, e, de certa forma, eu entendo. Micke era muito mais difícil que meu pai verdadeiro. Meu pai costumava nos bater às vezes, mas recebi muito mais abraços do que tapas.

— Homens que usam a violência deveriam ser deportados para Marte, todos eles — disse Alice.

— Mulheres também — responde Elin.

Os campos que passam zunindo estão congelados e nus, os mesmos campos por onde Elin antigamente corria. A distância, ela vê a avenida que os atravessa. A estrada de cascalho que leva à fazenda Grinde ainda está ladeada de árvores nuas, mas são mais baixas e mais esparsas que os velhos limoeiros de que ela se lembra. Vê de relance uma casa no final da avenida, branca, mas desconhecida. O coração bate forte no peito enquanto passa pela entrada.

— Você deveria ver como é aqui no verão. Quando as flores estão desabrochando por todos os cantos — diz ela, apontando para as estradas enlameadas.

— Suas flores? As que você está sempre desenhando, né? Eu sempre me perguntei, reconheço tão poucas. Achei que fossem flores imaginárias.

— Acho que também podem ser. — Elin sorri.

Mais adiante na estrada, elas veem o mercado. A construção de pedra de dois andares parece exatamente igual desde a última vez em que a viu, com o estuque bege e as esquadrias das janelas vermelhas. Agora, como antes, as janelas estão cheias de anúncios de promoções de comida barata. A caminhonete de Fredrik está estacionada em frente, com os dizeres "Construções Grinde" pintados em letras grandes nas laterais. Quando ele as ouve chegar, sai do carro e vai até elas enquanto Elin abre a janela.

— Demorou muito, achei que tinham se perdido, que talvez você não soubesse mais andar por aqui.

— Quem diria, o mercado ainda está aqui — diz ela, surpresa.

— Está tudo ainda aqui, tudo está absolutamente igual.

— Nada é igual — contesta ela, saindo do carro. Está de salto alto e fino, que afunda no cascalho macio. O couro preto dos sapatos fica cinza com a poeira. Ela ajeita os óculos de sol no nariz e distraidamente retoca o batom. O vento frio do mar assopra, e Alice se encolhe, tremendo.

— Vamos entrar e comprar alguma coisa para ela? Um caixa de chocolates? — pergunta Elin.

— Edvin gosta de caramelos de *lakrits* — diz Fredrik. Ele tenta falar em inglês, mas se enrola e diz a palavra em sueco para alcaçuz.

— O que é isso?

— Posso te mostrar se quiser.

Fredrik faz um gesto na direção da loja, e Alice o segue hesitante. Elin fica do lado de fora e respira um pouco, ouvindo o movimento dos galhos ao vento, o som costumeiro e conhecido. O rugido das ondas. O cheiro de terra.

É ainda a mesma porta, a porta de vidro. O mesmo tranco ao puxar a maçaneta de aço, exatamente como ela lembra. Ela puxa forte e entra. O piso e as prateleiras são novos. As paredes estão pintadas com uma cor diferente. Mas o cheiro é o mesmo. Pão fresco, carne e café recém-passado. Fredrik está no balcão, falando com a pessoa no caixa. Ele a conhece, eles sorriem e riem. Alice vai até Elin com uma caixa vermelha de chocolates. Ela a pega das mãos da filha e vira a caixa, examinando cada lado.

— Nós sempre tínhamos uma caixa dessas no Natal. — Ela fica admirada. — Mamãe gosta deles, me lembro disso.

Ela anda pelo mercado, passa a mão sobre as mercadorias nas prateleiras. Purê de batata em pó, molho Béarnaise, sopa de ervilha, mostarda, macarrão instantâneo. Conhecido, mas diferente. Vai até o balcão dos doces, pega vários pacotes com os sabores da sua infância.

— Você nem sequer come açúcar, come? — Alice ri.

— Hoje eu como qualquer coisa. — Os braços de Elin estão cheios de balas e ela está sorrindo tanto, que as bochechas levantam os óculos de sol.

— Está bem ensolarado hoje. — Fredrik acena com a cabeça na direção de Elin para provocá-la.

Ela empilha os pacotes até o pescoço.

— Você nunca usa óculos escuros aqui?

— Não em novembro. Ficamos felizes se tiver algum sinal de sol de vez em quando.

Ele a segura pela mão e a leva para dentro da loja, onde as portas do estoque e do escritório estão semiabertas.

— Vem aqui, quero te mostrar uma coisa.

Ela o segue na escada até o andar de cima, que cheira a poeira e umidade. Há caixas e pacotes empilhados no chão, e as paredes estão cobertas com cartazes antigos, presos com alfinetes coloridos. A velha e pesada escrivaninha de carvalho ainda está no escritório, a que Gerd costumava usar para contabilizar o dinheiro. Fredrik abre um armário, o interior está cheio de fotos.

— Olha isso. Ninguém te esqueceu aqui.

Ela se aproxima. Há alguns recortes de revistas francesas na porta do armário. Uma Elin jovem ri inocentemente para o leitor.

— Como…?

— Gerd sabia exatamente o que estava acontecendo. Quando soube que você tinha ido para Paris e se tornado modelo, começou a comprar revistas francesas. Você nem sempre estava nelas, mas ela gastou tanto dinheiro com essas revistas, pedia diretamente da França. Mas, de vez em quando, você aparecia. Assombrosamente linda, eu costumava ficar aqui olhando pra você por horas. Senti tanto a sua falta.

— Mamãe viu também?

Fredrik fecha o armário e o tranca com cuidado.

— Não sei — diz ele. — Deve ter visto. Gerd sempre me mostrava quando achava uma foto nova. Ela tinha tanto orgulho de você. A celebridade do vilarejo.

— Foi há tanto tempo. Sou muito mais feliz atrás das câmeras.

Fredrik fica tenso e põe a mão dela entre as suas, seu tom fica repentinamente sério.

— Ei, preciso te contar uma coisa. Antes de irmos à casa dela — diz ele.

Elin sente seu coração acelerar com o contato repentino. Chega mais perto, os rostos dos dois ficam próximos, ela pode sentir seu hálito, como uma corrente de calor acariciando sua bochecha.

— O quê?

Ele dá um passo para trás, evita seu olhar.

— Eles encontraram Edvin no campo graças a você. Foi você quem o salvou. Mas ele nunca mais foi o mesmo. Sofreu intoxicação por monóxido de carbono.

— O que isso quer dizer?

— O cérebro dele ficou severamente danificado por causa da fumaça. Ele anda e fala com dificuldade. É um pouco… lento, digamos.

Elin afunda sobre a escrivaninha, ele solta a mão dela.

— O que você quer dizer com lento?

— Ele é mentalmente deficiente. Você vai ver o que quero dizer. Só queria que você soubesse antes que o visse.

Elin mexe distraidamente em alguns folhetos na mesa e Fredrik acaricia suas costas. Ela olha para ele.

— Ele não está presente de fato? Vai se lembrar de mim?

— Acho que sim, ele é inteligente. Ele ainda está lá, dentro da cabeça dele. Só tem dificuldade de movimento e de fala. Acho que ele pensa bastante.

— Fiquei achando tudo errado.

— Sim, ficou.

Ele segura a mão dela de novo e a coloca no rosto dele, a barba pinica a palma da mão dela.

— Minha menina. — Ele sorri, olhando nos olhos dela.

— Eu não tinha ideia do quanto sentia sua falta até te ver — sussurra Elin.

— É fácil esquecer.

— Não, não foi fácil. Tive que apagar tudo para conseguir sobreviver. Os anos se passaram, e, no final, parecia que tudo havia sido um sonho.

Elin olha para a parede atrás de Fredrik. Há um obituário retangular pregado. O jornal está amarelado. Ela anda até lá e o lê.

GERD ALICE ANNA
ANDERSSON
26 de março de 1929 – 2 de abril de 2015

Agora descansa.
Foi muito amada.
Fará muita falta.

Tão pacífica
na morte
quanto na vida.

Marianne
Com amizade

Ela passa os dedos sobre as palavras. Gerd se foi, está morta e enterrada. A dor aumenta de novo. Tantos dias, tantos anos passados sentindo falta e de luto sem necessidade. Quando ela estava aqui o tempo todo. De repente, ela visualiza o rosto de Gerd na sua frente. Os cachos grisalhos, a risada, a barriga redonda, tudo nítido como o dia. Alice entra, tirando-a dos seus pensamentos.

— Quem era?

Elin não responde e se vira para Fredrik.

— Ela morreu tão recentemente. Como ela pode estar morta, por que não cheguei a vê-la?

Alice e Fredrik colocam os braços ao redor dela.

— O segundo nome dela era Alice — sussurra Elin para a filha. — Era o nome que eu achava mais bonito quando era pequena, por isso dei a você.

Alice paralisa.

— Como você pôde me dar esse nome em homenagem a alguém e nunca ter me dito nada?

— Ela era tão importante para mim — explica Elin. — Como você. Foi o nome mais adorável que pude te dar. Não peço que entenda. Mas prometo te contar sobre ela, tudo o que quiser saber, tudo o que eu lembrar.

— Tira os óculos agora — protesta Alice, segurando no braço da mãe. — Por favor, está de noite, escuro, estamos no campo. Não dá pra ficar com eles quando ela abrir a porta. — Alice continua a atormentar, andando atrás da mãe.

Elin a ignora e continua de óculos, arrumando-o no nariz para que cubram seus olhos completamente. Ela escolhe o caminho cautelosamente pelo chão de lama, andando na ponta dos pés e pulando as poças d'água maiores. Seu olhar está fixo na porta azul. É mais clara do que se lembra; talvez tenha sido pintada recentemente. O reboco está tão gasto quanto antes, há grandes pedaços descascados. Uma das duas luminárias de parede está quebrada, e dentro da cúpula rachada parece haver um ninho de pássaros, os gravetos saindo entre os cacos. A outra luminária brilha fracamente.

Ela põe a mão na aldrava, mas para antes de bater. Fredrik e Alice olham para ela em silêncio, até Fredrik se aproximar e colocar a mão sobre a dela.

Eles batem a aldrava juntos e esperam. Na mesma hora, a maçaneta da porta gira. Alguém estava esperando por eles do lado de dentro. Elin dá dois passos para trás e, quando a porta se abre, vira-se e anda rápido para o carro.

— Mãe, para! — grita Alice.

Seu olhar alterna entre as costas de Elin, que rapidamente desaparece em direção ao carro, e a senhora encurvada atrás da porta. Marianne sai, levanta a mão e acena.

— Elin, é você? — chama. Sua boca deve estar seca, as palavras parecem presas.

Elin fica paralisada quando ouve a voz da mãe. Olha para os pés, os sapatos sujos de lama. É tudo úmido, é tudo frio, é tudo molhado, é tudo escuro como a noite. Marianne chama de novo, implorando que volte, e Elin dá meia-volta e corre para ela. A água espirra em suas pernas a cada passo, os saltos afundando no chão macio.

— Estou aqui agora — diz ela, parando em frente à sua mãe.

Elas se entreolham. Marianne treme de frio, mas deixa os braços pendurados ao longo do corpo. Não há abraço nem cumprimento. Elas apenas se encaram. Sem dizer nada. Alice cutuca o ombro de Elin.

— Você não vai dar um abraço nela? Não vamos entrar? — sussurra ela.

Elin se aproxima, sem tirar os olhos da mãe.

— Estou aqui agora. Voltei pra casa. Esta é a sua neta, Alice. — Elin empurra Alice para frente.

Marianne acena com a cabeça e acaricia a bochecha de Alice gentilmente. Então, dá um passo para o lado e as deixa entrar no hall. Fredrik se inclina para dar um abraço em Marianne, mas ela se esquiva.

— Vocês realmente deixam a temperatura fria aqui — diz ele para quebrar o silêncio e procura o termostato.

Marianne some para a cozinha sem falar nada, e Alice e Elin ficam paradas no corredor enquanto Fredrik ajusta o aquecimento.

Está mais quente na cozinha, o fogão a lenha crepita. Elin estremece quando vê as chamas ardentes sob a boca do fogão e sente o cheiro de fumaça. Marianne estava preparada para a visita: a mesa está posta com o melhor jogo de café, xícaras e pires de porcelana decorada com lindas rosas e delicados guardanapos sob cada xícara.

— Foi uma viagem longa que você fez — diz ela, finalmente, segurando as mãos de Elin e acariciando-as com movimentos repetitivos: suas mãos são ásperas e os dedos ressecados do jeito que Elin se lembra.

— É, acabou sendo bem longa — sussurra Elin.

Todos se sentam, Elin e Alice em cadeiras separadas, mas perto uma da outra, e Fredrik no banco da mesa. Apesar do crepitar da madeira, a cozinha está tranquila. Elin levanta a toalha de mesa com cuidado: ainda é a mesma mesa, aquela em que comeu centenas de vezes no passado. Ela passa a mão sobre a superfície, sentindo as marcas com os dedos, as marcas de cigarro.

— O que você está fazendo, mãe? — pergunta Alice baixinho, abaixando a cabeça para olhar sob a toalha.

Elin pega a mão da filha e a faz sentir a madeira.

— Dá pra sentir? Consegue sentir as marquinhas?

Alice assente.

— Mamãe fazia com o cigarro, quando ficava brava. Costumava apagá--los na mesa.

Marianne se vira para elas. Numa das mãos, segura um pão de ló com uma calda branca e grossa que escorre pelos lados e, na outra, uma chaleira velha de café. O bico está fumegante.

— Mas parei de fazer isso, nem fumo mais — diz ela, com um tom severo.

O rosto de Elin fica vermelho quando se dá conta de que Marianne entende o suficiente de inglês para saber o que ela está dizendo.

— Então, talvez você deva se dar de presente uma mesa nova? — Elin sorri, mas não recebe um sorriso de volta e resolve mudar de assunto.

— As xícaras boas, é incrível que ainda existam! — Ela ergue a sua para Marianne colocar o café. A borda é fina como uma folha, e ela assopra a bebida quente com cuidado antes de dar um bom gole.

— É, tem muita coisa que nunca levei para a casa dos Grinde. E foi ótimo, porque não sobrou quase nada lá.

— Queimou tudo?

Marianne balança a cabeça.

— Não tudo, conseguiram apagar o fogo de um bom pedaço da casa. Mas a maior parte, sim. Micke e Erik foram queimados vivos. Você sabia disso?

Sua mandíbula está travada e a voz é fria. Não demonstra sinal de tristeza, é mais uma afirmação prática. Elin engole com dificuldade o nó que se forma na garganta.

— Sim, vi com meus próprios olhos. Estava lá quando o fogo os levou. Não lembra? Nunca vou esquecer a imagem do corpo queimado de Micke.

Marianne afunda na cadeira ao lado dela e suspira profundamente.

— Foi tão rápido. De repente eles… se foram. Todos eles.

— Edvin, não — protesta Elin.

— Sim, Edvin também, você vai ver. Ele está descansando agora, você vai vê-lo mais tarde. Tivemos que ficar no hospital por meses.

Elin estende a mão, tenta tocar a mão de Marianne. Mas a mãe a retira e põe a mão no colo, entrelaçada com a outra, e as retorce ansiosamente.

— Por que você está aqui, e não na fazenda dos Grinde? — pergunta Elin. — Vi que a fazenda foi reconstruída.

— Era a fazenda de Micke, não minha. Ficou com ele. — Ela gesticula para Fredrik.

— Mas você não tinha metade, com o dinheiro de Aina?

Ela balança a cabeça.

— Não, não tinha nada no papel. E que diferença faria? Eram só dívidas e borracha queimada. Certo, Fredrik?

Fredrik concorda.

— Mas Fredrik nunca me abandonou — continuou Marianne.

— Não, ele não é igual a mim — responde Elin, em voz baixa.

Fingindo que não ouviu, Marianne enrola um pedaço da toalha nos dedos e olha para o tampo da mesa. Elin gira a colher de prata na mão. O bolo continua intocado sobre a mesa. Por fim, Fredrik corta um pedaço e diz que está delicioso, mas todos o ignoram.

— Como você se virou? Com Edvin e tudo. Você conheceu outro homem? — Elin tenta olhar nos olhos de Marianne, mas a mãe não tira os olhos da mesa.

— Fredrik me ajudou, todos esses anos — responde ela.

Elin deixa cair a colher no pires, o som quebra o silêncio do ambiente. Ela fica em pé, esbarrando na mesa de modo que as xícaras e os pires chacoalham.

— Precisamos ir embora agora. Vamos ficar alguns dias, estamos no Visby Hotel. Você pode ir lá me ver se quiser.

Marianne estende a mão para ela.

— Não, não vá. Por favor, Elin, você precisa me perdoar.

— Te perdoar pelo quê?

— Por não ter ido até a casa de Lasse e trazido você pra casa. Não conseguia fazer isso. Os dias se passaram, os meses se passaram. Não conseguia falar com Lasse, não queria vê-lo. E, então, um dia, finalmente liguei e você tinha desaparecido no mundo. Sozinha em Paris. Senti uma pontada no estômago quando soube, mas Lasse me garantiu que tinha gente cuidando de você.

Elin olha sem expressão para o chão, atordoada. Ninguém nunca contou a ela que eles se falaram, que Marianne se preocupava.

— É verdade, tive uma boa vida lá. Melhor que na casa do meu pai de qualquer modo, você sabe como ele era. Gentil, mas nunca conseguiu parar de beber, então não tem necessidade de você se sentir assim.

— Você parece tão chique — disse Marianne, de repente. — Como num filme.

Elin mexe ansiosamente na manga da blusa. Então, respira fundo.

— Mãe, sou eu quem deveria pedir desculpas. Deve ter sido minha culpa. Acendi uma fogueira na praia naquela noite. As faíscas do fogo devem ter começado o incêndio. Fui eu que matei todo mundo. Matei Erik e Micke.

Todos ficam em silêncio enquanto as duas se olham. Fredrik vai até elas e coloca seus braços sobre os ombros de Elin.

— Parem agora, vocês duas. Parem de tentar encontrar um culpado — diz ele. — O que aconteceu, aconteceu. Vocês estão aqui agora. Vão ter que recomeçar.

Marianne estende a mão e segura os ombros de Elin.

— Foi por isso que você fugiu?

Elin assente, e Marianne começa a chacoalhá-la. Elin se encolhe, tentando se proteger da fúria da mãe. Consegue segurar a mão de Marianne e a afasta.

— Mãe, para!

Marianne obedece. Sua boca é só uma linha fina, a respiração é difícil. Ela encosta na bancada e cai no choro.

— Procuramos você por dias. Em todo lugar. Achamos que estava morta — diz ela entre soluços.

— Mãe, sinto muito, achei que era melhor, achei que você estava brava, que me culparia pelo incêndio, pelas mortes de Micke e Erik. Achei que todos tinham morrido, Edvin, Gerd, Ove. Foi no que acreditei esse tempo todo.

Marianne enxuga as lágrimas do rosto.

— O quê? Como você pôde achar isso? Por que eu a culparia? Você nos acordou, você me salvou.

— Então, você nunca esteve brava comigo?

— Não, por que eu teria ficado? Eu estava triste. Triste quando a carta de Lasse chegou finalmente e nos demos conta de que você estava lá. Triste por ter fugido e me deixado quando eu mais precisava de você. Quando nós mais precisamos de você.

O rosto de Elin se contrai e ela olha para Marianne com uma expressão acusatória.

— Então, por que você não foi me buscar se eu era tão importante?

— Pare com isso. Foi há tanto tempo — sussurra Marianne.

Elin dá as costas para a mãe.

— Tudo bem, já parei — retruca, com a voz rouca. —Alice, vamos, está na hora — diz para a filha, em inglês.

Fredrik levanta e ajuda Marianne, que parece estar prestes a desmaiar, a se sentar de volta na cadeira. Alice para na porta.

— Vamos voltar, vovó, vamos voltar logo — diz ela antes de sair.

Elin acelera antes mesmo de Alice fechar a porta. A lama espirra quando os pneus giram. Ela acelera para a estrada. Está bem escuro, e nem mesmo o farol alto consegue iluminar bem o caminho. Alice tenta acalmá-la, mas ela não ouve.

— Viu, ela não me ama, sequer estava alegre quando chegamos. Não devíamos ter vindo — diz ela, então liga o rádio tão alto, que fica impossível conversar.

Mais de trinta anos. Tantos anos se passaram, entalhando rugas e cicatrizes nos rostos de todos. Elin olha para o teto, a cabeça remoendo tudo o que aconteceu. As luzes estão apagadas, e apenas uma tênue faixa de luz da rua atravessa a escuridão. No banheiro, suas roupas estão amontoadas, as pernas da calça são um lembrete enlameado do campo que ela deixou com pressa.

Ela mexe no celular, lendo mensagens antigas de Sam. Ele não tinha respondido. Talvez não se lembrasse da pedra em formato de coração, talvez não tenha entendido por que ela a enviou. Deveria ter escrito algo, mas o quê? Eles não têm mais o que falar um para o outro. Apenas sobre Alice. Ela tenta encontrar uma razão para escrever, mas o celular fica em seu peito, e a caixa de texto, vazia. Deveria contar tudo, mas não sabe por onde começar.

Ela está dormindo quando o celular toca de repente. O barulho a acorda, a vibração que se espalha por seu corpo, e ela atende sem ver quem era.

— Sam? — diz ela, esperançosa.

— Não, sou eu, Fredrik. Quem é Sam?

— Meu...

— Seu marido? Você é casada?

— É o pai de Alice — responde ela, repentinamente desperta. — É um pouco complicado.

— E não é sempre?

Ela se senta e acende a luz.

— E você, é casado? — pergunta ela, prendendo a respiração.

Ele ri, ruidoso, o peito chia ao tossir e ele precisa fazer uma pausa para recuperar o fôlego.

— Sim, sim, claro. Não vou viver sozinho numa ilha isolada como esta.

— Qual é o nome dela?

— Miriam.

— Vocês têm filhos?

— Sim, várias pedras.

— Pedras? Como assim?

— Não lembra? As pedras que costumávamos jogar.

— Cada vez era um número diferente.

— Sim, acho que somei todos. São cinco até agora. — Ele ri de novo.

Ela segura o aparelho um pouco longe do ouvido e espera antes de responder.

— Alô, você está aí?

— Achei que você e eu fôssemos nos casar — sussurra ela.

— Achou mesmo? — Fredrik de repente fica sério.

— Não, talvez não. Ou... não lembro.

— Foi adorável ver você. Sempre senti sua falta, nunca deixei de pensar em você.

— Eu também, sempre.

Os olhos de Elin se enchem de lágrimas. Ela dá um suspiro pesado.

— Apesar de que nunca nem sequer nos beijamos, você e eu — diz ela.

Fredrik ri.

— Não, éramos pequenos demais para isso.

— Mas chegamos perto, não? Estou lembrando direito?

— Sim, você está. Chegamos realmente perto. Era você e eu.

— E as estrelas.

— É, você e eu e as estrelas. Apenas lembre-se de todas aquelas noites na praia, como era bom.

Elin limpa as lágrimas e muda de assunto.

— Posso conhecê-los? Sua família.

— Claro, por isso estou te ligando.

— Não deu muito certo na casa da minha mãe.

— Você sabe como ela é.

— Não, na verdade, não. Não a vejo há trinta anos.

— Dê uma segunda chance, ela merece. Ela é gentil sob aquela casca dura. Ela se fecha, de certo modo, quando as coisas ficam difíceis. Sei que sentiu sua falta todos esses anos, que pensou em você todos os dias. Ela quer te convidar para jantar. Miriam e eu iremos, e as crianças. Amanhã à noite. Você nem viu Edvin, ele quer ver você também.

— Ele nem sequer sabe quem eu sou, sabe?

— Veremos. Ele é mais inteligente do que as pessoas pensam.

***

Eles se despedem e desligam, e o quarto fica em silêncio de novo. A noite cai, mas seus pensamentos são caóticos demais, impedindo-a de dormir, há muita coisa para processar. Ela se levanta e vai até a janela. A lua está refletida no mar, a superfície prateada e cintilante. Ela se veste, camada sobre camada de roupas quentes, e sai para as ruas desertas.

Inclinando a cabeça para trás, ela examina as estrelas no céu preto como carvão, uma confusão de pontinhos prateados acima ela. Está tão escuro, que ela consegue vê-las apesar da baixa luz da rua. Sussurra os nomes das constelações, girando para ver o céu inteiro, descobrindo cada vez mais. Como amigos de longa data.

— Mãe, o que você tá fazendo? Por que você tá aqui sozinha?

É Alice. Ela também saiu, apesar de ser tarde. Seu chapéu de lã está enfiado até as orelhas, e a ponta do nariz está vermelha e úmida. Estava parada um pouco mais à frente na estrada. Elin vai até ela.

— Como sabia que eu estava aqui?

— Não sabia. Saí pra achar uma cafeteria pra tomar um chocolate quente. Então, fui dar uma volta. É tão bonito aqui. É como passear dentro de um conto de fadas.

Elin engancha seus braços nos de Alice.

— Não é? Como passear em outra dimensão, em outra época. Quer continuar andando um pouco? Acho que ainda consigo me virar. Posso te mostrar a igreja, é enorme, muito bonita.

Elas caminham devagar, juntinhas. Está frio, e o ar que sai de suas bocas se transforma em nuvens de vapor.

PASSADO

PARIS, 1999

As CAIXAS ESTAVAM EMPILHADAS na calçada. Centenas delas, cheias de livros. Um caminhão chegou e parou à sua frente, o motor engasgou enquanto o motorista desligava a ignição. Ele a cumprimentou cortesmente, então deu a volta e abaixou a plataforma de carregamento. Elin estava com a câmera pendurada em uma correia ao redor do pescoço e documentou tudo detalhadamente enquanto as caixas desapareciam, uma por uma, dentro do caminhão. Ela passava devagar pelas prateleiras da livraria, agora vazias. Parecia tão pequena agora que era apenas um espaço. Lembrou como a achou grande quando atravessou a porta e entrou ali pela primeira vez, como se contivesse o mundo inteiro e muito mais.

O balcão não tinha mais canetas e blocos de papel. Ela tirou a placa do gancho. *Uma casa sem livros...* Agora era uma livraria sem livros. Sua alma desapareceria em breve.

Visualizava Anne nitidamente diante dela, exatamente como na primeira vez em que se viram. Quando seu cabelo ainda era vermelho, seu busto, grande e macio, e seus vestidos, longos e esvoaçantes. No final, ela estava magra e grisalha, mas os olhos nunca perderam o brilho, e o coração era tão aberto e quente como antes. Nunca parou de trabalhar, nunca se aposentou. Ela apenas foi dormir uma noite e não acordou mais.

Agora ela estava morta e a livraria precisava ser fechada e esvaziada. Havia algumas pessoas ajudando: em seu testamento, havia três nomes. Nenhum deles era parente de Anne, não se conheciam muito bem, mas eram todos seus anjos. Era como ela costumava chamá-los. As almas perdidas que fizeram da livraria seu lugar seguro.

A seção de fotografia foi a última a ser encaixotada. Elin ficou com um exemplar de cada livro, colocando-os cuidadosamente em uma caixa junto com outras lembranças. Seu próprio livro estava lá na prateleira, e Elin lembrou como Anne tinha ficado orgulhosa ao ver a primeira edição. Como tinha exigido que sua dedicatória fosse bem pensada e pessoal, que Elin a escrevesse com calma.

Logo a calçada estava vazia de novo e o caminhão foi embora. A caixa de Elin, cheia de memórias, ficou no chão por mais um dia. Ela pôs um bilhete avisando às pessoas que a loja estava fechada e trancou a porta com cuidado. Mas não conseguia ir embora. Sentou-se no banco do lado oposto, ficou olhando para o rio e para os barcos que passavam. Era o mesmo banco em que ela estava sentada quando Anne apareceu e a resgatou no momento em que se conheceram. Agora, ela estava ali de novo, sozinha e mergulhada em tristeza.

Ao longo do muro, os ambulantes expunham seus cartões-postais e pinturas. Casais apaixonados andavam de mãos dadas e pais corriam atrás dos filhos. Ela os acompanhou com o olhar.

Os pensamentos continuavam a fervilhar. Pegou a câmera que estava no colo. Ficou em pé e começou a fotografar, capturando a beleza da luz, libertando-se das memórias.

Ele estava encostado no muro um pouco mais à frente ao longo do rio, com o queixo apoiado na mão e os olhos fixos na água. Elin se aproximou sorrateiramente, escondida atrás da câmera. Seu cabelo castanho era espesso e brilhante, e a luz incidia lindamente sobre sua face, fazendo o castanho- -avermelhado da barba brilhar como ouro. Ele parecia um galã de filme, e sua sombra esguia se estendia pela calçada, a silhueta negra contra o cinza.

Quando surgiu uma brecha no fluxo de transeuntes, ela conseguiu captar a imagem dele sozinho, apertou o botão do obturador. Ele estava quase imóvel. Perfeito. Apenas a luz mudava conforme ela movia a câmera com cuidado, alguns centímetros de cada vez.

Ela chegou um pouco mais perto e deu um zoom em seu rosto. Então, de repente, ele se virou, olhou para ela e deu um sorriso largo. Ela ainda estava segurando a câmera perto do olho, mas o dedo escorregou do botão e ela ficou parada absolutamente imóvel, flagrada no ato. Ele deu alguns passos em direção a ela, seus olhos brilhando.

— Você fala inglês? — perguntou ele, em um francês precário.

Ela assentiu e abaixou a câmera, envergonhada.

— Acha que vai ficar boa? — continuou ele, apontando para a câmera.

O rosto de Elin ficou quente e ela não conseguia olhá-lo nos olhos, optando, em vez disso, por fitar os sapatos dele. Eram de couro marrom brilhante, usados com calça de terno cinza-escuro.

— Desculpa, não consegui evitar. Estava tão bonito você parado ali, provavelmente ficou ótima — disse ela.

Ela olhou de relance e seus olhos se cruzaram. Ele sorriu.

— Posso tentar? — perguntou ele, pegando a câmera. Ela lhe entregou relutantemente e ele a ergueu à altura dos olhos, mas Elin se virou. Ele andou à volta dela; ela continuou virando; ele a seguiu. No final, desistiu e abaixou a câmera.

— Tudo bem, você venceu. Mas você ficaria melhor na foto do que atrás da câmera. Sei quem você é. É a filha daquela maravilhosa mulher da livraria. Te vi lá, te reconheci.

Elin não respondeu; nunca o tinha visto lá. Ela se lembraria.

— Sempre quis falar com você. Vocês pareciam se dar tão bem, você e sua mãe — continuou.

Ela assentiu, a dor inundando-a de novo. Não conseguiu dizer que Anne não era sua verdadeira mãe.

Ele estendeu a mão, como se percebesse que ela estava triste. Ela estendeu as dela e ele as segurou.

— Sei que ela se foi. Sinto muito. Minha empresa comprou a propriedade. Elin, não é esse seu nome?

Ela assentiu.

— Vi no contrato. Vem, vamos andar um pouco — convidou ele, segurando a mão dela com delicadeza.

Ele deu alguns passos adiante dela e seus braços se esticaram. Ela o seguiu cautelosamente.

— Vou ver essa foto algum dia, certo, quando você revelar? — perguntou ele.

Ela concordou.

— Talvez você possa me fazer alguma recomendação de leitura também, amo livros. Que sonho sair para caminhar com a filha de uma vendedora de livros. Meu nome é Sam. Sam Boals.

Elin parou, tirou a mão da dele.

— Mas a livraria não existe mais. O caminhão acabou de levar todos os livros embora. Anne doou para uma escola. As prateleiras estão vazias. Acabou tudo.

Elin parecia tão triste que ele parou e pôs a mão no ombro dela.

— Mas está tudo dentro de você, todas as palavras que leu. Ninguém pode tirá-las de você. Sua mãe te deu a melhor coisa que se poderia dar a uma filha.

Elin concordou. Ele afagou o ombro dela e seus olhos transbordavam simpatia, mas não disse nada. Ficaram em silêncio, lado a lado, encostados no muro.

— O que vai acontecer com a livraria? — sussurrou ela, por fim.

Ele ergueu os ombros.

— Não sei. Trabalho com propriedades, compra e venda. Os sentimentos não fazem parte do negócio. Mas, dessa vez, foi mais difícil. Estive na livraria tantas vezes. Eu realmente gostava dali.

Ele se curvou, procurando algo no chão. Quando se levantou de novo, tinha uma pedra nas mãos. Colocou-a na palma da mão dela, fechando seus dedos sobre a pedra.

— Põe no bolso e não olha até chegar em casa. Se concordar, nos encontramos de novo. Promessa — disse ele.

— Não entendi — Elin franziu as sobrancelhas.

— Você vai entender. Confia em mim. Põe no bolso agora — disse ele, radiante.

Ela obedeceu e sentiu o peso da pedra no bolso do casaco. De novo, ele segurou a mão dela e eles caminharam devagar, lado a lado. Ele perguntou sobre seus livros favoritos e contou sobre os dele. Conversaram animadamente, as palavras fluíam.

Começou a chover forte, como se o céu tivesse aberto suas comportas, e ele tirou o casaco e colocou sobre suas cabeças. Elin chegou mais perto, sentiu seu cheiro reconfortante. As ruas ficaram vazias, mas os dois continuaram andando.

PRESENTE

HEIVIDE, GOTLAND, 2017

A MESA ESTÁ POSTA COM a louça lascada, os pratos amontoados. Cinco do lado próximo ao banco da cozinha, onde as crianças já estão sentadas, esperando. São loiros, cabelos compridos, bagunçados e felizes. Estão sentados juntos e grudados por ordem de tamanho, dos menores aos adolescentes. São todos meninos e todos têm sardas na ponta do nariz. Estão sentados quietos, mas de vez em quando algum leva uma cotovelada ou um beliscão na coxa, e então o grupo inteiro se mexe como um só. Do outro lado, três pratos estão dispostos, espaçados, um em cada ponta.

Fredrik está em pé com o braço ao redor da mulher. Eles combinam, como se fossem uma única pessoa. Ela é bonita, com o rosto rechonchudo e rosado. Está de jeans e uma camiseta de algodão simples listrada, a barriga levemente protuberante acima da cintura. Seu cabelo é como o de Elin quando ela acaba de sair do banho e não faz nada com ele: brilhante e ondulado, repartido ao meio. Ela é quem está cozinhando, mexendo a panela com uma grande colher de pau.

A casa inteira está em silêncio quando elas entram, e Elin de repente se sente sozinha, apesar de Alice estar ao seu lado. As crianças olham para elas com os olhos arregalados, e Fredrik solta Miriam e troca olhares com Elin. Ela sorri e ergue a mão, em uma saudação hesitante.

Marianne está em pé atrás delas, deslocando seu peso impacientemente de um pé para o outro, como se estivesse tentando empurrar Elin e Alice para a cozinha. Elin inspeciona a mesa, contando os pratos, e se vira para Marianne.

— Edvin não vai jantar com a gente? — pergunta ela.

— Ele faz muita bagunça.

— E ele fica estressado com muita gente — acrescenta Fredrik.

— Não tem importância, eu queria muito ver ele.

Elin volta para o corredor.

— Onde ele está? Ainda no antigo quarto?

Marianne balança a cabeça e vai na frente dela.

— Ele não consegue subir as escadas. O quarto dele agora é o que era meu.

Só então Elin percebe que as portas não têm mais soleira. Ela sente seu pulso acelerar ao se aproximarem da porta do quarto.

Ao ver uma estante cheia de fotografias antigas no corredor, Elin se detém por um momento para examiná-las.

— Você se reconhece? — pergunta Marianne, pegando um dos porta-retratos.

É uma foto de escola com o fundo cinza, manchado, em uma moldura dourada e oval. Naquela época, Elin tinha franja, grosseiramente cortada com a tesoura de cozinha de Marianne. As pontas dos dentes da frente são onduladas e as poucas sardas no nariz são superdefinidas, como pontinhos de tinta. Marianne acaricia a foto com a ponta do dedo, passando pelo rosto de Elin.

— Olhei para você todos os dias.

Elin pega o porta-retrato da mão dela e o põe virado para baixo na estante.

— Olha pra cá em vez disso, olha pra mim agora. — Ela pega a mão de Marianne e a põe em seu rosto. É fria e ossuda, com as juntas inchadas. — Estou aqui agora, mãe, estou aqui de verdade.

Marianne puxa a mão novamente. Elin vê lágrimas se formarem nos olhos dela enquanto ela se vira e se encaminha para o quarto de Edvin. Elin a segue.

Ele está sentado de costas em uma cadeira de rodas com o encosto alto. Uma das mãos está contorcida e virada para seu corpo e o ombro está pendurado para fora do apoio do braço. Ele vira a cabeça devagar. Quando

314 *Sofia Lundberg*

ouve as duas, começa a fazer barulhos, um lamento monocórdico. O quarto é frio. Tem uma cama ajustável com grades altas e uma manta vermelha de lã sobre ela. Marianne coloca as mãos nos ombros dele e fala alto e com clareza.

— Edvin, ela está aqui agora, sua irmã veio pra casa finalmente.

Ele grunhe, emitindo sons agudos a cada respiração. Um pé bate no chão.

— Olha como você está feliz, sim, imagina o quanto esperamos por ela — continua Marianne. Ela arruma seu cardigã vermelho-vinho e limpa sua boca com uma toalha de cozinha que pega no bolso do vestido. Então, ela faz um sinal para Elin, que dá um passo para frente, hesitante.

— Ei, você — sussurra ela, colocando a mão sobre a dele. Ele olha para ela com seus olhos cor de avelã, que brilham de alegria ao mesmo tempo em que ele sorri torto. Um fio de baba escorre do canto da boca, e Marianne limpa-o de novo.

— Ele entende que sou eu?

Edvin bate forte com um pé quando ouve Elin, o sorriso desaparece dos seus lábios.

— Acho que sim. Dá pra ver, ele entende o que você tá falando.

— Mas faz tanto tempo, como ele pode se lembrar?

O som monocórdico volta, e Edvin olha para o chão, o brilho dos olhos se apagaram.

— Você se lembra de mim? — sussurra Elin, abaixando-se ao seu lado. Ela se inclina sobre a cadeira de rodas e põe a cabeça no peito dele. — Você lembra como você costumava encostar em mim, assim, quando estava com medo?

Ele bate o pé, põe a mão nas costas dela e bate forte. Ela aperta sua mão e o beija no rosto.

— Ah, Edvin, não acredito que você está vivo! Vem comer com a gente, vem ficar com a gente! — Ela solta a trava da cadeira de rodas e a empurra até a cozinha. Marianne não protesta; deixa os dois passarem, mas fica longe, no corredor, mexendo nas fotos da estante.

Elin posiciona Edvin na ponta da mesa e se senta ao seu lado. Não para de olhar para ele, acariciando seu braço, suas costas, sua cabeça.

Miriam põe a panela na mesa, bem no centro. O vapor sobe e o cheiro se espalha pela mesa.

— É bife e guisado de cantarelo. Típico de Heivide.

Alice abre a boca para dizer alguma coisa, mas Elin balança a cabeça e pronuncia em inglês: "Comam".

— Tem uma opção vegetariana também. Você não é a única com ideais — diz Fredrik, apontando para o banco da cozinha. — Acho que é a melhor hora para apresentar o time. Este é Erik, vegetariano quando quer; Elmer, que só come salgadinho de queijo e presunto; Esbjörn, que não gosta de pepino; Emrik... Emrik está bem, ele ainda come de tudo. E o pequeno Elis. Foram todos os Es, ou eu perdi algum? — Fredrik e Miriam riem.

— Você fala inglês? — pergunta Alice a Erik, que assente alegremente.

— Sou *gamer* — diz ele, em inglês fluente. — Tenho um monte de amigos nos Estados Unidos que jogam comigo.

Um murmúrio toma conta da cozinha, que está tão quente, que o interior das janelas fica embaçado. A panela esvazia devagar. Edvin bate a colher no prato. Elin o ajuda a colocar a colher na boca, com cuidado.

— Dá um pouco de leite para ele também, ele gosta de leite — diz Marianne, indicando com a cabeça o copo vazio.

— Eu sei — sussurra Elin.

— Mãe, Erik disse que tem vacas no estábulo. Nunca passei a mão em uma vaca. Podemos ir? — pede Alice, do outro lado da mesa, lançando um olhar de súplica para Elin.

Elis pula para cima e para baixo no banco. Sua calça fina de moletom está gasta nos joelhos e fica caindo até metade das nádegas. Miriam a puxa para cima, quase levantando o menininho do chão.

— Marianne, leva a garota para ela conhecer as vacas — diz ela.

— Eu vou, assim posso traduzir. — Elin sorri. — Vacas, hein? — E se vira para Marianne, erguendo as sobrancelhas, questionando-a.

— Sim, não muitas, mas elas nos dão um pouco de leite. Precisamos viver de alguma coisa, Edvin e eu.

Eles andam juntos pela fazenda em direção ao pequeno estábulo. Elin abre a porta com a mão treinada, erguendo-a com facilidade e virando a chave robusta. O calor e o cheiro a atingem em cheio enquanto Marianne acende a luz fluorescente e as vacas abaixam a cabeça dando as boas-vindas.

— Agora elas acham que vão ganhar comida — resmunga ela.

Alice e Elin passeiam entre as enormes cabeças das vacas. Uma delas, de repente, põe a língua para fora e cutuca a mão de Alice, fazendo-a gritar. Os meninos riem dela, e Elis trepa na cerca e encosta no focinho da vaca. A língua comprida e áspera sai de novo, e ele dá uma risadinha quando ela lambe a sua mão.

— Alice nunca tinha visto uma vaca — explica Elin.

Elis fica confuso, como se alguém tivesse acabado de dizer que Papai Noel não existe.

— Elas moram em uma cidade grande, onde os prédios são mais altos do que as montanhas, onde todo mundo vive uns sobre os outros — explica Erik em um tom assertivo, imitando uma torre com as mãos. Elis balança a cabeça, surpreso.

— Nunca viu uma vaca. Foi bom vocês terem vindo — diz Marianne, balançando a cabeça. — A menina é quase uma moça. O que seria dela se nunca tivesse ido ao campo para ver como as coisas de fato funcionam?

Elin corre até o carro e pega a câmera guardada na bolsa, a menor que tinha. Sente-se estranhamente calma e não liga mais para a lama respingando em suas pernas.

Ela fotografa Alice com as vacas, então Alice e Marianne juntas e sorrindo. Os meninos, pendurados nas vigas. Fotografa detalhes: as paredes, os tamancos de Marianne, os cabrestos pendurados nos ganchos. Quer capturar tudo, guardar um momento que, de outro modo, desapareceria. Ela mostra as fotos para Marianne, diretamente na tela. Marianne as inspeciona com interesse e, feliz, posa para novas fotos, mas pede a ela, horrorizada, que não mostre a ninguém.

Alice e Marianne riem com intimidade, como se existisse uma conexão entre elas. Não conseguem conversar uma com a outra nem conseguem entender completamente as palavras que usam para descrever o mundo. Mesmo assim, falam com gestos, com sorrisos.

UM PONTO DE INTERROGAÇÃO É METADE DE UM CORAÇÃO 317

De repente, uma voz chama do pátio. É Fredrik. A palavra "sobremesa" provoca uma debandada dos meninos de volta para a cozinha. Elin sorri ao ver Marianne e Alice andando juntas até a porta, lado a lado, de braços dados.

Elin fica para trás. Vai até a parede com a câmera e tenta enfocar um ângulo mais amplo do pequeno estábulo e de todas as vacas dentro dele. De repente, tropeça em algo pontudo no chão, cambaleia por um instante, mas consegue se estabilizar apoiando-se na parede. Ela olha para o chão. A calça e os sapatos estão cobertos de poeira e feno.

Ela se curva e, devagar, passa a mão sobre as tábuas, que estão ásperas e cheias de lascas que arranham a palma da sua mão. Ela para sobre um pedaço mais alto, mexendo nas bordas da tábua com cuidado. As bebidas ainda estão lá, as mesmas guardadas por Lasse há tantos anos. Ela tira as garrafas, uma a uma, abre as tampas e deixa o conteúdo escorrer para a terra compactada sob as tábuas do piso. A bebida borbulha no vidro, o cheiro é tão forte, que irrita suas narinas. O líquido acaba logo, deixando apenas terra úmida e escura.

Debaixo das garrafas, há um vidro, enterrado tão fundo, que ela quase não vê a tampa dourada refletindo a luz. Encosta no vidro e tenta puxá-lo, mas está preso, então ela tira a tampa, enfia a mão lá dentro e pesca as notinhas que ela escrevera anos atrás, dobradas cuidadosamente. A tinta dos textos está tão fraca que quase não dá para ler, engolida pelas ávidas fibras do papel. Ela só consegue distinguir meias-palavras, uma letra ou outra. O que foi que ela escondeu aqui há tanto tempo? Quais eram os segredos que não queria compartilhar com ninguém? Não consegue se lembrar.

Ela pega todos os bilhetes do vidro e os enfia no bolso do casaco.

Parece que ela está dentro de uma bolha. Elin olha para as pessoas ao redor da mesa, seus olhos passeiam de um a outro, mas ela não consegue entender o que estão dizendo. Eles estão todos falando, mexendo-se, sorrindo. Mãozinhas alcançam a vasilha grande de sorvete com merengue, banana e calda de chocolate. As crianças disputam quem vai ganhar o último restinho da mistura doce, as colheres raspam a louça. Risadas se sobrepõem a outros sons.

É a mesma mesa, são as mesmas paredes. Até os quadros que eles pintaram juntos estão pendurados nas mesmas molduras, nos mesmos lugares. O cachorro, a árvore, os rastros do trator, os pássaros. Quatro deles estavam pintando agora, menos Erik.

Edvin parecia tão feliz, não estava estressado com a quantidade de gente à mesa. A cabeça e as mãos balançavam, mas parecia que ele estava ouvindo e seus lábios estavam esticados em um sorriso.

Numa ponta da mesa, Erik e Alice conversavam sobre algo que acharam interessante. Eles riem, e Alice gesticula. Parecem ser da mesma idade. Elin se inclina para Fredrik:

— Quantos anos Erik tem?

Ele olha para os dois.

— Vai fazer dezoito logo. E Alice?

— Dezessete.

Os dois adolescentes se levantam da mesa ao mesmo tempo. Alice para ao lado de Elin.

— Ele vai me mostrar alguma coisa lá fora rapidinho. Voltamos logo.

Ela concorda e os vê desaparecer. Elin vai até a janela da cozinha e fica observando os dois caminhando lentamente para a estrada na luz fraca da luminária do pátio. Eles param e olham para o céu por um tempo. Talvez ele esteja lhe mostrando as constelações. Ela sorri.

Marianne está perto da pia onde há pilhas de pratos e tigelas, enxaguando um por um na água corrente. Elin está ao seu lado, passando-os para ela.

— Minha pequena ajudante — diz Marianne sem olhar para ela.

— Não mais tão pequena.

— Não. Faz alguns anos.

Os pratos fazem barulho. Elin não sabe mais o que dizer, e elas ficam lado a lado em silêncio. As crianças menores cansaram de ficar sentadas e estão correndo alvoroçadas pela casa, e Fredrik e Miriam continuam à mesa com taças de vinho. Eles chamam Elin, e ela olha por cima dos ombros, as mãos ainda dentro da cuba da pia.

— Elin, para de lavar as coisas, Marianne pode fazer isso! Vem aqui e conta pra gente sobre Nova York. Os prédios são realmente altos? É verdade que não tem árvores?

— Vocês vão ter que visitar a gente algum dia. — Ela se senta ao lado de Fredrik. Ele põe a mão em seu ombro.

— Éramos melhores amigos, Elin e eu — conta ele para Miriam.

— Amigos para sempre — murmura Elin, tão baixinho, que na verdade apenas pronunciou as palavras sem som.

— Desde sempre — Fredrik diz, como se a tivesse ouvido de qualquer maneira.

As mãos de Marianne estão úmidas ainda de lavar os pratos quando ela de repente pega Elin e a puxa da conversa à mesa. Elin se direciona para o andar de cima com ela, para o quarto que um dia foi dela. Está cor-de-rosa agora: paredes cor-de-rosa, colcha de retalhos cor-de-rosa, cortinas cor-de-rosa enfeitadas com renda cor-de-rosa. Até as portas do guarda-roupa são cor-de-rosa.

— Como ficou lindo o que você fez — mente, reprimindo um arrepio.

Cheira a mofo, uma mistura de perfume velho e spray de cabelo. Na penteadeira, há garrafas empoeiradas arrumadas em fileiras sobre uma toalhinha de crochê. O espelho oval está velho e manchado. Elin se inclina em direção a ele e examina o próprio rosto. Está coberto de manchas pretas onde a superfície do espelho está danificada.

— Não dá pra se maquiar aqui. Vamos ter que arranjar um novo espelho — diz ela.

— Você vai me ajudar agora? — pergunta Marianne. — Vai ficar tudo bem de novo? — Ela sorri, mas parece confusa. Aninhada ao pé da cama, seu olhar escrutina o quarto.

— O que você quer dizer? — diz Elin. — Não foi tão bom assim da última vez que vim, né?

— Foi melhor.

Elin afunda na cama e se senta em silêncio, olhando para o chão, examinando o linóleo manchado e os rodapés desalinhados. Ela se lembra.

— Poderia ter sido ainda pior? — murmura ela.

320 *Sofia Lundberg*

Ela estende a mão e segura as mãos de Marianne, tenta fazê-la sentar-se ao lado dela.

— Não, vem comigo, quero te mostrar uma coisa. — Marianne solta sua mão e vai até um dos guarda-roupas. Quando abre a porta, Elin soluça. Suas coisas ainda estão lá. Prateleiras e prateleiras de quebra-cabeças. Marianne tira um calhamaço de desenhos. Ela os estende para Elin.

— Olha, você fez esses. Nunca deixei de olhar para eles. São tão adoráveis, você era tão talentosa, mesmo tão jovem.

Elin pega a pilha de desenhos das mãos dela e sorri ao olhar para os seus trabalhos. Cachorros, gatos, flores, suas adoradas flores silvestres. Desenhos da natureza, coisas que eram tão próximas naquela época e, agora, estão distantes.

— Continuei desenhando flores. Sinto falta de todas as flores que a gente tinha aqui.

Elin pega um rascunho que é quase idêntico ao que ela desenhou para Fredrik em Nova York há apenas algumas semanas.

— Exatamente como os buquês que você costumava colher para mim. Lembra disso? — Marianne pega o desenho dela.

— Sim. Amarelo para a alegria, azul para a paz e rosa para o amor. Você tinha ideias engraçadas, não tinha?

— São ideias como essa que mantêm a gente viva aqui no campo. — Marianne ri de repente.

— Hmm, ideias e sonhos — diz Elin, ainda passeando pelos desenhos.

— Eu só tive um sonho.

— E qual era? — Elin olha para cima, se deparando com os olhos da mãe.

— Que você voltaria — sussurra, e uma lágrima escapa do olho, escorrendo pelo rosto.

Marianne se abaixa na cama ao lado de Elin, a respiração chiando nos pulmões, e Elin acaricia suas costas.

— Não entendo. Por que você não tentou entrar em contato comigo?

— Por que você me deixou? Por que nunca ligou? — contra-ataca Marianne.

As duas ficam em silêncio. Os barulhos do quarto ficam mais intensos, as paredes rangendo, o vento assobiando do lado de fora da janela, as crianças fazendo algazarra lá embaixo. Marianne encosta a cabeça no ombro de Elin, que acaricia o cabelo da mãe.

— Estou aqui agora, mãe, estou aqui. Vamos tentar esquecer e começar de novo — murmura Elin.

Por fim, Fredrik as interrompe, abrindo a porta e enfiando a cabeça lá dentro.

— Está ficando tarde. As crianças precisam ir pra casa, pra cama. Os pequeninos, pelo menos, senão vão ficar birrentos logo.

— Os pequeninos — Elin e Marianne dizem em coro, rindo da memória compartilhada sobre a obsessão de Aina com os espíritos e diabretes.

Eles descem juntos. Miriam está pronta para ir embora, com o caçula nos braços. Elin passa a mão na cabeça dele.

— Foi adorável conhecer vocês, todos vocês. É melhor voltarmos para o hotel também. Está tão escuro o tempo todo, não sei como vocês aguentam.

Elin pega o casaco preto do banco na entrada e o abotoa com cuidado até o pescoço. Marianne a acompanha pelo corredor e para juntinho da filha. Ela é menor do que Elin se lembra, e seu cabelo é tão fino, que parece quebradiço. Seu nariz e suas bochechas estão cobertos de veiazinhas estouradas. Ela estende a mao, hesitante, e Elin imediatamente as segura com suas duas mãos.

— Bem, hora de dizer adeus, então — diz Marianne. Seu olhar vacila, não olha exatamente para o de Elin.

— Tchau, então, mãe. Mas vamos te ver em breve de novo, ficaremos alguns dias mais, temos muito o que conversar — responde Elin.

Soltando sua mão, ela a abraça, mas não recebe o abraço de volta: os braços de Marianne ficam pendurados ao longo do corpo, e Elin percebe a mãe tremendo de leve. Ela a solta e abraça Fredrik e Miriam, enquanto Marianne fica plantada no lugar, olhando para frente sem expressão.

Eles conseguem ouvir Edvin bater o pé na cozinha, o som ficando mais alto. Elin corre de volta. Ele estende o braço, rígido e levemente retorcido, na tentativa de se aproximar dela. Ela se curva e dá um abraço nele. Seu cheiro é forte, rançoso, como se não tomasse banho há um bom tempo. Ele acaricia as costas dela com toques lentos e fortes.

— Tchau, então, meu irmãozinho, te vejo logo — sussurra ela, limpando uma lágrima do olho dele.

Quando Elin sai para o pátio, Alice e Erik não estão em lugar algum e não respondem ao seu chamado. Está absolutamente silencioso do lado de fora, como se ela estivesse em um vácuo sem fim. Ela contorna a casa onde está um breu completo, impossível de enxergar a própria mão em frente ao rosto. O chão é irregular. Ela olha para os fundos da casa, imaginando como deve ser agora. A luz do celular é fraca demais, ela só consegue ver terra e agulhas de pinheiro e os galhos espessos dos arbustos de zimbro.

Uma luz fraca dança para frente e para trás na estrada. Ela vê os dois adolescentes pararem um pouco mais à frente, onde pensam que não estão sendo vistos. Ela consegue ouvi-los falando, mas não entende as palavras. Alice recebe um abraço rápido e um carinho na bochecha antes de Erik correr para o carro à sua espera. Alice acena enquanto eles partem, em uma van com espaço suficiente para todos. Só Fredrik, Elin ri, para fazer um time inteiro de futebol.

Elin vai até Alice pisando no chão irregular e molhado. Alice sorri quando vê quem é e estende os braços. Elin a puxa para perto, e as duas ficam olhando para a casa um pouco.

— Gosto disso — sussurra Alice, com o rosto colado no da mãe.

— O que você quer dizer? A escuridão?

— Tudo, sua antiga vida. É adorável.

— Hmm, mas escura. E fria. Vamos dar o fora daqui.

Elin aumenta o volume no carro, mas Alice abaixa de novo.

— Vamos conversar um pouco? — diz ela.

— Sobre o quê?

— Sobre tudo que vocês estavam falando lá dentro. Não entendi nada. Só fiquei conversando com Erik.

— Não é fácil falar a respeito — confessa Elin. — Talvez não devesse ter vindo, remexeu tantos sentimentos em todos.

— Você acha mesmo isso?

— Não, estou feliz que viemos. Só é tão triste. Tudo. Não acha?

— Não, de jeito nenhum. Adoro isso. As vacas e a fazenda. E Erik é tão engraçado e gentil. Ele me mostrou as estrelas. Vamos voltar logo, né? No verão? Aí vou poder ver suas lindas flores, de verdade, e nadar no mar. Erik quer me mostrar. Parece que ganhei uma nova família. — Alice sorri feliz.

— É que ela nunca me ligou, nunca escreveu, isso é tão estranho. Minha própria mãe — diz Elin, baixinho, as palavras tão afiadas que provocam uma dor profunda. Ela aumenta o volume novamente.

Alice fica calada, acariciando o cabelo da mãe de vez em quando. Está bagunçado por causa do vento e exala um forte cheiro de fazenda e de comida.

— Te amo, mãe.

Inicialmente, Elin não responde, mas, quando Alice passa a mão no seu cabelo de novo, ela sussurra:

— Idem.

— Você faz a mesma coisa que ela faz, sabe?

— Quem?

— Sua mãe, minha avó. Você se fecha. Você é exatamente igual.

Elin fica quieta, mas sua cabeça fervilha de pensamentos. Ela acelera e dirige ainda mais rápido nas curvas. Só quando entra em Visby pelo portão norte que Alice começa a falar de novo.

— Aposto que você está sonhando com a sua câmera agora — diz ela.

Elin concorda.

— Você precisa perceber que você se esconde atrás dela — argumenta Alice.

— Tem sido bom, trabalhar duro é bom pra você.

Alice bufa.

— Parece uma alcoólatra.

Elin para o carro no meio da estrada. Incapaz de continuar contendo a emoção, cai no choro e se vira para Alice.

— Eu te amo. — Ela soluça. — Não sou como ela, nunca mais diga isso.

Alice passa por cima do câmbio e a abraça, e as duas ficam abraçadas por um longo tempo.

— Desculpa — sussurra Elin, enfim.

— Promete parar de fugir agora? Promete? — insiste Alice.

Elas estão perambulando pelo lobby do hotel com os sapatos enlameados e os cabelos despenteados quando Elin para no caminho.

— Preciso comer alguma coisa, mal toquei naquele guisado.

Alice balança a cabeça.

— Eu não, preciso dormir, estou morta.

Ela boceja e aponta em direção ao bar enquanto as portas do elevador se abrem.

— Nossa, tá vendo aquele cara ali? Parece o papai.

Alice aperta o botão para o seu andar, assopra um beijo para a mãe e deixa as portas do elevador separá-las.

Elin fica onde está, com seus olhos no bar. Alice está certa: o cabelo curto e espesso se parece com o dele, castanho com algumas mechas grisalhas. E seu pescoço, o jeito como ele o inclina em direção ao bar enquanto passa o dedo na borda da taça de vinho. A camisa preta é do tamanho certo nos ombros, exatamente como ele usa, as mangas despretensiosamente dobradas. Brota nela uma saudade, sua solidão de repente parece tão tangível.

Uma música calma de piano preenche o ambiente e, atrás do balcão do bar, a máquina de expresso faz um som abafado. Elin se aproxima, hesitante. O homem está sozinho, em um banco alto. Os outros bancos, vazios, estão cuidadosamente arrumados perto dele. O jardim de inverno está quase deserto. De repente, ele vira a cabeça e olha para o outro lado da sala. O coração de Elin acelera ao distinguir seu perfil, e ela para no meio do caminho.

— Sam, é você?

A voz sai trêmula demais, ele não a ouve. Ela se aproxima.

— Sam!

Ele se levanta assim que ouve a voz dela, a expressão séria do seu rosto enquanto caminha em direção a ela. Ele para diante de Elin e põe a mão em seu rosto. Os dois ficam em silêncio, apenas se olham.

— Nunca te vi chorar antes. Ou assim tão desarrumada. Como você é bonita — diz ele, finalmente.

— Por que você está aqui?

— Você mandou o coração.

— Você não respondeu quando eu mandei.

— Não, mas remexeu algumas memórias. Liguei para Alice e ela me contou tudo.

— Então você sabe?

Sam concorda e respira fundo.

— Por que, Elin? Por que você nunca me contou?

Elin se contorce.

— Não sei, só aconteceu assim. Mas estou aqui, agora, estou em casa de novo — dispara ela, de um fôlego só.

— Não, não está, não exatamente — sussurra ele, beijando-a no rosto. Ele a puxa para perto e acaricia suas costas. — *Agora* você está em casa.

Tanta coisa acontece em uma vida.
Acontecimentos que se transformam em memórias acumuladas dentro de nós.
Isso nos constrói. Muda o jeito como somos e as coisas
que fazemos. Nos molda.
Palavras que alguém te disse.
Gentis.
Grosseiras.
Palavras que você disse para alguém.
Que você nunca vai se perdoar por ter dito.
O primeiro beijo.
A primeira traição.
As vezes em que você fez papel de bobo.
As vezes em que alguém fez papel de bobo.
Nos lembramos dos menores detalhes. E as memórias ficam entalhadas
dentro de nós.
Algumas se tornam relevantes, ano após ano. Algumas nos afetam para sempre.
Talvez mais do que nos damos conta. Talvez sem razão.
Você tem certeza de que se lembra das coisas como elas realmente eram?

Agradecimentos

Trabalhar em um romance é ser convidada para uma viagem pelos pensamentos sinuosos de seus personagens. Nem sempre são claros, nem sempre são lógicos. São frequentemente fáceis de ouvir, mas nem sempre fáceis de entender. Obrigada a Karin Linge Nordh e Johan Stridh por me ajudarem a navegar e a encontrar a direção certa. Obrigada a Julia Angelin e Anna Carlander por sempre acreditarem em mim, sempre me apoiarem do jeito certo. Obrigada a todos na Forum and Salomonsson Agency por trabalharem tanto e com tanto entusiasmo em meus livros. Obrigada a Carl, pela inspiração e pelas ideias brilhantes. Obrigada a mamãe, papai, Helena, Cathrin e Linda por estarem presentes e me apoiarem. E obrigada ao meu maravilhoso e adorável Oskar, por suportar uma mãe distraída.

ESTE LIVRO, COMPOSTO NA FONTE FAIRFIELD,
FOI IMPRESSO EM PAPEL POLEN NATURAL 70G/M² NA BMF,
SÃO PAULO, MAIO DE 2022.